• 이 도서의 국립중앙도서관 출판시도서목록(CIP)은 e-CIP홈페이지(http://www.nl.go.kr/ecip)와 국가자료공동목록시스템(http://www.nl.go.kr/kolisnet)에서 이용하실 수 있습니다. (CIP제어번호: CIP2015012709)

한 평의 남자

왕상한 에세이

은행나무

남자의 눈물에는
길이가 없다

'새벽' 그리고 '처음'.

이 두 단어는 의미도 다르고 그 쓰임도 다르다. 그런데도 내게서 이 둘은 늘 같은 자리에 있다. '새롭게 시작하는 그 무엇'의 자리.

그래서일까. '새벽' 다섯 시에 집을 나서 아무도 없는 거리를, 아무도 없는 캠퍼스를, 아무도 없는 건물을 오롯이 나 혼자 '처음' 만날 때, 오십이 넘은 지금도 난 내가 새로 태어나는 것 같은 기분을 느끼곤 한다. 그 느낌 때문이리라. 때로 '남들을 참 피곤하게 만드는' 부지런함이라는 핀잔을 들으면서도 이렇게 시작하는 하루를 고집하는 이유.

사실 고백하자면, 앞만 보고 달려온 나 같은 사람에게 밤은 휴식의 시간이 아니라 두려움의 시간이다. 편안하게 눈을 감고 잠을 청하는 것 자체가 내겐 두려움으로 다가오기 때문이다. 내게 세상은 부정맥을 앓는 환자처럼 빠른 맥박을 지닌 생물이고 잠은 곧 게으름이었기에 나는 그 생물이 어느 순간 나의 게으름을 짓밟고 나를 실패의 늪으로 빠뜨릴까 두려웠다. 그래서 난 철들기 전부터 지금까지 맑은 정신이 살아 있는 새벽을 그토록 사랑했다. 딸깍, 연구실 문을 여는 소리가 복도 전체에 울려 퍼지는 그 고요한 새벽의 공간들은 조심스럽게 '행복'이라는 단어를 꺼내게 해준다.

세상은 나이든 남자들에게 '행복'이라는 단어를 내주는 것에 매우 인색하다. 내 나이 또래의 중년 세대는 시대의 모든 무게를 견뎌내야 하는 사회의 허리이다. 중심을 잡고 좌우 모든 이념에 유연해야 하며, 부모 세대가 일궈 놓은 눈부신 경제성장이 사회적 타락으로 이어지지 않도록 윤리적인 가이드라인도 제시해야 한다. 동시에 다음 세대를 돌봐야 하며, 아직 감성이 떠나지 않은 우리 자신의 여린 가슴도 보듬어야 한다. 그렇게 청년도 어른도 노인도 아닌 어정쩡한 자리에서, 우리는 스스로 '행복'해지기가 어려웠다. 우리의 위치가 그렇다. 당당하게 나의 '행복'을 찾고 적정한 시점에 위로를 받을 수 있는 공간이 주어지지 않는다. 직장에서도 가정에서도, 사회적으로도 개인적으로도, 물리적으로나 정신적으로나 마음 편히 '나'를 놔두고 권리를 누릴 수 있는 공간을 찾기란 쉽지 않은 일이다. 고작해야 내 몸 하나 누일 수 있는 자리 한 평(坪)쯤 될까.

50대 중년이 된 우리는 이른바 386세대다. 돌아보면 지난날 우리의 청춘에도 '행복'이라는 단어가 어울릴 공간은 그리 많지 않았다. 모든 행복의 추구는 대학 입학 이후의 일로 여겨 심지어 인간의 감성까지 억누르며 피 말리는 경쟁을 뚫고 대학엘 왔는데 떡하니 학생들을 상대 평가해서 퇴출시키는 졸업정원제를 시행했던 그때. 그렇게 청춘을 가

두어 놓고, 대학에 와서도 정치니 민주화니 신경 쓰지 말고 공부나 하라던 전두환 정부의 철권통치가 지배하던 그때. 강의실에까지 버젓이 '짭새'라는 이름의 사복 경찰이 난입해 감시가 이어지던 날들, 우리는 매일 숨죽여 울분에 떨었고, 청년의 심장으로 오로지 공부만 할 수는 없었던 시대의 불온한 공기가 도시의 거리를 메웠다.

광포한 소문이 유령처럼 떠돌고, 폭압과 감금과 무자비한 고문이 버젓이 횡행하던 야만의 시절, 시대의 불의에 항거하며 사라져간 꽃 같은 청춘은 또 얼마였던가. 이건 정말 아니라는 울분에 거리로 뛰쳐나갔지만, 찌든 가난이 마수처럼 옭아매 더 이상 용기를 내지 못하고 돌아서야 했던 청춘의 눈물은, 양심의 가책으로 고통스러워 남몰래 흘린 그 눈물은 또 얼마나 아팠던가. 정의와 평등이 기본이 되는 나라, 너나없이 모든 개인의 삶과 인권이 존중되는 나라, 보통의 사람들이 일상에서 평온한 행복을 꿈꿀 수 있는 나라, 과포화된 희망일지라도 우리에게 민주화는 시대와의 불화를 걷어낼 유일한 희망이요, 가치였다.

그러나 그렇게 거짓말 같던 시간들을 통과해 '우리가 이뤄냈다'고 믿었던 민주주의는 지금, 또 다른 과거의 부메랑이 되어 오늘을 사는 우리에게 살아 있는 아픔이 되고 있다. 민주주의만 회복되면 시대와의 불화를 끝낼 수 있다고 믿었던 우리는 보수와 진보라는, 독재와 민주주의보다 더한 대립을 낳은 장본인들이 되었고, 결국 사회통합을 이루지 못한 기성세대라는 불명예를 받아안을 수밖에 없었다.

세기의 섹스 심벌로 불렸던 마릴린 먼로의 입술 위 점을 기억하는가? 그 점은 그녀를 세상에서 가장 아름답고 섹시한 여자로 만들어줬지만, 결국 그녀를 섹스 심벌 안에 갇히게 만든 원인이기도 했다. 트로

세상은 나이든 남자들에게 '행복'이라는 단어를 내주는 것에 매우 인색하다.
청년도 어른도 노인도 아닌 어정쩡한 자리에서, 당당하게 나의 '행복'을 찾고
적정한 시점에 위로를 받을 수 있는 공간이 주어지지 않는다.

피이자 멍에가 되는 것, 386세대에게 민주화가 바로 그런 것이 아니었을까? 청춘을 바쳐 싸웠던 구호들은 퇴색됐지만, 세상이 여전히 우리에게 기대하는 것은 그 구호에 기댄 단호하고 열정적인 모습이다. 하지만 지금 우리는 늙어가고 있으며, 어느덧 '기성세대'가 되어버렸다.

386의 노화를 시대가, 젊은이들이 이해하지 못하고 비난하는 것도 어느 정도는 납득이 된다. 본질을 떠난 보수와 진보의 대립이 고단하고, 시대에 대한 책임을 완수하지 못한 채 무기력해진 열정에 서운하고, 정의와 평등은커녕 타협과 차별이 난무하는 오욕의 바통을 넘겨주니 원망스러운 것이다.

그렇지만 새로운 세대가 결과의 잣대만을 들이대며, 우리를 두고 결국 변화와 화합을 이끌어내지도 못한 채 기득권만 챙기는 기성세대요, 자신들과 소통도 안 되는 '꼰대'로 규정하는 것은 영 억울하다. 결과적으로야 우리가 보수와 진보의 양극단을 생산했지만, 우리 역시 청춘이었던 시절 온몸으로 치열하게 그 시간들을 통과했다. 386의 삶은 과장없이 그대로 거친 시대의 속살이었고 상처였고 무늬였다. 지금의 삶이 혹여 비겁하게 보인다고 무조건 비난만 받을 수는 없는 삶의 육질이 있었다.

물론 알고 있다. 지금은 어떠한 인정도, 어떠한 위로도 우리 몫이 아니라는 걸. 오히려 현재 얻고 있는 지위와 안정에 대해 끊임없이 불편해하며 다른 세대의 눈치를 보고, 우리의 삶에 '행복'이라는 단어 하나를 사용하는 데도 우리가 지나온 세월과 고뇌에 대한 긴 설명을 늘어놓고 이해를 구하고 있는 게 현실이다. 하지만 어쩌랴, 그게 또 우리 세대의 자화상인 것을. 우리는 우리의 아버지 세대처럼 가장의 명령에

철저히 복종하기를 바라는 가부장적인 세대도 아니요, 지금 신세대들처럼 당당하게 자아를 내세우고 주장할 줄 아는 세대도 아니다. 그저 어딘가 어정쩡하고, 어딘가 불편한 나이든 남자들로 서성대고 있다.

　어정쩡하고 불편한 자세 탓일까. 우리는 지난날 우리처럼 고민하고 아파하는 청춘들에게 쉽게 다가가지 못한다. 대학교수인 탓에 캠퍼스에서 젊은이들과 함께할 일이 많을 수밖에 없는 나로서는 이런 부분이 더욱 안타깝기만 하다. 386의 꼬리표를 단 우리를 시니어 세대보다 더 소통하기 어렵다고 느끼는 지금의 청년 세대는, 사실 고민하는 분야와 표현하는 방식이 조금 다를 뿐 지난날 우리가 아파했던 모습과 비슷한 게 많다. 성적 지상주의로 극한에 몰려 숨통이 죄여진 청년들처럼 우리도 경쟁에 더해진 규율과 획일화의 틀 속에서 억눌린 채 숨을 쉴 수 없는 시대를 살았다. 취업이라는 개선문을 통과하지 못하면 패잔병이 되어버리는 현실 속에서 정말 하고 싶은 일보다는 직업을 찾기 위해 학습되어지는 존재라는 그들의 푸념은, 시대의 혼란 속에서 과연 무엇을 해야 할지, 어떻게 살아가야 할지 헤맸던 우리의 고민과 다르지 않다. 얼치기 어른으로 사회에 첫 발을 내딛었던 그때의 서툰 우리와 비슷한 모습이다.
　다만 우리는 그 시간을 지나왔고, 그 길 위에 무언가를 남긴 사람들이다. 그 흔적을 젊은 세대가 어떻게 평가해줄지는 몰라도 먼저 흔적을 남긴 자로서의 공감과 위로의 기능은 충분히 할 수 있는데, 그럴 수 없게 된 지금 이 관계가 난 아프다. 아무리 마음을 열어도 우리는 젊은 세대에게 이미 '꼰대'일 수밖에 없다는 게 서글프다. 이런 사실을 일찍 깨달은 친구들은 "나이가 들면 입은 닫고 지갑은 열어야 한다."며 회식 자리를 포함한 모든 모임에서 젊은이들과 어울리게 되면 말을 삼가고 가급적 일찍 자리를 뜬다. 더 있다 가시라는 말을 곧이곧대로 듣고 다시 앉으면 그야말로 눈치 없는 늙은이가 된다. 쿨한 모습으로 일어나 터덜터덜 택시를 잡아타고 집으로 돌아가는 길, 희뿌옇게 뒤로 밀려나는 도시의 화려한 불빛처럼 '기성세대'라는 블랙홀로 빨려들어가는 자신이 허름하게 모습을 드러낸다. 그 모습을 보며 비참함을 느껴보지 않은 40~50대가 있을까. 그런 날의 밤공기는 참, 쓸쓸하다.

집 밖에서는 그렇다 치더라도, 집안에서 설 자리가 좀 남아 있다면 그래도 제법 괜찮은 삶이다. 오십을 넘긴 중년의 나이에 가장 성공한 남자의 부류는 집에서 아빠로, 남편으로 따뜻한 대접을 받는 이들이라고 나는 확신한다. 대부분의 남자들은 그렇지 못하다.

휴일에 모처럼 설거지를 한 뒤 소파에 잠시 누워 있던 나는 방에서 나온 아내에게 '고맙다'는 말은 고사하고 '집에만 들어오면 눕느냐'는 핀잔과 함께 '연체동물이냐'는 비아냥까지 들은 적이 있다. 난 아무 대꾸도 하지 않고 소파에서 일어나 앉았다. 무슨 말이 필요할까. 늦은 밤 문을 열면 불 꺼진 집 안의 공기는 서늘하기만 하고, 사춘기의 강을 건너는 아이들의 방문은 열릴 줄 모른다. 그리고 아내는 '동지' 또는 '가족'이라는 이름으로 '명분 있게' 건조해진 지 이미 오래다. 돌아보면 아무리 명분과 이유가 있다 해도 새삼스레 가족의 끈끈한 정을 내세우기에는 너무 오랫동안 가족과 함께하지 못한 것이 사실이다. 그 결과 내가 가족의 따뜻한 품이 그리워질 즈음에 아내와 아이들은 이미 아빠가 없는 삶에 익숙해져 있음을 불행하게도 부인할 수 없다.

하지만 불 꺼진 집에 돌아와 외롭지 않을 수 있는 남자가 몇이나 될까. 맥주 한 병 소주 반 병을 겨우 견디고 들어온 집은 더 이상 '내 쉴 곳은 작은 집, 내 집뿐이리'가 아니다. 그저 '어디서 왔다가 어디로 가는가'라는 회한만 남는, 대학 시절 하숙집보다 못한, 허전한 공간일 뿐이다. 그럴 때면 어김없이 '나는 어디로 가야 할까?'라는 질문이 날아든다. 살면서 이 질문에 명쾌할 수 있는 순간은 없다. 적어도 이 나이에는 없다. 하지만 억울하다. 분하기까지 하다. 누가 봐도 정말 앞만 보고 열심히 살아왔는데 왜 나는 지금 여기서 이렇게 홀로 외로움을 곱씹어야 한단 말인가. 아, 갈 곳이나 있으면서 이런 생각이 든다면…….

이런 쓸쓸함이 몰려올 때면 그 옛날 텔레비전 〈명화극장〉에서 봤던 영화 〈25시〉의 마지막 장면이 떠오른다. "웃어라, 웃어라, 좀더 웃어라."라는 사진사의 거듭된 요구에, 땅을 치고 펑펑 울어야 할 상황에서 억지웃음을 지어보이던 안소니 퀸의 얼굴. 내면의 슬픔과 외면의 웃음이 엉겨 묘하게 일그러지며 점점 클로즈업되던 그의 마지막 얼굴은 아무리 생각해도 지금 우리의 모습과 닮아도 너무 많이 닮아 있다.

인생이란 놈이 참 여지가 없는 것이, 이렇게 마음이 약해질 땐 몸이라도 버텨주면 좋으련만 요즘은 그렇지도 못하다. 거의 매일 새벽 5시에 나가 밤 10시 반이 넘어서야 일이 끝나는 바쁜 일과에도 불구하고 나는 하루도 거르지 않고 한 시간 이상 땀을 흠뻑 흘리며 운동을 한다. 다이어트? 아니다, 살기 위해서다. 이렇게 운동을 하지 않으면 그나마도 버티지 못할 것 같아서이다. 그래도 역부족이다. 오후가 되면 기습

"결국 우리에게 필요한 것은 오직 용기다.

아주 기이하고 독특하고 불가해한 것들을 마주할 용기!"

릴케가 보내는 응원처럼, 자신의 이야기를 하는 것에도, 자신의 아픔을

내보이는 것에도 서툴고 어색했던 '남자'들에게 필요한 건 단지 용기일 뿐이다.

적으로 몰려오는 졸음에 무기력과 노안까지, 삼합도 이런 삼합이 없다. 책을 봐도 글자가 잘 안 보이고, 어쩌다 급한 일이 있어 좀 뛸라 치면 양복이 무슨 갑옷이라도 되는 양 무겁기만 하다.

늦은 나이에 결혼해 얻은 두 딸은 아직 꽃봉오리처럼 여린데, 나는 이제 늙어가는 일만 남았다는 생각에 주말이면 만사 제쳐놓고 딸들에게 온 시간을 다 바치고 있지만 어딘지 아이들의 성에는 차지 않는 느낌이다. 마음이 유난히 약해지는 날엔 잠든 딸의 얼굴을 물끄러미 들여다보다가 '내가 쓰러지면 우리 딸이 결혼식장에 아빠도 없이 혼자 들어가겠지.' 그런 생각에 눈자위가 시큰해지기도 한다. 전에 없이 속이 심하게 쓰리거나 소변이 시원하게 나오지 않을 땐 '이러다 내가 어떻게 되기라도 하면 남은 가족들은 어쩌나.' 싶은 주말연속극 아버지 같은 생각도 든다. 흔들림 없이 살아갈 것 같은 나이든 남자인 우리도, 마음이 약해져서 무릎이 후들거리는 때가 있는 것이다.

오랫동안 해온 일에서나마 위안을 찾고 싶지만 그것도 만만치가 않다. 학생들은 정년을 보장받은 정교수를 '성게'라고 부른다. 자기 뇌를 먹어치운 후에 몸을 불리는 성게처럼 정교수가 되면 아랫배와 엉덩이 살을 찌우는 데 시간을 써버린다는 비아냥이다. 가르치는 학생들에게 적어도 성게로 비춰지지 않기 위해, 가르치는 사람으로서의 마지막 자존심을 버리지 않기 위해, 침침한 눈을 부비며 책을 읽고 논문을 쓰는 노력은 처절하기만 하다. 그나마 이 모든 노력에도 불구하고 그 성과가 제대로 나오지 않으면 그로 인한 좌절감은 처연한 고통이다.

또 텔레비전에 얼굴을 내밀다 보니, 연예인들만 한다는 댓글과의 전쟁도 치러야 한다. 시사 프로그램 진행자가 방송을 보고 듣는 모든 시청자와 청취자의 입맛을 맞추는 것은 불가능하다. 국민을 위한 방송을 하라지만 보수와 진보가 생각하는 '국민'은 서로 다른 나라 국민인 것만 같고, 입장 차이가 뚜렷한 두 집단을 공평하게 만족시키는 일은 어렵기만 하다. 결국에는 어느 한쪽에서 편파적인 사람으로 몰릴 수밖에 없는 상황이 벌어진다. 심지어 동료라고 생각했던 방송사 노조로부터 말도 안 되는 일방적인 험담과 음해가 들려올 때도 있었다. 그 상처는 깊었다.

언제부터인가 좌우 진영으로 나뉜 대한민국은 흑백논리가 지배하는 사회가 되어버렸다. 너 아니면 나, 이것 아니면 저것을 강요받는 자리에서 나는 이분법의 희생자라고 아무리 외쳐도 메아리조차 돌아오지 않는다. 강단에 서고, 방송에 노출된 나만의 고민은 아닐 것이다. 사회 곳곳에서 40, 50대 남자 또는 386이라는 꼬리표를 달고 살아가는 많은 남자들이 이와 같은 고민으로 고개를 떨구는 날이 많다. 그럴 때는 갑자기 오한이 드는 것처럼 외롭다. 단말마의 비명처럼 입 밖으로 '외롭다'는 말이 튀어나온다. 아무도 나를 몰라줘서, 나조차도 내 마음을 어떻게 풀어줘야 할지 몰라서 외로움에 떠는 것이다.

얼마 전에 친구 하나가 세상을 떠났다. 멀쩡하던 놈이 아침에 샤워를 하다가 갑자기 심장마비로 쓰러진 것이다. 맞벌이를 하는 아내는 회사에, 아이들은 학교에 간 터라 오후가 되어서야 겨우, 집에 온 파출부가 발견해 병원으로 옮겼지만 이미 숨진 뒤였다. 요즘처럼 외로움이 절절할 때는 주변 사람들이라도 철옹성처럼 버텨주면 좋으련만, 오십을 넘기니 지인들이 이렇게 추풍낙엽처럼 떨어진다. 행복은 빛의 무늬처럼 슬그머니 다가와도 불행은 눈앞에 떨어진 번개처럼 예고 없이 떼로 찾아온다고 했던가.

오십이 넘은 남자와 그 주변의 사람들에게 찾아오는 예고 없는 불행의 다양한 모습을 우리는 이미 너무나도 자주 경험하고 있다. 청춘을 함께 보냈던 친구의 갑작스러운 죽음, 마음을 의지했던 선배의 몰락, 건실했던 동료의 사업 실패, 영원한 건 없다는 것을 증명하듯이 맥없이 깨져버린 가정……. 나이를 먹으면서 내가 겪고 타인이 겪는 갑작스러운 불행에 이제는 좀 익숙해질 만도 한데 매번 완패다. 마주칠 때마다 놀라는 늦은 밤길의 낯선 행인처럼 가슴이 털썩하고 주저앉는다.

'아, 이런 것이 늙는 거구나. 이 마음이 약해지는 신호구나.' 마음속으로 깨달으면서 불행에 익숙해져야 한다고 우리 자신을 채근하는 모습이 또 그렇게 쓸쓸할 수가 없다. 그럴 때마다, 그렇게 맥없이 우리를 무너뜨리는 불행의 공격 앞에서 만나게 되는 건 결국 '좀 더 자주, 행복했어야 했다'는 뒤늦은 후회다. 좀 더 일찍 깨달았어야 했다, 비틀즈까지 목청 높여 노래했던 그것, 'Life is very short!'

그런데 어리석어라, 사람이여! 인생이 짧으니 행복해지려고 노력하면 할수록, 마음은 급해지고, 가치 기준은 자꾸만 물질적인 것에 가 닿는다. 나를 바라보는 시선과 기대로부터 자유로워지기는커녕 내 가족의 삶의 질이 나의 노력 여하에 달려 있다는 부담감에 짓눌려 우리는 불행을 인지할 뿐, 행복을 탐지하는 능력은 자꾸만 잃어간다. 아예 눈이 멀어버리면 모를까, 희미하게나마 파라다이스는 보이는데 그 행복의 나라로 무엇을 타고 가야 할지를 모르는 것이다.

취미라는 뗏목을 타고 가야 할지, 현실에서 발을 뺀 채 아예 그곳으로 방향타를 다시 잡아도 될지 오십 너머의 삶은 갈팡질팡하고 있다. 숨은 이미 턱까지 차올랐는데, 벌렁거리는 가슴을 움켜쥔 채 주위를 살피며 멈추지도 뛰지도 못하고 제자리걸음만 하는 증상이다. 조금만 더 뛰면 선두 그룹을 따라잡을 수 있을 것 같아서, 여기서 숨 좀 돌렸다간 하위 그룹에게 금세 따라잡힐 것 같아서…… 고개 한번 돌리는 일 없이 앞만 보고 전진한 덕에 뛰어야 할 거리 이상을 달려왔지만 정작 자신의 행복을 위해 무엇을 어찌 해야 할지 모르는 것이다.

그럴 땐 정말이지, 교수라는 완장도 떼어버리고 텔레비전에 얼굴 내비치는 공인이라는 타이틀도 던져버리고, 미친놈처럼 저잣거리에 나가 악 소리 한번 지르고 싶다. 나도 좀 살자, 나도 숨 좀 쉬자. 누구는 소리 지를 줄 몰라서 울 줄 몰라서 이렇게 앞만 보고 뛰는 줄 아느냐. 나도 좀 살자~, 나도 숨 좀 쉬자~. 그렇게 말이다.

쓸쓸하게도, 이런 행동을 실행에 옮기는 남자는 없다. 우리는 이미 오래전부터 우리의 이름 대신 누군가의 아들로, 한 여인의 남편으로, 지켜야 할 아이의 아빠로 살아왔다. '내'가 없어졌다는 푸념을 하는 대신 우리가 인생에서 새롭게 꾸린 군장을 메고 기어이 고지로 돌아가야 한다는 것을 알기에 무릎이 꺾이는 고통이 와도 그저 오늘을 걸어가는 것이다. 씩씩하게, 의연하게, 그렇게…….

그래도 가끔은, 그 길 위에 주저앉아, 남몰래, 울고, 싶다.
남자의 눈물에는 길이가 없다. 여자의 눈물은 턱 끝까지 흘러 슬픔의 길이가 눈으로 확인이 되는데, 남자의 눈물은 흐를 새가 없이 닦아버려 길이가 없다. 길이가 없는 눈물, 길이를 갖지 못하는 눈물……. 지금의 나와 내 오랜 청춘의 벗들, 내 주변과 그 너머의 '남자'들을 묘사하는 정확한 문장이 아닐까 싶다.

사실 우리에게도 눈물에 길이가 있던 시절이 있었다. 젊음이 창공의 해처럼 빛나던 시절, 우리는 실패에도 울고 성공에도 울 수 있었다. 눈물이 주는 위로, 울음소리가 주는 카타르시스를 느끼며 우리는 넘어져도 일어섰고 주변 사람들에게 내 힘듦을 고백하며 짐을 나눠 가지기도 했다. 우리도, 남자들도 한때는 그렇게 할 수 있었다. 그래도 되는 시기가 분명히 있었다.

하지만 서서히 지는 해를 바라봐야 하는 나이가 오자 우리의 눈물은 길이를 잃어버렸다. 386의 꼬리표를 달고, 시대의 가해자이자 피해자의 역할을 동시에 맡아 이편도 저편도 아닌 채로 왔다 갔다 하느라 자아는 박쥐처럼 왜소해져 버렸고, 거꾸로 매달린 채 버텨야 했던 세월 앞에 '나도 힘들어 죽겠다'고 고백할 용기는 벼룩의 간만큼 작아져 버린 탓이다. 그런 우리에게 슬쩍 눈물 훔치며 잠시 앉아 있을 자리 한 평 정도는 필요하지 않을까? 약해질 수 있는 권리를 잃어버린 '남자라는 덩치만 큰 동물'에게 필요한 건 이미 소진한 힘이나 젊음을 되찾는 것이 아니라 잠시 멈춰 비슷한 아픔으로 숨이 찬 서로를 향해 건네는 작지만 잦은 위로 아닐까.

처음 책을 쓰기 시작할 때부터 나는 글을 잘 쓰고 싶다고 막연히 생각했다. 물론 지금도 마찬가지다. 그런데 몇 권의 책을 내는 동안 알게 되었다. 글을 잘 쓰고 싶다는 욕심을 다른 말로 바꾸면 누군가를 잘 위로하고 싶다는 말이라는 것을.

　요즘 들어 유독 남자들의 어깨에 걸린 반쯤 깎인 해와 길이가 없는 눈물이 가슴으로 들어온다. 어쩌면 지금은, 지는 해를 바라봐야 하는 시점의 쓸쓸함과 길이를 가질 수 없는 눈물의 의미를 알고 있는 우리가 서로를 위로해야 하는 때일지도 모른다. 그 생각이 바로 이 책의 출발점이었다. 다른 누구에게도 할 수 없었던 이야기를 오랜 친구에게 조근 조근 털어놓듯이, 어제 우리가 겪었던 아픔과 오늘 우리를 힘들게 하는 현실에 대해 담담한 위로를 나누고 싶다. 나이 든 남자들이 자신의 서랍에서 '행복'이라는 단어를 꺼내는 일이 더는 주저할 일이 아니라는 얘기를 하고 싶다. 때론 어설프고, 때론 유치해도 괜찮다고, 아프면 아프다고 슬프면 슬프다고 외로우면 외롭다고 그래서 울고 싶으면 울어도 된다고 소리치고 싶다. 괜찮다, 다 괜찮다!

　흔히 남자들을 감수성이 부족한 동물이라고 말하곤 한다. 그러나 그건 남자라는 동물에 대한 얼마나 잔인한 편견이던가. 감수성이 타인의 고통을 이해하는 능력이라면, 이 책의 각 장마다 늘어놓은 서로의 이야기에 우리가, 당신의 남자가 얼마나 공감하는지 그 능력을 가만히 살펴볼 일이다.

　"결국 우리에게 필요한 것은 오직 용기다. 아주 기이하고 독특하고 불가해한 것들을 마주할 용기!"

　그렇다. 릴케가 보내는 응원처럼, 자신의 이야기를 하는 것에도, 자신의 아픔을 내보이는 것에도 서툴고 어색했던 '남자'들에게 필요한 건 단지 용기일 뿐이다. 인생이라는 아주 기이하고 독특하고 불가해한 것들을 마주할 용기를 갖는 지점에 이 작은 위로의 이야기들이 자리하

면 좋겠다. 눈물의 길이를 잃고 감수성의 할당량을 빼앗겼던 남자들이
서로의 어깨를 기댈 수 있는 공간이 되고, 마음의 멍에를 내려놓고 조
금은 편안해질 수 있는 작은 피난처가 되는 그런 위로…….

　오랜만에 긴 호흡으로 오래 묵은 친구에게 보낼 편지를 다 쓴 기분
이다. 우리에게 남은 인생의 파도를 함께 넘을 친구에게 나도 겪고 너
도 겪은 아픔이 담긴 얇지 않은 편지를 띄운다. 직장에서든 가정에서
든 숨 쉴 수 있는 공간 한 평이 남아 있다면 언제든 거기서 다시 처음
처럼 시작할 수 있노라는 얘기를 담아서……. 아직 설렘이 남아 있는
그 고요한 새벽의 공간에서 '행복'이라는 단어를 꺼내듯, 자리를 잡고
앉아 이 편지를 읽을 친구들에게 그리고 나 자신에게 용기를 보낸다.
진심어린 용기를!

2015년 봄의 한가운데서
왕상한

차례

2장 나를 밀어가는 봄날의 기억

1장

386 아저씨의
이유 있는 외로움

나,
울 줄 아는 남자다

보러 가길 잘했다.

독립영화 사상 최단 기간인 개봉 일주일 만에 10만 명을 넘어 뉴스가 된 영화였다. 다큐멘터리라기엔 슬쩍 궁금해지는 제목이기도 했다. 매번 신작 영화를 챙겨보지는 못해도 화제가 되거나 사회적으로 큰 반향이 있는 영화들은 찾아서 보는 편이라 서둘러 티켓을 끊었다.

고왔다.

자그마치 76년 동안 해로하면서도 바로 어제 만난 연인들처럼 사랑하는 노부부. 작은 산골마을의 봄여름가을겨울에 새긴 노부부의 소담스럽고 소박한 사랑과 이별 이야기를 다룬 독립영화 〈님아 그 강을 건너지 마오〉. 낮은 계곡물 소리가 스민 산골마을의 정취만큼이나 굵은 주름이 패인 얼굴로 마주보고 웃는 그네들은 참, 고왔다.

그들은 서로에게 존대를 쓴다. 어딜 가나 커플 한복을 곱게 차려입고 둘이 손을 꼭 잡고 다닌다. 겨울엔 새빨간 공단으로 지어 입고, 여름이면 흰 저고리에 쪽빛 치마와 바지를 차려입는다. 가을에는 마당에 널린 낙엽을 쓸다가, 겨울에는 함박눈을 치우다가 까르르 장난을 친다.

나도 절로 그네들처럼 천진한 웃음을 머금는데 왠지 가슴이 뭉클해지며 눈물이 비어져 나온다. 정든 개 '꼬마'를 묻어주며 눈자위가 시큰해지던 그들은, 생신날 뒤지르고 싸우는 자식들을 바라보며 속울음을 삼키던 그들은 내 눈꼬리에도 눈물을 매달고 만다. 몇 번의 봄이 다녀가면서 점점 병색이 완연해지는 할아버지, 함께할 시간이 얼마 남지 않았음을 예감하며 준비해둔 수의를 빨아 널고 저승 가서 입을 옷을 태워주는 할머니. 가난으로 가슴 아프게 잃었던 어린 자식 여섯의 내복을 사 들고 와 펼쳐보며 먼저 가서 입혀주라는 말에 그러마 고개를 끄덕이던 노부부의 마른 눈물. 안타깝고 아픈 마음들이 무채색의 침묵 속에 저릿하게 녹아드는데 기어이 할아버지가 할머니를 떠난다. 불 꺼진 관객석에서도 기어이 본격적으로 눈물이 터져나온다. 그건 도무지 주체할 수 없는, 바다였다.

영화관에 흠뻑 들어찼던 웃음과 눈물, 감동도 감동이지만 남자인 나 자신도 놀란 것이 있었다. '남자도 영화를 보면서 이렇게나 울 수 있구나!' 하는 사실이었다. 나를 비롯해 양복에 넥타이를 맨 중년 남자들이 눈가가 붉게 충혈된 채 쉽게 영화관을 나서지 못하고 있었다. 그런데 그런 남자들끼리 눈이 마주치자 서로 놀라며 짐짓 딴 곳을 쳐다보

울고 싶어도 울 데가 없을 때면 내 말을 떠올리고
마마 안토니아의 집으로 가보십시오. 그곳을 찾기란 아주 쉽습니다.
당신이 울고 싶은 이유를 정확히 모르거나, 아니면 별다른 이유가 없어도
걱정하지 마십시오. 대성통곡하거나 조용히 울 수 있게
충분한 이유를 주는 것도 그 집 서비스 중 하나입니다.

기 바빴다. 남자의 눈물에 대해서는 우는 당사자들도, 그 눈물을 바라보는 다른 사람의 시선도 참, 차갑기만 하다. 남자가 우는 것이 불편한 사회에서 태어났고, 자랐고, 살고 있기 때문일까…….

　놀란 것은 또 있었다. 여운이 가시지 않은 채로 다른 사람들의 영화평이 궁금해 관련 기사의 댓글을 살펴보다가 나는 정말 화들짝 놀랐다. 대다수는 노부부의 아름다운 사랑에 대한 감동과 현재 자신이 나누고 있는 사랑에 고마워하는 글이었다. 그런데 50대 남자로 보이는 한 누리꾼이 오랜만에 펑펑 울었다는 댓글을 달기가 무섭게 바로 밑에 악플인 듯 악플 아닌 악플들이 달렸다. '아무래도 남자 갱년기 우울증이 예상되니 전문가의 치료를 받아보시죠.'라는 비아냥이었다.

　순간 욱 치밀어올랐다. 나이든 남자는 감동적인 영화를 보고 눈물도 못 흘리냐. 남자가 운다는 건 앞뒤 살펴볼 것도 없이 갱년기 우울증 증세이거나, 못난 행동이며, 못 보일 꼴이란 말인가? 도대체 왜 우는 남자는 하루아침에 작고 보잘 것 없는 존재로 낙인찍혀야 된단 말인가? 그저 댓글 하나일 뿐이라고 치부하면서도 나는 못내 분했다. 그러고는 이내 생각한다. '이렇게 자주 욱하는 것도 남자 갱년기 증상인가?'

　남자들 사이에는 불문율이 있다. 몇 번을 바닥에 고꾸라지고 심지어 피를 보더라도, 결국 졌다고 판단하는 증표는 '눈물'이다. 때린 대수가 아무리 월등하더라도 결정적인 한 방을 맞고 울어버리면 지는 거다. 남자들 사이에서 눈물은 그렇게 절대로 보여서는 안 되는 마음의 '백기' 같은 것이다.

요즘은 남녀평등을 넘어 오히려 역차별을 받는 남자들의 인권 신장에 대해 말하는 시대가 되었다지만, 우리 또래 남자들이 그야말로 남자로 성장할 당시만 해도 눈물은 절대로 흘려서는 안 되는 마지막 보루였다. 슬퍼도, 억울해도, 아파도 울지 않고 버티는 것이 당연했고, 더 잘 버틸수록 멋있는 남자라고 생각했다.

　그런데 나이를 먹고 슬픈 일, 억울한 일, 아픈 일을 연타로 맞다 보니, 아무리 맷집 좋게 견뎌도 눈물이 난다. 눈물이, 절로 난다. 우스갯소리처럼 걸고넘어지는 '갱년기'도 한몫한다. 40대 후반부터 슬슬 조짐이 보이더니 50대로 넘어가서는 텔레비전 연속극을 보면서 아내보다 더 자주 우는 사태가 벌어진다. 일터에서 작아지는 위치, 집안에서 줄어드는 목소리, 몸 구석구석에서 들려오는 늙음의 신호, 어느 하나 쓸쓸하지 않은 게 없다. 그러다 보니 때로는 당연한 생(生)의 주기 나열만 봐도 코끝이 시큰해진다.

　그런데 울 데가 없다. 울고 싶어도 나 사는 곳 어디에도 울 데가 없다. 어디로 가야 한단 말인가? 태생적으로 카타르시스의 이용권을 박탈당한 우리 남자들은 그럼, 어디에서 울어야 한단 말인가?

　루이스 세풀베다는 그런 내게 길을 일러줬다. 남자라서 울음을 삼켜야만 했던 때, 나 자신조차 우는 내가 보기 싫어 돌아앉았던 때, 이 칠레 작가가 《외면》의 '울고 싶어도 울 데가 없을 때'라는 장에서 길을 일러주는 대목을 나는 읽고 또 읽었다. 내 안에 부는 이름 모를 쓸쓸한 바람을 따라 언젠가는 반드시 그곳을 찾아가기라도 할 것처럼.

울고 싶어도 울 데가 없을 때면 내 말을 떠올리고 마마 안토니아의 집으로 가보십시오. 그곳을 찾기란 아주 쉽습니다. 부둣가에서 아무 남자나 붙잡고 물어보면 별다른 서론 없이 낡은 목제 건물까지 가는 길을 알려줄 것입니다.

어쩌면 입구에서 좀 놀라 당황할 수도 있습니다. 당신이 착각해서 주교의 집에 잘못 찾아온 건 아닐까 의아해할 수도 있습니다. 하지만 멈추지 말고 계속 전진하십시오. 벽면을 장식한 어린 천사들의 중성적인 얼굴은 무시하고, 문턱을 넘어 초인종을 딱 한 번만 누르십시오.

어둠 속에서 한 사람이 나와 당신을 맞이할 것입니다. 반 토막짜리 남자가 허술하게 생긴 방명록을 가져올 것입니다. 그는 거기에다가 당신의 이름, 나이, 직업을 적고, 마지막으로 왜 울고 싶은지 물어볼 겁니다. 당신이 울고 싶은 이유를 정확히 모르거나, 아니면 별다른 이유가 없어도 걱정하지 마십시오. 대성통곡하거나 조용히 울 수 있게 충분한 이유를 주는 것도 그 집 서비스 중 하나입니다. 당신이 마음대로 선택할 수 있습니다.

마마 안토니아의 집.

언뜻 봐도 종교적인 의미가 연상되는 구절이지만, 대성통곡하거나 조용히 울 수 있게 공간과 시간, 거기다 충분한 이유까지 마련해주는 최상의 서비스라면 이교도라 할지라도 어찌 경험해보고 싶지 않겠는가. 세풀베다는 이미 알고 있었던 것일까? 나이가 들면 점점 더 울 수 있는 곳도 사라지고 우는 일 자체가 어려워진다는 사실을. 우는 것은 무너지는 것이자 내 어깨 위에 올라앉은 가족들을 흔들리게 만드는 것이라는 무언의 압박으로 우리가 얼마나 많은 눈물을 씹어 삼켜야 했는지를⋯⋯.

찬찬히 곱씹어볼수록, 마마 안토니아의 집은 특정한 장소가 아니라 나를 그저 울도록 내버려둘 마음의 공간을 찾으라는 계시일지도 모른다는 생각이 든다. 단단히 동여맨 슬픔은 결국 상처를 남긴다는 것을 이 털털한 남미 작가는 이미 알고 있었던 것이다.

삶이 늘 기쁨과 행복으로 충만할 수 없다는 걸 우리는, 안다. 인생은 동전의 양면처럼 슬픔과 눈물을 동반해야 한다는 것도 우리는 이미, 알고 있다. 그러니 남자지만, 아무리 남자라도, 슬픔과 눈물을 마주보고 인정하며 스스로에게 깨닫게 해줘야 한다. 울 줄 아는 남자가 되어야 한다는 것. 눈물을 몸 밖으로 배출하는 과정을 거쳐야만 묵은 슬픔이 녹아나올 수 있고, 그래야만 '때로는 슬픔이 슬픔 너머로 갈 수 있는 힘이 되기도' 한다던 어느 시인의 말이 나의 것이 될 수 있을 테니.

⋯⋯.

보러 가길 잘했다.

어둑한 영화관 안에서나마 삶의 정겨움과 쓸쓸함 앞에서 내 안 저 밑바닥에 고인 쓸쓸함과 슬픔을 토해내며 반갑게 나를 확인할 수 있었으니 말이다. 나, 울 줄 아는 남자다.

나 이제 고아네

K에게서 연락이 왔다.

아버님의 부음을 전하는 짤막한 전화였다. 행정고시에 합격해 일찍 공무원 길에 들어선 K는 성실하고 평판이 좋아 승진도 빠른 편이었고, 언제나 안정된 모습을 보여주던 친구였다. 오십 줄에 접어드니 조문 갈 일이 부쩍 많아지긴 했지만 여전히 친구네 문상은 심상한 일이 아닌지라 K의 고향인 충북 음성으로 내려가는 차 안에는 20년 지기 셋이 다 모였다.

시골 동네에서 치르는 장례 풍경은 도시 병원 장례식장의 그것과는 사뭇 달랐다. 동네 초입부터 조등(弔燈)이 걸려 있고, 잔칫날인 양 음식을 해대는 소란스러운 소리와 기름 냄새가 허연 천막 밑에 진동했다. 동네 어르신들과 친척들을 제외하고는 우리가 가장 가깝고 가장 먼저 도착한 지인들이라 K는 경황이 없는 중에도 우리를 매우 반가워했다.

천막 아래 자리 잡고 앉은 셋의 술잔이 몇 순배나 돌았을까. 장례 준비하고 문상객을 맞느라 바짝 긴장했던 것이 풀어졌는지 K는 우리 천막 아래로 와서는 털썩 주저앉았다. 막걸리 두어 잔에 이내 눈시울을 붉히던 K는 나중엔 아예 아이처럼 발을 구르며 엉엉 울어댔다. 20년을 넘게 알고 지내면서도 그런 주사를 본 적이 없던 우리는 적잖이 당황했다. 게다가 오랜 투병 끝에 돌아가신 아버지의 사정을 알았던 터라 무에 그리 슬플까 싶었지만 서로들 끌어안으며 괜찮다, 괜찮다, 어깨를 두드리는데 난데없이 이 녀석이 이러는 게 아닌가.

"난 이제 고아네……. 어머니도 안 계시고 아버지도 가시고 나는 이제 고아네……."

봄이 한창이라 복사꽃은 지는데, 알싸하게 술이 오른 멍석 위에서 우리 넷은 참 코가 빠지도록 울었더랬다. 고아라는 말이, 오십이 넘은 남자들한테도 어찌 그리 사무치게 아린 말이던지……. 이 세상 천지에 한 분 부모 없이 의지가지없이 고아로 살아낼 우리의 남은 오십 년이 하도 불쌍해서, 아이처럼 다리를 뻗고 울어대는 친구를 에워싸고 우리도 그만 목을 놓아 울어버렸다. 그때 우리는 흡사 찰스 디킨스의 소설 《올리버 트위스트》의 고아 무리였다. 홀로 남겨진 올리버가 가엾어서, 곧 참혹한 세상과 조우하게 될 올리버가 마음 아파서, 책장을 넘기지도 못한 채 눈물을 훔치며 숨을 고르던 구절이 겹쳐졌다.

그저 어린애일 뿐인 올리버가 그날 맛본 수모에 굴복한 것은 결국 침울한 장의사 가겟방의 정적과 적막함 속에 혼자 남겨진 다음이었다. 그는 성녈스러운 눈빛을 하고 모욕을 한 귀로 흘려버렸고, 아프다는 소리 한 번 안 하고 매를 견뎌냈다.

자기를 산 채로 불에 태워 죽여도 끽소리 한번 안 할 자존심이 가슴속에서 부풀어 오르는 것을 느꼈기 때문이다. 그러나 마주 볼 사람도 얘기를 나눌 사람도 없게 되자 그는 무릎을 꿇고 얼굴을 손으로 가린 채, 하느님이 아시는 인간 심성의 실상 그대로, 어린애가 혹시라도 그렇게도 슬피 울 일이 있을 경우 중에도 가장 구슬프게 울었던 것이다.

그날 그 봄밤에 K도 부모를 잃은 아들이 혹시라도 그렇게도 슬피 울 일이 있을 경우 중에도 가장 구슬프게 울었던 것이다. 그런데 우리의 울음은 한 어르신의 호된 꾸중으로 어이없고 맥없이 뚝 끊겼다. 호통의 주인공은 부음을 듣고 찾아온 옆 동네 사는 K의 친척 고모였다. 나랏일 한답시고, 무슨 반기문도·아닌 주제에 일 년에 한 번 명절에도 고향에 안 내려오더니 아버지 돌아가셨다고 무슨 설움이 그리 커서 울음이 이리 기냐며 서릿발 같은 핀잔을 주시는 것이었다.

호통도 호통이고 느닷없이 웬 반기문인가 싶어 어리둥절하다가 예전에 K가 우스갯소리를 했던 게 떠올랐다. 충북 음성은 반기문 유엔사무총장의 고향이기도 해서, K는 그래도 자기네 동네에서는 '내가 반기문 총장급'이라며 농을 하곤 했었다. 호통 덕에 눈물을 닦고 가만 생각해보니 그랬다. 뭐 대단한 일을 하며 산다고, 반기문 총장도 아니고 대통령도 아닌데 세상 온갖 바쁜 생색은 혼자 다 내고 이렇게 고아가 된 후에야 뒤늦게 우리는 올리버 트위스트의 눈물을 흘리는가 말이다.

그런데 눈물을 헹구어내는 술잔에 나직한 변명이 꾸역꾸역 차오른다.

'먹고사느라 바빠서 그랬습니다.'

'상어처럼 멈추면 숨을 쉴 수 없는 세상에 살다 보니 그 세상에서 열심히 살아내느라 그랬습니다……'

물속에서 외치는 말처럼 더 이상 부모님에게는 가 닿을 수 없는 변명. 그래서 고아가 된 자신은 어쩌냐고 떼를 쓰는 마지막 응석. 기어이 술잔에 남은 눈물을 떨구고 만다.

부재(不在)가 존재를 더욱 선명하게 하는 삶의 아이러니는 생각보다 많다. 특히 부모님의 경우가 그렇다. 두 분이 나란히 누워 계시는 봉분 앞에 서서야 비로소 이제 더 이상 나에게 부모님으로 존재하지 않는다는 것을 깨닫게 된다. 그럴 때 우리 남자들은 뒤늦게, 발등에 불이 떨어진 것처럼 굴게 된다. 안 가던 가족 여행을 꾸려 아이들과 시간을 무리해서 보내려고 한다든지, 아버지 살아생전에는 그걸 왜 하냐며 볼이 통통 부어 있던 문중 묘지 정리나 족보 재간(再刊) 같은 것들을 갑자기 서두른다.

보통 이럴 때 주변에서는 살아생전에 잘 좀 하지, 부모님 돌아가시니까 죄책감에 호들갑을 떤다고 시선이 곱지 않다. 특히 아내나 가족들의 경우, 가장 가까운 곳에서 나의 행동을 지켜봐온 터라 오히려 더 편을 들어주지 않는다. 이미 세상을 떠나신 분들인데, 형편도 되지 않는 지금 무리해서 일을 벌이는 이유가 무엇인지 납득이 안 된다는 것이다. 못난 아들의 뒤늦은 효도의 소란스러움을, 모르는 이들은 그렇게 말할 수도 있다.

그런데 말이다. 비록 소리만 요란할지라도 마음의 멍에는 풀어내야만 할 때가 있는 법이다. 그러지 않고서는 '고아' 어른으로서의 삶을 제대로 살아낼 수 없을 것만 같은 마음, 우리 나이 때 부모님을 모두 잃어본 사람이라면 알고 있는 아픔이다. 자기가 속한 분야에서 이미 일가를 이루고 사회적으로도 어느 정도 위치를 확보한 우리들에게 우리가 딛고 있는 그 중력이 오히려 죄책감의 부메랑으로 돌아오기도 한다. 부모님이 살아계실 때 더 잘 보살펴드릴 수도 있었는데……, 지금 내가 남은 가족과 누리는 것들은 돌아가신 부모님과 함께할 수도 있던 것들이었는데……. 이런 부메랑이 가슴을 칠 때마다 나이든 아들은 고개를 들 수가 없다. 그러다 보니 주먹을 쥐게 된다. 마지막에 남기신 말씀이라도 꼭 행동으로 옮기겠노라, 두 주먹을 꽉 쥐게 되는 것이다.

알고 지내는 한 중소기업의 CEO도 그랬다. 종손이었던 아버지는 마지막까지 족보 재간(再刊)에 신경 쓰셨고, 당신이 하지 못한 일을 유언으로 남겼다. 아버지 살아생전엔 별 관심도 없던 일이었는데 그는 유언을 받들고자 회사일도 미룬 채 문중이 있는 지방과 종로 주변을 한동안 바쁘게 뛰어다녔다. 조금 특이한 족보가 완성되었다며 SNS에 올린 글을 보니 멋진 가죽 양장본으로 마무리 된 족보에는 그 가족의 오랜 역사가 정갈하게 기록되어 있었다.

그런데 여느 집안 족보와 다를 것이 없어 보이는 그것이 뭐가 그리

특이하다는 것인가 싶어 족보 맨 앞 장을 펼치니 거기에 그가 직접 옮겨 적은 시조 한 수가 적혀 있었다. 조선 중기 무신이자 뛰어난 문장가였던 노계 박인로의 시조 〈조홍시가(早紅柹歌)〉 첫째 수였다.

반중(盤中) 조홍(早紅)감이 고아도 보이나다
유자(柚子) 아니라도 품음즉 하다마는
품어가 반길 이 없을 새 글로 설워하노라

소반에 담긴 일찍 익은 붉은 감이 참도 고와 보여, 육적이 어머니를 위해 품어간 유자는 아닐지라도 몇 개 품안에 넣어가고 싶지만 그리 가져가도 반가워할 부모가 없어 그것 때문에 더 애가 닳는다는 말.

박인로가 한음 이덕형의 집에 놀러 갔다가 손님상에 올라온 감을 보고 '육적회귤(陸績懷橘)'이란 중국의 고사를 인용해 지은 시조다. '유자 아니라도'라는 대목에 적용된 육적회귤의 내용은 이렇다. 오(吳)나라의 육적이란 사람이 당대의 세력가였던 원술(袁述)의 집에 갔다가 접대 음식으로 내놓은 유자 세 개를 품안에 숨겼다가 발각되었다. '아니 드시라고 내놓은 유자를 왜 감추느냐'고 까닭을 물으니 '어머니에게 가져다 드리고 싶어서'라고 대답해 모두 그 효심에 감동했다.

그 CEO는 아버지 살아생전에 늘 이 고사를 들었다. 족보를 좀 손봤으면 한다는 말을 꺼낼 때마다 아버지는 당신이 못다 한 효를 아쉬워하며 서두에 항상 저 시조를 꺼내셨던 것이다. 생전엔 심상하게만 듣던 '아버지의 그 시조'가 가신 후에는 어찌나 가슴에 사무치던지 아들은 그 시조를 기억하고 족보의 맨 앞 장에 적어 넣었다고 한다.

붉은 감을 가져가도 반가워할 부모가 없어 애가 닳는다는 걸 돌아가신 아버지는 이미 알고 계셨던 것일까? 아버지도 어머니도 모두 떠나신 후에 그 빈자리를 보고 나서야 그 뜻을 깨닫게 될 것을 아셨던 걸까? 천애고아가 되어서야 비로소 살아 계셨을 때 해드리지 못한 것을 챙기며 후회할 아들의 모습을 미리 헤아리고 당부를 거듭하는 것이 부모의 마음인 걸까?

자식은 부모의 보폭을 죽어도 따라잡지 못한다는 말이 있다. 우리가 딛을 땅을 미리 디뎌 보고, 위험에 대비했던 부모님의 걸음을 평생따라잡을 수 없는 것은 어찌 보면 당연하다. 그러니 고아라는 말이 어울리지도 않는 마흔, 쉰이 넘은 늙은 아들이 '뒤늦게' 부모님이 원했던무언가를 행하는 것 또한 어찌 보면 당연한 일일지도 모른다. 그러니 '늙은 고아'의 마음을 헤아려주면 어떨까. 부레가 없는 상어처럼 멈추면 숨을 쉴 수 없어서, 그렇게 열심히 사느라고 살아생전에 해드리지못했던 무언가를 어거지를 써서라도 해드리고 싶은 그 마음을…….

여보,
나도 말 좀 하자

"장동건이지!"

아내도 그랬다. 이상형을 묻는 질문에 주저없이 폼나게 잘생긴 그를 꼽았다. 예전에는 젊은 여성들의 이상형이나 신랑감 1위 조사에서 잘생긴 탤런트나 영화배우 그도 아니면 잘나가는 젊은 기업인이 꼽히는 경우가 대부분이었다.

그런데 요즘은 상황이 조금 달라졌다. 가장 대표적인 예로 국민 MC 개그맨 유재석이 있다. 어느샌가 그는 이상형 순위 상위권에서 부동의 위치를 고수하고 있다. 그가 장동건보다 잘생긴 것도 아닌데 말이다. 시대가 변한 것이다. 돈이나 얼굴이 최고의 덕목이었던 시대가 지나, 유머 있고 말 잘하는 남자가 더 각광받는 시대가 온 것이다. 오호 호재로다! 외모나 경제적인 능력은 좀 떨어지는 남자들도 여자들에게 인기를 얻을 수 있는 틈새가 좀더 넓어질 테니 말이다.

그런데 도무지 납득하기 어려운 게 하나 있다. 연애할 때 이렇게 유재석처럼 재치와 유머로 자신을 즐겁게 해주는 남자를 좋아하던 여자들이 결혼해서는 돌변한다는 거다. 그 남자가 남편이나 가장이라는 타이틀에 앉고 나면 '재미있게 말 잘하던 남자'는 어느샌가 여자들이 칠색 팔색 하는 '말 많은 남자', '말만 번드르르한 남자'로 불린다.

말을 정말 많이나 하고 이런 말을 들으면 억울하지나 않을 게다. 결혼생활을 하다 보면 일상의 작은 일부터 집안 대소사까지 아내와 언쟁할 일이 무궁무진하다. 그때마다 아내는 어디 말 잘하게 가르치는 학원이라도 다녔는지, 내가 나름의 논리와 의견을 펼치려고 할 때마다 말하는 속도와 양으로 공격해온다. 더군다나 우리보다 좋은 기억력과 조리 있는 언어구사력으로 과거에 있었던 일들까지 연결하기 시작하면 남자들의 머릿속은 이미 4차 방정식을 방불케 하는 상황이 된다.

말싸움이라는 것이 그렇지 않은가? 본질과 과실이 누구에게 있느냐를 떠나 말문이 먼저 막히거나 그 자리를 떠나면 일단 지는 거다. 요즘은 어떤지 모르겠지만 '자고로 여자와 말싸움으로 오래 끄는 것은 남자가 할 일이 아니'라는, 일생에 도움이 안 되는 가르침을 받고 자란 우리 세대는 여간해서는 아내에게 말싸움을 이길 방법이 없다.

"여보, 나도 말 좀 하자!"

그래, 우리도 말 좀 하자. 그런데 두 팔을 걷어붙이고 아내와 본격적으로 대화를 시작하려면 일단 두어 가지가 선행되어야 한다.

우선 남자에게 '말 많음에 대한 면책 특권'을 줘야 한다. 여자와 말

싸움하는 것과 남자가 말이 많은 것에 대한 면책 특권을 유재석만이 아니라 우리에게도 주어야 한다. 남자들이 강요당했던 그간의 침묵의 세월을 떠올려보면 그리 무리한 요구도 아니다. 어떤 문제에 대해 말을 좀 쏟아내면 본질과 상관없이 즉각 '말 많은 가벼운 남자'로 치부해버리니 입을 닫을 수밖에. 그러니 적어도 이렇게 몰아붙이지 않겠다는 페어플레이 정신이 있어야 우리도 대화의 장에 들어설 수 있지 않겠는가.

또 하나, 침묵의 세월을 보내온 탓에 자신의 의사표현에 서툰 우리의 핸디캡을 인정해주어야 한다. 우리 남자들이 '논리가 부족해서', '말을 잘하는 DNA가 아예 존재하지 않아서' 매번 아내들에게 지는 것이 아니다. 모두 이 말 탓이다. 남아일언중천금(男兒一言重千金)!

학창 시절, 책상머리에 이 한자성어 한번 붙여보지 않은 남자가 있을까. 남자의 한 마디 말은 천금같이 값지고 무겁다는 이 말을 남자들은 귀에 못이 박히고 달팽이관이 다 닳도록 들으며 자라왔다. 남자들이 말로 자신의 논리를 피력하는 데 뒤떨어질 수밖에 없는 필연적인 문화사회적 배경을 설명하기에 충분한 말이다. 시대가 이렇게 변할 줄 모르고, 소통이 얼마나 중요하고 좋은 것인지도 모르고, 그저 헛기침 몇 번에 어머니를 움직이게 하는 아버지의 모습이 싫었으면서도 남자는 으레 말없이 말해야 한다고 우리 남자들은 그렇게 배워왔다.

부질없지만, 우리나라도 일찍이 서양처럼 틀을 깨는 이들, 즉 말 많고 탈 많은 일종의 트러블메이커가 문화와 사회 전반을 이끌 기회가 많았다면 어땠을까 생각해보곤 한다.

사실 나이가 들수록 남자들도 술을 마시거나

운동하는 것 말고 친구들끼리 앉아서

수다 떠는 것이 즐거울 때가 많다.

장 콕토는 인생 전반에 걸쳐 말 많은 자신이

남들에게 '가볍게' 보이는 것을 두려워하지 않았다.

"시인은 항상 진실을 말하는 거짓말쟁이다."

장 콕토가 이런 말을 남기는 것이 가능했던 건,

그가 살았던 사회가 그에게 '남아일언중천금의 굴레'를

씌우지 않았기 때문일지도 모른다.

프랑스의 시인이자 소설가이며 극작가로 활동했던 장 콕토가 그런 인물이었다. 말하기 좋아하고 언변이 화려했던 콕토는 전쟁 후에 들뜬 파리 사람들을 말로써 자신의 환상 속으로 끌어들였다. 총명한데다 능수능란한 언변까지 갖춘 그는 군중을 왕처럼 좌지우지했다. 새로운 의상을 유행시키고, 술집을 번창시켰으며, 음악가나 작가들을 자신이 읊조리고 쓰는 '시(詩)' 아래 두었다. 그는 사람들이 모여 있는 곳이면 밤낮을 가리지 않고 찾아가 떠들었다. 자신이 추구하는 장르가 시에서 영화로 옮겨 갈 때도 목소리를 낮추지 않았다. 스크린은 자신의 기묘함을 표현하기에 더없이 적합한 곳이라며 호들갑을 떨기까지 했다.

그런 콕토를 바라보며 어떤 이들은 은연중에 그의 새 작품이 '말 많고 가벼운 남자'가 선보이는 '깊이 따위는 없는' 것이기를 바랐는지도 모른다. 그런데 정말 그랬을까? '남아일언중천금' 같은 말 따위는 들어본 적도 없는 콕토는 말만 많고 결과는 보잘 것 없는 빈 쭉정이 같은 예술가였을까?

결과는 그렇지 않았다. 그는 시와 소설, 영화를 넘어 데생과 무대 장치, 교회의 스테인드글라스까지 시도한 다각적인 예술가였다. 쉴 새 없이 자신이 무엇을 하고 있는지, 무엇을 하고 싶은지 말했으며, 그 대다수가 자신이 처음 말했던 목표와 멀어졌지만 그는 고개 숙이지 않았다. 그것이 그가 살아가는 방식이었다. 그렇게 그는 우리가 흔히 볼 수 없는 순수한 모습의 시인으로 자신의 삶에 최선을 다했던 것이다.

콕토는 인생 전반에 걸쳐 남들에게 말 많은 자신이 '가볍게' 보이는 것을 두려워하지 않았다. 사람들 역시 콕토가 쏟아내는 말들과 그가 만든 작품들을 같은 저울에 올려놓고 평가하지 않았다.

"시인은 항상 진실을 말하는 거짓말쟁이다."

장 콕토가 이런 말을 남기는 것이 가능했던 건, 그가 살았던 사회가 그에게 '남아일언중천금의 굴레'를 씌우지 않았기 때문일지도 모른다.

물론 오늘을 사는 남자들이 모두 장 콕토처럼 살 수는 없다. '남아일언중천금'에 확장된 개념으로 따라붙는 '약속'과 '책임'의 미덕 또한 부정할 수 없다. 그러나 의견 충돌로 말싸움을 할 때마다 마치 예비된 무기처럼 '남아일언중천금'과 '말 많은 가벼운 남자' 카드를 꺼내들지는 말자는 것이다. 남자들에게도 말할 기회를 줘야 한다. 왜 아내들은, 남자들도 모든 상황을 고려해 기가 막힌 기승전결을 갖춘 명문장을 논리 정연하게 구사할 수 있다는 건 생각도 하지 않는가. 말만 끊지 않아준다면, 많은 말로 논리를 설명하는 것에 '가벼움'의 딱지를 붙이지만 않는다면 우리도 할 수 있다.

심리학자 리처드 칼슨의 유명한 저서《사소한 것에 목숨 걸지 마라》에 이런 말이 있다.

당신에게 다른 사람의 말을 가로막는 버릇이 있다는 사실을 깨닫기만 하면, 그런 버릇은 자신의 눈에 잘 띄지 않을 뿐이지 쉽게 바꿀 수 있는 순진한 습관에 지나지 않는다는 사실을 확인하게 될 것입니다.

이것은 좋은 소식입니다. 왜냐하면 당신이 할 일이라고는, 그 버릇을 망각하고 상대방의 말을 자르려는 순간에, 말을 잠깐 멈추기만 하면 된다는 의미이기 때문입니다. 스스로에게 인내하고, 기다려야 한다는 것을 상기시켜 주십시오.

그리고 다른 사람이 말을 끝내도록 배려했다가, 내 차례에 말을 하겠다고 다짐하십시오. 그러면 금방 알게 될 것입니다. 이 간단한 행동의 결과로, 당신의 삶에 끼어든 사람들과의 교류가 얼마나 성숙되는지를 말입니다.

당신과 의사소통을 하는 사람들은, 당신이 그들의 말을 귀담아 듣고 있다고 느낄 때 …… 당신 곁에 훨씬 더 편한 마음으로 남을 수 있게 될 것입니다.

대화의 기술이라는 거창한 주제까지 나가지 않더라도, 남편과 늘 대화가 부족하다고 불평하는 아내가 그의 말을 끝까지 들어주기만 한다면 놀라운 변화가 시작될 수도 있다.

사실 나이가 들수록 남자들도 술을 마시거나 운동하는 것 말고 친구들끼리 앉아서 수다 떠는 것이 즐거울 때가 많다. 여자들만 그런 것이 아니라는 말이다. 국민 MC 유재석은 자신처럼 술을 먹지 않는 남자 동료들과 커피숍에 모여 차 한 잔을 앞에 두고 여섯 시간 이상 수다만 떤 적도 허다하다고 한다. 그래서 붙여진 모임 이름이 '조동아리 클럽'이다. 동아리 앞에 아침 '조(朝)'자를 붙였다. 일단 수다가 시작되면 아침 해가 뜰 때까지 떠들기 때문이란다. 우리가 사랑해 마지않는 개그맨 유재석도 남아일언중천금의 노예이기보다는 만났다 하면 커피숍으로만 3차까지 가는 말 많은, 말 좋아하는 남자인 것이다.

"야, 완상 떼고 한번 붙어!"

소싯적에 친구들끼리 주먹다짐 좀 할 때면 많이 했던 이 말을 아내 앞에 슬몃 디밀어본다. 그렇게 한번 붙어보자고. 말문 막히면 문이나 쾅 닫고 들어가버리기 일쑤에, 매일 담배 냄새 소주 냄새나 풀풀 풍기며 들어와 등 돌리고 잠만 자던 우리가 답답했다면, '남아일언중천금' 떼고, '말 많은 가벼운 남자' 딱지 떼고, '중간에 말 끊기 없기!'라는 룰도 정하고 나서, 시원하게 설전(舌戰) 한번 붙어보자.

단지 한풀이 속셈만은 아니다. 짓눌려 있던 '말 없는 남자'를 떠나보내고 나면 그 자리에 말은 좀 많아졌지만 그만큼 '말이 잘 통하는 남자'가 나타날지도 모를 일 아닌가. 비록 하드웨어는 같을지라도 오고 또 가는 말의 길을 튼 전혀 새로운 남자를 불러낼 수도 있을 테니 말이다.

"여보, 나도 말 좀 하자!"

이 말이 또 다시 튀어나오기 전에, 귀를 기울여 새로운 남자를 호출해볼 일이다.

386의 잘린 꼬리,
날카로운 청춘의 기억

도마뱀은 위험한 순간이 닥치면 꼬리를 자르고 달아난다. 몸통에게 버림받은 꼬리는 애처로울 정도로 처절하게 꿈틀거리지만 몸통은 뒤를 돌아보는 법이 없다. 흥미로운 것은 그렇게 필사적으로 꼬리를 버리고 달아난 도마뱀은 잘린 꼬리가 자라는 동안 정작 생식도 성장도 하지 않는다는 점이다. 그토록 매몰차게 꼬리를 자르고서라도 찾아야만 했던 도마뱀의 갈망이 돌연 얼어붙기라도 한 것처럼 말이다.

다큐멘터리가 끝나고도 한참을 멍하니 앉아 있었다. 종잡을 수 없이 울컥 하는 마음에 목이 따끔거린다. 왜일까, 잘린 꼬리가 자라는 동안 생식도 성장도 하지 않는 도마뱀의 생리가 나의 20대, 우리의 80년대와 내내 겹쳐진 까닭은…….

역사는 80년대를 '격동'이라는 단어로 기억한다. 그 80년대에 내가, 우리가 처음 만난 위험은 다름 아닌 입시였다. 80학번 이후부터 90학번까지 거의 10년 동안 우리는 서로의 학번을 '비운의 학번'이라 불렀다. 지금과 비교해도 전혀 손색이 없을 정도로 입시 전쟁 속에 던져진 세대들이었다. 소위 386세대, 바로 그들이다.

'비운의 학번'들의 부모 세대인 우리 부모님들은, 분단과 전쟁을 거치며 지독한 가난과 싸워야 했기에 살아내는 일에 필사적이었다. 진절머리 나게 겪었던 가난과 혼란을 자식에게는 절대 물려주고 싶지 않았다. 어두운 현실을 돌파하는 유일한 방편은 교육뿐이라고 생각했던 것은 어쩌면 당연한 귀결이었다. 수순처럼 사교육은 과열됐고 과외는 역병처럼 번졌다. 급기야 나라에서 과외를 법으로 막는 초유의 사태까지 일어났지만, 이미 소용없는 일이었다. 서울만 해도 쌀독에 쌀만 비지 않으면 누구나 과외를 했다고 해도 과언이 아니던 시절, 출세하고 더 나은 삶을 살기 위해서는 오로지 공부밖에는 길이 없다고 믿었다. 모두 숨이 찼지만, 그 믿음은 공고해져갔다.

과외만이 아니었다. 우리 사회 전체가 숨이 차 있는 상황이었다. 가쁜 숨이 차오르고 터질듯이 맥박이 뛰도록 앞도 뒤도 돌아보지 않고 전력 질주해온 80년대는 어딘지 모르게 쫓기는 모습이었다. 새벽종을 울리며 1970년부터 시작된 새마을 운동은 강산이 변한 80년대에 이르러서도 근면·자조·협동이라는 깃발 아래 사람들을 부지런히 움직이게 했고, 잘 먹고 잘 입고 잘 쓰는 윤택한 사회로의 변화가 우리에게는 최고의 숙제이자 목표였다. 그러니 온몸으로 땀을 흘리며 살아온 어른들 입장에서는 그저 공부만 열심히 하면 되는 우리가 잘려나간 '청춘의 꼬리'와 '사라져버린 갈망'에 대해 논하는 모습을 용납하기 어

한 세대를 통과해 다시 어느 세대로 접어들게 되면 회한(悔恨)이라는 것이
생기기 마련이다. 80년대를 살아온 우리에게 회한은 잘린 꼬리 같이 아프고
진물 나던 '청춘'이었다. 젊음이 젊어지기에는 너무 무거웠던 시대의 숙제.

려웠을 것이다. 우리의 모든 것은 진부 학력고사 다음 날로, 대학에 들어가는 날 이후로 미뤄졌다.

나는 요즘도 가끔 학력고사 치르던 날을 떠올리곤 한다. 하마 30년이 넘은 세월이건만, 너무 지쳐서 차라리 모든 것이 빨리 끝나버렸으면 좋겠다고 생각하는 일이 닥치면 내 감각의 촉수는 어김없이 학력고사 날로 나를 끌고 간다. 긴장으로 곤두선 신경이 팽팽하게 근육을 죄어오던 그때로.

당시는 선 시험 후 지원 제도여서, 시험을 먼저 치고 그 점수에 맞춰 학교를 지원했다. 그러니 학력고사를 치르는 그 단 하루가 인생을 가르는 운명의 날이 아닐 수 없었다. 그날은 아플 수도 없고 아파서도 안 되며 하늘이 무너져도 시험장으로 가야 하는 날이었다. '재수는 재수 없다'는 말이 불경한 주문처럼 떠돌았고, 무엇보다 그 지겨운 고3 수험생 시절을 반복해야 하는 고문만은 피하고 싶었기에 우리는 제법 필사적이었다. 어머니들도 마찬가지였다. 입김 펄펄 나는 겨울 날씨에 엿과 부적으로 도배된 교문마다 다닥다닥 붙어 애 닳는 기도를 드렸다. 염원은 오로지 하나였다. '이 고비만 넘기면, 대학만 잘 들어가면……'

점수가 나오고 나면 남은 관문은 원서접수. 우리 세대의 원서접수 당일 '눈치작전' 대소동은 으레 뉴스에 보도되는 진풍경이었다. 내 친구 J도 작전을 감행해야 했다. 경쟁은 치열하고 명문대로 들어가는 문은 좁고, 재수는 하기 싫고 점수는 신통치 못하니 어쩌겠는가. 엄마, 삼촌, 이모, 친구까지 총 동원되어 각 학교의 원서 창구 앞에 섰다가 상대적으로 경쟁률이 적은 학과에 민첩하게 접수하는 그야말로 '눈치'로 '작전'을 감행하는 수밖에. 파견된 작전 요원들도 긴장으로 곤죽이 되는 날이었다. 어쩌면 지금만큼이나 내 자신의 꿈, 가고 싶은 미래에 대한 고민을 할 수 없었던 때가 바로 우리의 80년대였다. 그렇게 꼬리가 잘린 채로 우리의 20대가 시작되었다.

사실 그때의 우리에게 어느 누구도 대학입시가 끝난 후에 정확히 무엇이 달라지는지, 봄이 오면 시작될 대학생활이 황망하게 잘린 우리 청춘의 꼬리를 다시 자라게 해줄 수 있을지에 대해 확신 있게 말해주지 않았다. 우리 역시 어느 누구에게도 그런 질문을 하지 않았다. 그저 때가 되면 자라나고 돌출되는 몸의 성장처럼 자연스럽게 겪어내야 하는 과정으로 받아들였던 것이다. 대학에 가면, 성인만 되면 잘린 꼬리가 보란 듯이 자라 우리를 새로운 세계로 데리고 갈 것이라고 믿었다.

하지만 그런 우리에게 열린 대학 캠퍼스는 최루탄으로 가득한 하얀 암흑이었다. 입시를 앞두고 잘라버렸던 꼬리는 채 다시 자랄 사이도 없이 우리에게 시대라는 고민을 내놓았고, 군사독재와 민주화를 향한 열망과 혼돈으로 우리의 봄은 다시 기약 없는 이듬해 봄으로 또 그 다음해 봄으로 미뤄지고 또 미뤄졌다.

80년대를 청춘이라는 이름으로 살아온 우리가, 그 시절을 추억할 때 맥없이 웃을 수만은 없는 이유가 바로 이것이다. 학생운동에 몸 바친 사람도, 외면 아닌 외면으로 공부에 더 몰두했던 사람도 어느 한 순간 시대로부터 자유로울 수는 없었다. 마치 꼬리가 다시 자라기 전까지는 성장도 생식도 멈춘 도마뱀처럼 말이다.

여전히 우리의 잘린 꼬리에서는 진물이 흐른다. 숭덩 큰 토막으로 잘린 우리의 청춘은 되돌아보면 모든 것이 그렇듯 '상처'다. 그런데 더 아픈 것은 그 상처가 여전히 현재형이라는 데 있다. 진보와 보수가 양극단을 달리는 요즘 같은 때, 자타 공인 민주화를 이끌었다는 우리 세대를 바라보는 젊은 세대의 원망 어린 눈빛을 마주할 때 특히 그렇다.

최루탄 연기 속에서 눈물 콧물 다 빼면서 도망치듯 빠져나온 80년대를 벗어나자마자 우리는 어떤 준비도 훈련도 없이 갑자기 어른이 되었다. 하얀 암흑 속에서 나오면서 우리는 제대로 걷지도 못한 채 비틀거렸고, 채 사위를 분간하기도 전에 이편과 저편으로 나뉘어 등을 돌렸다. 그렇게 멀어져간 이념의 간극을 끝내 메우지 못했다. 나와 다른 것은 나쁜 것이 되었으며, 우리는 어느새 '기성세대'가 되어 있었고, 그 어떤 기성세대보다도 고집스러워져 갔다.

그러니 우리와 바로 맞닿아 있는 젊은 세대들은 80년대를 그렇게 떠나보낸 우리 때문에 지금 우리 사회가 진보와 보수의 양극단을 달리며 원치 않는 대립을 계속하고 있다고 비난한다. 그래도 선뜻 할 말이 없는 것이 사실이다. 고민했던 것은 다 같은 '시대의 아픔'이었는데, 어쩌면 이렇게 철저히 극단으로 분열돼 화합도 소통도 하지 못하냐고 꾸짖어도 마찬가지다. 젊은 세대의 눈을 똑바로 바라보며 내놓을 변명이 쉽게 떠오르지 않는다. 어쩌면 이것이 시대와 화해하지 않고, 꼬리가 잘려나갔다는 이유로 생식도 성장도 하지 않은 채 추억만 더듬으며 살아온 386세대에 대한 진정한 평가일지도 모른다.

한 세대를 통과해 다시 어느 세대로 접어들게 되면 회한(悔恨)이라는 것이 생기기 마련이다. 80년대를 살아온 우리에게 회한은 잘린 꼬리 같이 아프고 진물 나던 '청춘'이었다. 젊음이 젊어지기에는 너무 무거웠던 시대의 숙제, 산업화에 목을 매기도 민주화에 전력하기도 애매했던 미온(微溫)의 사회는 지금의 세대가 마주했더라도 결코 쉽지 않았을 것이다.

"침묵은 다른 방식으로 펼친 주장이다(Silence is argument carried out by other means)."

80년대 대학가 주변 술집 벽에 이 낙서 한 번 휘갈기지 않은 청춘이 어디 있었겠는가. 체 게바라의 저 말은 일어나 피를 토하는 청춘에게도, 침묵을 지키는 청춘에게도 기도처럼 힘이 되어주었다.

이제 기성세대로 불리며 또 다른 분열의 원흉으로 지목되고 있는 우리는 다시 한 번 저 문장을 천천히 적어본다. 80년대 청춘의 꼬리가 잘린 386의 지금 침묵이 또 다른 방식으로 펼치고 있는 주장으로 이해될 수 있을 때까지 말이다. 물론 그 침묵이 길지 않아야 할 테지만 적어도 갈망이 실망으로 바뀌며 20대의 포문을 연 우리에게 그 정도의 기다림은 허용되어도 괜찮지 않을까. 그리고 용인된 이 침묵 속에서 우리는 잘린 청춘의 꼬리와 화해하며 생식과 성장을 이어가야 할 것이다. 고통의 날들 속에서도 어김없이 찾아왔던 첫사랑처럼 운명적으로 말이다.

아부의 왕,
왜 그렇게 사냐고 묻거든

드라마 〈미생〉 열풍은 드라마가 종영한 지금도 여전히 뜨겁다. 비정 규직인 주인공 장그래는 이 땅의 모든 비정규직을 대변하는 인물이었 고 꿈이었다. 오죽했으면 국회에서 상정된 비정규직 종합대책의 이름 을 '장그래법'이라고 부르기까지 했겠는가.

프로 바둑기사의 꿈을 접고 우리나라 최대의 무역상사인 (주)원인터 내셔널에 낙하산으로 들어가게 된 장그래. 그가 회사라는 조직 속에서 어떻게 버텨내고 또 좌절하는지의 과정을 사실적으로 그려낸 이 드라 마에 그토록 많은 사람들이 열광한 데는 이유가 있다. 실제 직장생활 모습과 아주 비슷해서 자신은 물론 회사 동료들과 닮은 캐릭터에 절로 감정이입이 되어 울고 웃는 카타르시스가 있었기 때문이다.

(주)원인터내셔널의 수많은 캐릭터 중 실제 나와 가장 비슷한 인물 은 누구일지 대입해보는 게 한동안 유행이기도 했다. 스펙은 부족하

지만 머리와 근성이 있는 장그래일까, 아니면 의리의 돌쇠형인 김동식 대리? 그도 아니면 성과보다는 사람이 우선인 인간적인 상사 오상식 차장일까? 대부분 주인공 장그래가 속한 영업 1팀의 캐릭터들이 마음에 들고 눈길이 가는 것이 사실이다. 극의 중심에서 사건과 이야기를 이끌어가는 인물들이기도 하니 말이다. 그런데 또 한 사람, 결코 외면할 수 없는 인물이 있다. 현실의 우리의 모습과 딱 맞아떨어지는 캐릭터이자 실제 존재할 가능성이 누구보다도 높은 사람, 바로 (주)원인터내셔널의 자타공인 우유부단 아부의 왕, 자원팀 정과장이다.

마흔 살 정과장의 하루를 그려본다. 12시 10분 전. 점심시간을 앞둔 사무실에는 이상한 정적이 감돈다. 모두들 선뜻 점심을 먹기 위해 일어나지 못하고 눈치만 보는 사이, 이 고요를 깨고 독불장군 마부장이 양복 외투를 집어 들고 일어서며 이렇게 말한다.

"자, 점심들 먹으러 가지. 오늘 점심 메뉴는 뭐가 좋을까?"

이때 스프링처럼 튀어 오르며 부장님이 좋아하실 만한 점심 메뉴를 일렬횡대로 나열하는 사람이 있으니, 그가 바로 정과장일 것이다. 상명하복의 위계질서를 하늘처럼 생각하는 마초 마부장의 직속 부하로 살면서 정과장에게 이런 식의 아부는 생활이자 생존이며 슬프게도 습관이 되었을 게다. 사실 극중에서는 정과장의 이런 아부 라이프를 드러내놓고 불편해하는 팀원들은 없다. 하지만 어디 현실이 그렇던가. 과장이 그렇게 하니 부하직원인 대리나 사원들은 덩달아 움직여야 한다. 그러면서 아부의 왕 정과장 때문에 과도한 위계질서가 사무실을 지배한다고 투덜거릴 것이다.

하지만 정과장이라고 좋고 신이 나서 마부장의 비위를 맞추는 것은 아니다. 손에 잡히는 건 아무거나 집어들고 부하직원의 몸을 쿡쿡 찔러대며 훈계를 늘어놓는 마부장의 행동에 정과장이라고 왜 부글부글 끓지 않겠는가? 하지만 '그럼에도 불구하고' 정과장이 어금니를 깨무는 이유에 사람들은 관심없다. 출근하는 그 순간 이미 간도 쓸개도 다 빼놓고 나와 퇴근하는 그 순간까지 부장의 심기를 건드리지 않으려 애쓰는 정과장에게도 나름의 비애가 있을 텐데 누구도 그것을 궁금해하지 않는 것이다.

사회생활이라고는 학교밖에 겪어보지 않은 나 같은 사람이 드라마 한 편으로 어떻게 이렇게 디테일한 것들까지 아느냐고 의아해할 수도 있다. 그러나 밖에서 봤을 때 허울 좋고 제법 우아해 보이는 교수 사회라는 조직에도 '아부의 왕'은 반드시 존재한다. 교수라는 직업은 시작부터 사회적으로 어느 정도의 존경과 신임을 인정받고 출발하는 것이다 보니, 누군가의 칭송이 곧 자신의 명예로 이어진다고 여기는 오류에 빠지기 쉽다. 그러니 교수들이 모이는 자리에서, 실질적인 권력을 잡은 자와 그 권력을 잡고 싶어 하는 자들 사이에는 일반 회사 못지않은 어쩌면 그보다 더한 아부의 왕들의 활약이 눈부실 수밖에 없다.

하지만 일반 회사건 교수 사회건 간에 아부의 왕들이 정말 좋아서 기쁜 마음으로 눈치를 봐가며 마음에도 없는 말을 쏟아내고, 지문이 닳도록 손바닥을 비벼대는 것은 아니다. 우리는 싫든 좋든 학연과 지연 그 외에도 수없이 많은 라인으로 구성된 인맥공화국에 살고 있으니, 살아남기 위해서는 그 인맥을 따라 어쩔 수 없이 허리를 숙여야만 하는 것이다.

'내가 하면 로맨스, 남이 하면 불륜'이라는 말이 있다. 아부도 마찬가지다. '내가 하면 칭찬, 남이 하면 아부'인 경우도 제법 많다. 게다가 현실에서는 아부 따위 신경 쓰지 않고 정정당당하게 묵묵히 자기 일을 성실히 해내는 사람들에게 그 일한 만큼의 가치를 정확하게 인정해주지 않는다. 그러면서도 처세의 하나로 인정되어 온 아부는 남자가 해서는 안 되는 칠거지악처럼 여긴다. 우리가 이런 모순 속에서 살고 있는 것이다. 단 한 번이라도 직장생활을 해본 사람이라면, '아부하지 않고 직장에서 상사와 잘 지내는 방법' 같은 뜬구름 잡는 책 제목 같은 삶을 쉽게 요구하지는 못할 것이다.

《삼국지》에 등장하는 왕윤을 기억하는가? 그는 중국 후한 말기의 정치가로, 소수 민족이었던 강족(羌族)을 토벌해 세력을 키운 장수 동탁의 심복으로 알려진 인물이다.

190년 동탁은 수도를 낙양에서 장안(長安)으로 천도하고, 막강한 권력를 휘둘렀는데 이때 왕윤은 황궁에 보관된 각종 도서와 문서를 신고와 천도를 강행하는 동탁에게 명분과 힘을 실어주었다. 동탁은 자신에게 반대하는 사람들을 무자비하게 죽이는 공포정치를 펼쳤다. 그런 동탁 옆에 있던 왕윤은 대표적인 '아부의 왕'이었다. 왕윤은 매번 절대로 자신의 뜻을 내세우지 않고 동탁의 뜻이 곧 자신의 뜻이라는 모습으로 이른바 문고리 권력의 중심이 되었다.

하지만 전횡을 일삼는 동탁에게 왕윤이 뼛속까지 '아부의 왕'이었던 것은 아니다. 단순히 눈앞에 보이는 이익만을 위해 동탁의 '입 안의 혀' 노릇을 하는 어리석은 '아부의 왕'이 아니었다는 말이다. 왕윤은 동탁에게 무한한 신임을 받으면서도, 나라의 암적인 존재가 되어가는 동탁을 제거하려는 계획을 세우고 있었다.

당시 동탁의 양자였던 여포가 동탁의 시녀와 부적절한 관계를 맺은 일 때문에 곤란에 처해 있었다. 평소 왕윤을 존경했던 여포는 왕윤에게 이 일을 의논했는데 왕윤은 때를 놓치지 않고 동탁을 죽일 계획을 여포에게 말한다. 양자일지라도 여포와 동탁은 부자관계였기에 여포는 갈등한다. 하지만 흔들리는 여포를 향해 왕윤은 냉정하게 본래 두 사람은 남남이었음을 강조하며 대의를 위해 여포를 설득한다. 마침내 왕윤은 자신과 뜻을 같이 하는 사람들과 함께 동탁을 주살하라는 조서를 써 여포에게 주고, 여포는 궁궐로 들어오려던 동탁을 죽인다. 동탁의 전횡에 신음하던 조정과 백성들은 모두 동탁의 죽음을 기뻐했다. 그렇게 어제의 '아부의 왕'이 오늘의 '국민 영웅'이 된 것이다.

천 년도 넘은 옛날이야기지만, 오늘날이라고 이런 상황이 반복되지 않는 것은 아니다. 〈미생〉 속 아부의 왕, 불의를 보고 눈 감는 데 일등이었던 정과장도 마부장에게 필사의 한 방을 날리지 않았던가? 거래 업체가 도산 위기에 처해 패닉에 빠진 정과장네 팀을 호출해 일렬로 세워 놓고 마부장은 전화기로 일일이 가슴을 찌르며 인신공격을 서슴지 않는다.

"넌 뭐 했어? 일들을 이따위로 하면서 봉급을 받아 가?"

바로 그때 마부장 손에서 전화기를 빼앗으며 정과장이 낮고 강한 어조로 내뱉는다.

"부장님! 제 몸에, 아니 저희 몸에 다시는 손찌검하지 말아주십시오."

아직까지도 명장면으로 꼽히는 대목이다. 아부를 필살기로 장착한 정과장이 서슬 퍼런 마부장을 저지하며 똑 부러지는 어투로 저 말을 하리라고는 팀원들 중 누구도 생각하지 못했다. 평소처럼 그저 오늘만 대충 수습하기 위해 웃음으로 얼버무릴 거라고 생각했던 그들의 눈에는 일순간 정과장을 향한 경탄의 눈빛이 스쳐갔다. 왕윤처럼 거대한 한 방은 아니지만, 정과장은 결코 참지 말아야 할 순간에는 부하직원들을 위해 분연히 떨치고 일어나는 사람이었던 것이다.

옛말에 '소나기는 피하고 봐야 한다.'는 말이 있다. 위계질서와 권위의식으로 똘똘 뭉친 마부장 같은 상사 앞에서 늘 오차장처럼 영웅심 돋는 바른 말만 쏟아내는 것이 능사일 수는 없다. 우리와 가장 비슷한 모습을 하고 있는 정과장의 아껴둔 한 방이 오히려 더 강한 일격일 수도 있다. 왕윤처럼 동탁 곁에서 후일을 도모하고, 적당한 때를 기다리는 것이 현명한 일일 수도 있다는 말이다.

"상사 비위 그게 뭐라고! 그거 하나 못 맞춰줘? 죽으라면 죽는 시늉이라도 해서 올라가야지. 그게 이기는 거 아냐?"

맞다. 우리는 그렇게 배웠다. 강한 자가 이기는 것이 아니라 이기는 자가 결국 강한 거라고. 사실 후일을 도모한다는 건 다 비겁한 변명일 뿐이고, 성공으로 향해가는 과정에서 내 속이 썩어 문드러지건 말건 내 자존감이 뭉개지건 말건 승진해서 높이 올라가고 보는 게 궁극적인 행복이라고 말이다. 그렇게 점점 아부의 왕이 되어 가는 자신과 화해하지 못하고 지내는 남자들이 많을 것이다. 그렇다고 기죽을 필요는 없다. 우리는 아직 뚜껑이 열리지 않은 냄비 속 정과장과 왕윤일 뿐이니 말이다. 달그락달그락 끓다가 넘치면 우리에게서도 뜨거운 물이 튀어 오를 것이다.

오늘 아침도 어김없이 유치찬란한 상사의 넥타이에 "오늘 아주 멋지십니다!"로 시작해야 했던 우리들. 쉬운 길도 돌아가게 만드는 해괴망측한 업무 지시에 어금니를 꽉 깨물고 뛰고 있는 수많은 정과장들. 그러나 우리는 결코 '단지 아부의 왕'이 아니다. 다시 말하지만 우리는 그저 함께 일하는 사람을 조금 더 배려하고 있을 뿐이다. 타인의 기분을 맞춰주기 위해 좀 더 노력할 뿐이고 그 대상이 상사일 뿐이다. 언젠가는 상사의 못된 버릇을 고쳐줄 결전의 날을 기다리는 투지의 정과장이요, 자신의 자리에서 최선을 다하며 후일을 도모하는 《삼국지》 속 지혜로운 '왕윤'임을 잊지 말기를.

한 평(坪)의 남자

　나는 '한 평(坪)의 남자'다. 집안에서 편하게 쉴 수 있는 내 공간은 고작 한 평도 안 된다고 서운해하며 투덜댄다, 속으로만. '한 평의 남자'는 엉뚱하게도 내가 시 제목을 패러디한 것이다. 〈한 잎의 여자〉라는 시가 있다. 오래 돼서 시 내용은 다 잊어버리고, '물푸레 한 잎같이 쬐그만 여자'라는 구절만 맴맴 돌며 제목이 주는 심상이 오래 남았던 시다. 그런데 시의 이미지와는 전혀 상관없이, 요즘 남자들의 집안에서의 위치를 살펴보다가, 집안에서 남자들이 편하게 쉴 수 있는 곳의 넓이를 잰다면 채 한 평이 안 될 거라는 생각이 들면서 툭 튀어나온 표현이었다. 너무 과한 해석인가. 하지만 심정적으로는 확신이 들 정도다.

　대한민국에 사는 30~40대 직장 남성이라면 하루 평균 10시간 이상은 족히 회사에서 일을 한다. 그게 현실이다. 상황이 많이 좋아졌다고는 하지만, 아직도 많은 남자들이 아침 일찍 눈 뜨자마자 회사에 갔다가 아이들이 졸린 눈을 비비며 잘 준비를 하는 시간에야 겨우 집에 들어간다.

2010년 보건복지부가 발표한 국민건강영양조사에 따르면 가족과 주 4일 이상 저녁 식사를 함께하는 직장 남성의 비율이 66.5%라고 한다. 그나마도 연령이 올라갈수록 줄어들어 40대 남성은 57%로 더 낮다. 2004년에 76%에서 2010년에 10%포인트 이상 떨어졌으니 아마 올해 다시 조사한다면 더 떨어져 있을지도 모른다.

함께 밥을 먹어야 정이 드는 법인데, 가족끼리 매일 밥상 앞에서 이야기 나눌 시간마저 없다면 그 관계가 어떻게 될지 번연하다. 마치 개체 분열되듯이 각 가족 구성원들이 정서적으로 뿔뿔이 흩어지는 것을 막기 어렵다. 이 부분에서 남자들은 유독 더 불리한 입장에 있다. 같이 맞벌이를 하는 아내들은 짧은 시간에도 아이와 더 친밀하게 보내며 밀도 있는 대화를 이끌어내는 방법을 알고 있지만 상대적으로 남자들은 그렇지 못하다. 새벽달 보고 나가 저녁달 보고 돌아오는 생활을 딱 몇 개월만 해도 아이들은 아빠를 낯설어 하고 아빠는 어느샌가 집안에서 이방인이 되어 버린다.

실제로 많은 남자들이 집안에서 자신이 불편한 존재가 되어 가는 것에 대한 두려움을 토로하고 있다. 그래도 아이들이 어렸을 때는 아파트 앞 정류장에 마중도 나와 주고, 늦은 밤 간식거리를 사서 들어가면 둘러 앉아 먹으며 장난도 치고는 했는데 아이들이 크면서 그것마저 여의치 않다. 늦은 저녁 돌아온 집은 빈 집처럼 적막하다. 아이들은 잠들었는지 잠든 척하는 것인지 인기척이 없고 아내도 형식적인 인사만

건네고 이내 잠들어 버린다. 오늘도 말없이 소파에 누워서 골프 채널을 켜면 검은 브라운관 속에는 내가 봐도 처량한 한 남자가 서 있다.

지위가 높아질수록 점점 더 바빠지고, 그런 시간들이 쌓이다 보면 남자들은 가족 내에서 으레 바쁜 사람으로 인식돼 버린다. 아이들은 중요한 일을 엄마와 상의하게 되고, 아빠는 아이가 무슨 생각을 하는지 아이에게 필요한 것이 무엇인지 도통 알지 못한 채 가족의 중심으로부터 더욱 멀어진다. 절대로 우리 아버지처럼 자식의 꿈에 무관심한 아버지가 되지 않겠노라고 다짐했던 우리의 모습은 의지와는 상관없이 멀어져간다.

어쩌다 시간이 나는 저녁이나 주말에 집에 있다 보면 어딘지 모를 불편함과 어색함을 느끼게 된다. 여기는 분명 우리 집이고, 이들은 분명 내 가족인데 나만 물에 뜬 기름 같고 어쩐지 내가 모두를 불편하게 만든다는 느낌이 드는 것이다. 집안 어디에도 내 자리가 없는 것 같다. 소파 위에 한 평, 침대 위에 한 평 그렇게 한 평의 남자가 되어간다는 생각이 든다. 그럴 때면 묵직한 슬픔이 내려앉는다. 내가 원한 것은 이런 삶이 아니었다. 가족을 위해 그저 열심히 앞만 보며 달렸는데, 지금 나에게 허락되는 것은 한 평 남짓한 공간, 그것도 하숙생처럼 집에 들어와 텔레비전 보다 잠들고, 다시 회사에 나가는 삶의 반복이라니……. 껍데기만 남은 것 같은 삶에 슬픔과 두려움이 엄습해온다.

이런 문제에 봉착했을 때 아내와 싸움 아닌 싸움, 의견대립 아닌 의견대립을 해본 남자들이 많다. 느낀 바가 있는 남자들은 '적어도 일주

일에 한두 번 정도는 퇴근 시간에 맞춰 가족들 얼굴을 보지, 아니면 아내만이라도 깨어서 나를 맞아주면 좋겠다, 주말에 아빠인 나도 함께 즐길 수 있는 것들을 같이 하면 좋겠다'는 제안을 한다. 다행히 이러한 제안이 평화롭게 수용되고 가족 내의 변화로 이어진다면 좋겠지만, 오히려 돌아오는 대답에 상처나 받지 않으면 다행이다.

"당신이 돈 벌어오는 가장이니까, 가족들은 당신 들어오는 시간까지 기다려야 되고 또 주말도 자기 위주로 움직여야 한다는 거야? 애들도 아니고 당신 너무 이기적인 거 아냐?"

대화가 이런 식으로까지 흐르지 않기만을 바랄 뿐이다. 서운하고 쓸쓸해도 이미, 가족 안에서 아빠와 남편의 자리를 그리워하는 남자들의 입장과 아빠가 없는 삶에 익숙해져 버린 다른 가족들의 입장 간에 차이가 있는 것은 분명하다. 그리고 그건 반드시 좁혀 나가야할 문제인 것도 분명하다.

이럴 때 가족들끼리 '만약에'라는 가정을 해보면 어떨까. 만약에 내가 너희의 아빠가 아니었다면, 만약에 내가 당신의 남편이 아니었다면, 만약에 우리가 가족으로 묶이지 않았다면……. 그렇게 생판 남남으로 전혀 다른 인생을 살 수도 있다는 상황을 가정해본다면, 나도 다른 가족들도 서로에게서 한 발자국씩 떨어져 서로가 차지하고 있는 집 안에서의 면적을 다시금 돌아볼 수 있게 되지 않을까?

그 '만약에'로 시작되는 영화가 있다. 2000년에 개봉한 〈패밀리맨〉이라는 영화다. 매일 늦게 들어오면서 고리타분한 소리만 하는 아빠라도, 집에 와도 편하게 발 뻗고 쉴 수가 없다고 푸념만 하는 남편이라도 우리는 가족이라는 걸, 운명이라는 테두리 안에서 벗어날 수 없다는 걸, 어쩌면 그것이 우리 인생 최고의 행운이라는 걸 새삼 깨닫게 해주는 영화다.

니콜라스 케이지가 열연한 남자 주인공 잭은 월스트리트 최고의 실력을 자랑하는 투자전문 벤처기업가이자 플레이보이다. 물론 그도 처음부터 잘나갔던 건 아니다. 13년 전 연인 케이트가 도시에서의 화려한 삶 말고 미래에 태어날 아이들과 함께 일상을 나누는 소도시에서의 삶을 선택하자고 애원했지만 그는 그것을 외면한 채 줄곧 성공에만 매달려왔다. 그리고 지금 그것의 대가로 모든 것을 가지게 되었다. 사랑하는 그녀와 미래에 태어날 아이들, 그 가정만 빼고 말이다.

뉴욕 맨해튼의 펜트하우스와 꿈의 자동차 페라리 550M, 2,000달러짜리 최고급 양복에 손만 뻗으면 언제든지 가질 수 있는 미녀들까지 그렇게 모든 것을 누리고 있던 잭의 운명은 크리스마스이브에 뒤바뀐다. 우연히 들어선 식료품 가게에서 잭은 복권을 바꾸러 왔다가 강도로 돌변한 부랑아 캐쉬를 만나 한바탕 난리를 치른 후에 분명히 자신의 펜트하우스에서 잠이 들었는데 깨어난 곳은 달랐다.

낯선 침대에 두 아이, 강아지 그리고 옛 애인 케이트에 둘러싸여 있는 자신을 발견한 잭은 혼비백산하게 되고 다시 뉴욕 자신의 집으로 돌아가지만 그를 반기는 것은 익숙한 것들로부터의 냉대와 문전박대뿐. 잭은 하룻밤 사이에 13년 전 자신이 선택하지 않았던 삶이었던 평범한 아빠, 평범한 남편, 평범한 남자의 삶으로 돌아가게 된 것이다.

월스트리트에서 제일 잘나가는 남자로 살면서 젝도 한 번쯤은 '만약에'를 떠올리지 않았을까? 나에게 가족이 있었다면, 나도 평범한 가정의 평범한 가장이었다면 하고 말이다. 한 평의 남자로 사는 우리의 지금 이 모습도 다른 삶을 살아온 누군가에게는 '만약에'라는 아련한 가정을 해보게 만드는 자리라는 것이 작은 위안이 된다.

이 '만약에'는 남자들에게만 필요한 건 아닐지도 모른다. 아내나 아이들이 만약에 지금 우리 가족 중에서 아빠가 없었다면, 만약에 아빠가 다른 사람이었다면 하는 가정을 해본다면 지금 집안에서의 아빠의 부재를 선명하게 느끼게 될 것이다. 아빠의 존재감과 아빠도 가족들 속으로 걸어 들어오고 싶어 한다는 걸 진실되게 느끼는 계기가 될 수도 있다.

"난 우리를 위해 선택할 거야."

젝은 결국 가정을 선택하며 이 명대사를 남긴다. 늦은 밤 지친 어깨를 이끌고 돌아오는 우리의 모습도 바로 '우리'를 위해 선택하는 과정이었다는 걸 가족들이 알아준다면, 다시 한 평 남짓한 공간에 누워 잠을 청한대도 그리 불행하지는 않을 게다.

오랜만에 옛날 영화 한 편을 같이 보면서 우리의 무뚝뚝한 입이 아니라 영화 속 잔잔한 장면들이 아내와 아이들에게 대신 말을 해주면 참 좋겠다. 한 평의 남자가 되어 집 안에서 갈 곳을 잃은 우리를 기억해달라고. 자주 볼 수도 없고 원하는 만큼 함께할 수도 없지만 우리도 영화 속 주인공처럼 가족을 선택한 삶을 살고 있는 '패밀리맨'이라는 걸. 그러면 늦은 밤 혼자 켜는 거실 불이 조금은 덜 외롭지 않을까.

어쩌다 시간이 나는 저녁이나 주말에 집에 있다 보면
어딘지 모를 불편함과 어색함을 느끼게 된다.
여기는 분명 우리 집이고, 이들은 분명 내 가족인데
나만 물에 뜬 기름 같고 어쩐지 내가
모두를 불편하게 만든다는 느낌이 드는 것이다.
집안 어디에도 내 자리가 없는 것 같다.

죄송하지만,
누구세요?

Q. 이 사람은 누구일까요?
- 하루 두 번 아침과 저녁에 한 번씩 얼굴을 본다.
- 한 문장 이상의 대화는 하지 않는다.
- 갑자기 물으면 이름이 생각나지 않는다.

라디오에서 나온 퀴즈였다. 운전 중에도 솔깃하니 귀에 들어와 나도 모르게 '답이 뭘까?' 생각하게 되었다. 전화를 걸어 퀴즈를 푸는 형식이었는데 나와 비슷한 생각을 한 사람들이 많았는지 몇 명의 사람이 '수위 아저씨'라고 말했다가 탈락을 했다.

정답은 '아내'였다. 생각지 못한 답이긴 했는데 듣는 순간 푸하하 웃음이 터졌다. 뭔가 의외이긴 했지만 얼추 들어맞는 얘기 아닌가. 하루에 두 번 아침과 저녁에 얼굴을 보고, 서로 바쁘다 보니 특별한 이슈가 있을 때가 아니면 한 문장 이상의 대화는 하지 않고, 호칭은 있지만 그것이 이름이었던 적이 하도 오래 돼서 갑자기 누군가 아내의 이름을 물으면 생각이 안 날 것도 같다.

모처럼 재미있게 웃었던 터라 모임 장소에 도착해 이 문제를 다시 내봤다. 개중에는 이미 이 이야기를 아는 사람도 있었다. 그러다 자연스럽게 아내와 하루에 몇 번 통화를 하는지, 휴대전화에 아내 이름이 어떻게 저장되어 있는지에 대한 수다로 흘러갔는데, 그중 가장 충격적인 휴대전화 속 아내의 이름은 '오렌지'였다. 오렌지? 아직도 신선한 관계라는 의미인가 싶어 나름 닭살이라고 생각하고 있는데 몇몇이 피식피식 웃기 시작한다. 진짜 의미를 아는 웃음이었다. 아내 이름 대신 붙이는 오렌지는 '갈아 마셔도 시원찮을'이라는 뜻이었다. 한때는 치열하게 사랑하고 간절히 원해서 함께하게 된 여자. 그 여자가 지금은 갈아 마셔도 시원찮을 오렌지가 되어 때로는 직장 상사보다, 하느님보다 무서운 존재로 지금 나와 한 침대에 누워 있는 것이다.

얼마 전에 본 서울시오페라단의 창작오페라 〈로미오 대 줄리엣〉이 생각났다. 분명히 알아둘 것은 이 오페라의 제목은 로미오 '&' 줄리엣이 아니라 로미오 'vs' 줄리엣이라는 점이다. 너무나 사랑해서 둘을 갈라놓은 운명과 싸우던 로미오와 줄리엣의 슬프지만 아름다운 이야기가 아니라, 꿈결 같은 시간은 이미 사라지고 현실에서 서로를 향해 칼날을 겨누는 결혼 10년차 부부의 싸움이 주된 이야기였다. 포스터에서부터 부부의 날 선 싸움은 살벌했다.

'썸은 이미 다 탔다!'

가슴 설레고 애틋한 감정은 이미 다 타버려 재만 남았고, 이제는 누가 집안에서 승기를 잡을 것이냐에 대한 피비린내 나는 전쟁만 남았다. 전성기를 누리고 있는 소프라노 아내와 화려한 데뷔 이후 슬럼프에 빠진 테너 남편, 이들은 서로에 대한 오해와 갈등의 골이 깊어져 이혼을 앞두고 있는 상황에서 하필이면 오페라 〈로미오와 줄리엣〉에 각각 주인공으로 캐스팅된다. 불멸의 사랑을 연기해야 하지만 그러기는커녕 캐스팅 단계부터 시작해 리허설 기간 내내 상대방의 노래와 연기, 성격 심지어 외모까지 깎아내리며 끊임없이 싸움을 벌인다. 서로를 누구보다 잘 알고 있기에 어떤 것에 가장 상처 받는지도 너무 잘 알고 있었던 것이다. 그러나 부부이기 이전에 프로였던 그들은 배역에 몰입해 훌륭하게 소화해내야 했고, 그 과정에서 갈수록 상대를 바라보는 시선과 감정이 변하는 것을 느끼게 된다. 생활과 싸웠던 현실이 아니라 운명과 싸웠던 과거, 절절했던 그때로 돌아가는 마음을 확인하게 된 것이다.

우리 부부를 비롯해 많은 부부들이 오페라를 보면서 울고 웃으며 공감하는 모습이 눈에 띄었다. 오페라 무대에 올라 '로미오와 줄리엣'을 연기하며 서로의 감정을 확인할 수는 없을지라도, '로미오 대 줄리엣'으로 살고 있는 현실에서 한 걸음 떨어져 서로를 바라볼 수 있는 마음이 필요하지 않을까 하는 생각이 들었다.

오십이 넘은 우리 나이가 되면 사랑이 다른 이름으로 변하는 것을 군이 부정하려고 들지 않는다. 불편하게 가슴 설렜던 사랑은 편안하게 무뎌진 일상이 되었고, 어느 순간부터 아내에게 '사랑해!'가 아니라 '파이팅!'이라고 하는 게 자연스러워졌다. 아내도 마찬가지다. 여자와 남자가 아닌 '가족'으로 현실에 부딪히며 살아가다 보니 '사랑해'라는 이제는 모호해진 고백보다는 거친 세상에서 열심히 잘 싸우고 돌아오라는 응원의 '파이팅'이 더 적절해진 관계가 되어 갔다.

과거 나를 대할 때 어려워하고 수줍어하던 부분이 조금이나마 있었던 아내 역시 어느샌가 내가 편해지고 만만해졌을 것이다. 긴장하지 않아도 된다는 계산의 유무를 떠나 아내는 자연스럽게 자신을 꾸미지도 조심하지도 않게 되었다. 다 알지만, 이해하지만 그래도 남자도 여자도 아닌, 가족도 연인도 아닌 채로 내 옆에 잠든 낯선 여인을 바라보며 '죄송하지만, 누구세요?'라는 생각이 들 때마다 서글퍼지는 것이 사실이다.

누가 그랬다지, 사랑도 결혼도 '옆에 있으면 가슴이 뛰어 환장할 것 같은' 그런 사람이 아니라 '옆에 없으면 안 될 것 같은' 그런 사람과 하라고 말이다. 아직 결혼하지 않은 사람들에게 던지는 충고였을 텐데, 막상 결혼하고 십수 년을 한 여자와 살아본 우리가 느끼는 지금의 감정은 조금 다르다. 아내는 물론 옆에 없어서는 안 되는 사람임에 분명하지만 그 절박함이 자꾸만 필요와 연결되는 현실 앞에서 우리는 자주 서글퍼진다. 가끔은 옆에 있으면 심장이 뛰어서 숨을 고르고 말을 꺼내야 했던 그 시절의 아내가 그리워지기 때문이다.

이런 심경을 토로하면 많은 아내들이 남편들을 이기적이라고 비난한다. 아이 낳아 기르고 살림하고 직장 다니며 집 안팎 단속하느라 정신이 없는데 이제야 좀 편해졌다 싶은 남편을 설레게 만들기까지 하라는 말이냐며 날을 세우는 것이다. 아내 역시도 자기 말이라면 죽는 시늉까지 하던 그때 우리의 순정이 어찌 그립지 않겠는가. 그래, 따지고 보면 지금 우리가 서로에게 갖는 불만은 이렇게 과거를 그리워하는 것에서부터 시작된 것일 수도 있다. 과거의 그 줄리엣이 그립고, 옛날의 그 로미오가 그리워서 화를 내고 짜증을 내고 등을 돌리는 것일 수도 있다는 말이다.

나에게는 무엇보다 소중한 추억인데도, 자주 꺼내보지 않은 탓에 거슬러 올라가 기억해내는 데 시간이 오래 걸릴 때가 있다. 나는 그럴 때 겁이 난다. 일상의 먼지가 아예 그 추억의 나사를 무디게 만들어 버릴까 봐. 우리가 추억을 소환해야 하는 이유가 바로 이 때문이다. 과거로 회귀해 현재의 아내와 비교하며 '죄송하지만, 누구세요?'를 연발하기 위해서가 아니라, 생활에 묻혀 추억이 완전히 삭제되는 것을 막기 위해 그때의 아내를 소환하는 것이 필요하다.

아직 내 기억도 완전히 복원되지 못했다. 어느 날 기회가 되면 한번 물어봐야겠다. 유난스럽지 않게, 천천히 서랍을 열듯이.

"우리 처음 만난 날, 당신 무슨 색깔 옷을 입었더라?"

만약 아내에게 이 질문을 하지 않고도 답을 알고 있는 당신이라면, 당신은 참 괜찮은 남편일거란 생각이 든다.

밤에 지는 장미

1985년 강변가요제 금상 수상곡 〈밤에 피는 장미〉를 기억하는가. 부산 동의대학교 통기타 서클 '무드'의 선후배로 구성된 팀 '어우러기'의 그 유명한 곡. 두 명의 남자와 한 명의 여자 보컬이 모두 흰색 옷을 맞춰 입고 청아한 화음을 맞춰 부르던 그 노래는 마치 시 같은 노랫말과 귀에 꽂혀 쉽게 잊히지 않는 후렴구로 대상만큼이나 인기가 있었다.

　외로운 밤엔 나 홀로 걸어
　내 가슴 속에 피는
　한 잎 떨어진 상처만이 남아 있는
　한 떨기 장미처럼 슬픈 내 영혼
　그러나 또 낮이 되면서도 잊혀진 지난날 그리워
　가슴에 뜨거운 마음도 나의 슬픈 그 장미

화려하지만 가시 돋친 붉디붉은 상처가 있는 장미는, 가슴 속에 간직한 뜨거운 열정의 크기만큼 상처가 많았던 우리의 젊은 시절을 대변하는 것 같아 술에 취한 밤이면 어깨동무를 하고 참 많이도 불렀던 노래였다. 그때는 '밤에 피는 장미, 나의 사랑 장미 같은 사랑. 돌아오지 못할 시절'이라는 후렴구의 의미가 훗날 어떤 변천과정을 거쳐 같은 듯 다른 표현으로 남자들을 공격하게 될지 알지 못했다. 당시 우리는 외로운 밤을 나 홀로 걸을지언정 아직 젊었고, 낮이 되면 또 다시 지난날이 그리워질지언정 언제라도 밤에 다시 활짝 피어날 수 있는 힘이 있었기 때문이다. 그런데 나이 앞 글자가 '5'로 바뀌면서 우리에게 저 노래의 제목은 '밤에 피는 장미'가 아니라 '밤에 지는 장미'로 바뀌어 난데없는 공격을 해온다.

분명히 남자와 여자가 만나 사랑을 해 결혼을 했는데, 어느 시점이 지나면 부부는 서로에게 남자도 여자도 아닌 제 3의 성 '가족'이 되어버린다. 그렇다고 해서 더 이상 아내를 사랑하지 않는 것도 아닌데, 남자로서 아내와 사랑을 나누는 일은 어딘지 어색하고 불편하며 급기야는 피하고 싶은 대화 같은 것이 되어버린다.

2011년 한 제약회사에서 세계 13개국 성인남녀를 대상으로 조사한 결과, 한국인들의 주당 성관계 횟수는 1.04회로 세계 꼴찌였다. 2.05회로 1위를 차지한 포르투갈의 절반 수준이다. 세계 10위권 안에 드는 경제 대국인 대한민국이 침대 위에서만은 왜 이렇게 초라한 모습을 보이는 것일까? 좀 더 세부적으로 들어가면 상황은 더 심각하다.

섹스리스 실태를 파악하기 위해 한국성과학연구소가 실시한 모바

일 설문조사에 따르면 응답자 10명 중 약 4명(37.9%)은 '최근 2개월간 배우자 또는 연인과의 성관계 횟수가 월 1회 이하'라고 답했다. 이 가운데 '성관계를 전혀 하지 않았다'는 섹스리스도 12.8%나 됐다. 섹스리스의 정의는 연구하는 사람에 따라 다르지만, 통상적으로 신체적으로 건강한 부부가 한 달에 한 번 이하의 성관계를 6개월 이상 지속했을 때를 말한다. 그렇다면 우리나라 성인남녀 10명 중 4명이 섹스리스가 될 가능성이 있거나, 이미 섹스리스일 가능성이 있다는 말이 된다.

일부에서는 이 같은 통계를 두고 '섹스리스는 문명의 발달과 함께 현대인의 성 본능이 퇴화한다는 증거'라는 식의 분석을 내놓기도 한다. 이런 어려운 말은 접어두고, 이것을 어떤 사회현상으로 분석하기 전에 먼저 남자들의 속마음을 살펴볼 필요가 있다. 부부가 성관계를 갖을 때 남편의 역할이 여전히 주도적이어야 한다는 관점에서 보자면, 중년 남자들 사이에서 이미 널리 퍼져 있는 '가족끼리 이러는 거 아냐.'라는 말은 의미심장하다. 가족인 아내와는 손만 잡고 자는 것이라는 농담 같은 저 말 뒤에 숨어 밤에 소리 없이 지고 있는 남자들의 속마음을 들여다봐야 한다.

물론 머리로는 이해하고 있다. 남자들도 성생활을 규칙적으로 하는 것이 바람직하며, 아내와의 원만한 관계 형성과 더 나아가 가족의 행복을 위해서도 본능을 알맞게 풀어내는 것이 필요하다는 것을. 하지만 낮이 너무 고돼서 밤을 깨울 여력이 부족한 것이 현실이다. 그렇다보니 '밤에 지는 장미', '고개 숙인 남자'가 되는 시기는 점점 빨라져서

30대 후반의 남자들도 아내와의 잠자리에 별 흥미를 느끼지 못하는 경우가 많다고 한다.

이것은 어찌 보면 생존을 위협하는 경쟁의 칼날이 과거에 비해 너무 빨리 남자들에게 드리워진 까닭일 수도 있다. 예를 들어보자. 회사에서 기대가 컸던 프로젝트를 결국 성사시키지 못하고 실적 부진에 대한 문책으로 대기발령을 받은 30대 후반의 팀장. 그를 자신의 오른팔이라 치켜세우던 상사는 한 번의 실패 이후 그를 나 몰라라 하고, 자책과 분노와 원망이 뒤엉키면서 탈모까지 시작됐다. 그런 극도의 스트레스를 겪는 그에게 아내와의 잠자리는 사치일 뿐이다.

이런 경우는 일부에 불과할지도 모르지만, 부부관계가 가장 왕성해야 할 30~40대 남성이 전체 연령대를 통틀어 가장 심각한 '고개 숙인 남자'가 되고 있다는 결과가 나왔다는 것에 주목할 필요가 있다. '성관계 횟수가 파트너와의 관계에 중요한가?'라는 질문에 '매우 그렇다'와 '그렇다'고 답한 남성 응답자 비율은 50대 후반에서 71.4%로 가장 높았다. 30대 초반이 그렇다고 대답한 비율은 54.0%, 30대 후반은 63.6%에 불과했다. 40대 초반과 후반 역시 각각 66.0%, 58.3%로 50대보다 낮았다. 사회에서 가장 많은 쓰임을 받고, 제일 왕성한 경제활동을 하는 30~40대 남자의 근본적인 압박감을 해결해주지 않는다면 스트레스를 핑계로 아내와의 거리는 자꾸 멀어져갈 것이다. 이러한 소원함이 영영 남자와 여자의 관계로 회복되지 못하는 계기가 될 수도 있다.

다 같이 사회생활하고, 다 같이 피곤하고 지치는데 왜 남자의 근본적인 압박감과 스트레스만 해결해줘야 하냐고 묻는다면 잠자리 문제에서만큼은 남자와 여자의 차이를 이유로 들 수 있다. 노화를 인지하는 측면에서 볼 때, 여자에게 노화가 아름다움의 역행이라면, 남자의 노화는 힘의 역행이다. 신체적으로도 사회적으로도 늙어가는 첫 단계에서 겪게 되는 첫 무력(無力), 첫 작아짐의 충격은 원인을 떠나 절대적인 실망이나 좌절로 이어질 수 있다. 힘이 없어지는 노화의 직격탄을 맨몸으로 맞는 포화(砲火) 속이 다름 아닌 침대 위일 수 있기 때문이다.

그렇기 때문에 저 무서운 통계에서처럼 겨우 경각심을 느끼고 부부관계의 중요성을 솔직하게 돌아보게 되는 50대가 될 때까지 내버려두지 말아야 한다. 장미가 시들기 시작할 때, 밤이 채 오지도 않았는데 꽃잎부터 떨어뜨리는 자신을 처음 발견했을 때, 그때가 바로 솔직할 타이밍이라는 것을 인정할 수 있도록 도와주어야 한다. 나를 가장 잘 아는 여자이며 나와 한 침대에서 한 이불을 덮고 수십 년 동안 살아온 바로 그 아내가 말이다. 나는 아직 괜찮은데 다 귀찮은 것뿐이라며, 절대로 힘이 없어서 그런 것이 아니라고 어깃장 놓으며 아내를 향해 돌아눕지 않게 말이다.

문학평론가 신형철은 《몰락의 에티카》에서 이런 말을 했다.

나는 너를 사랑한다. 네가 즐겨 마시는 커피의 종류를 알고,

네가 하루에 몇 시간을 자야 개운함을 느끼는지 알고,

네가 좋아하는 가수와 그의 디스코그래피를 안다.

남자는 아내가, 돌아누운 어깨에 감춰진 말을 읽어주길 바란다.

꺾이는 것이 두려운 것이 아니라, 고개 숙인 나를 그대가 바라보는

것이 무서웠다는, 차마 하지 못한 말을 알아채주길…….

그러나 그것은 사랑인가?

나는 네가 커피 향을 맡을 때 너를 천천히 물들이는 그 느낌을 모르고,
네가 일곱 시간을 자고 눈을 떴을 때 네 몸을 감싸는 그 느낌을 모르고,
네가 좋아하는 가수의 목소리가 네 귀에 가 닿을 때의 그 느낌을 모른다.
일시적이고 희미한, 그러나 어쩌면 너의 가장 깊은 곳에서의 울림일
그것을 내가 모른다면 나는 너의 무엇을 사랑하고 있는 것인가.
분명히 존재하지만 명확히 표현될 수 없는 느낌들의 기적적인 교류.
그러니까 어떤 느낌 안에서 두 존재가 만나는 짧은 순간.
나는 너를 사랑하기 때문에 지금 너를 사로잡고 있는 느낌을 알 수
있고 그 느낌의 세계로 들어갈 수 있다. 그렇게 느낌의 세계 안에서
우리는 만난다.
서로 사랑하는 이들만이 느낌의 공동체를 구성할 수 있다. 사랑은
능력이다.

너무 오래 같이 살아서, 너무 많은 것을 알아서, 더 알아갈 것 따위
는 없어서 우리에게 사랑이라는·본능이 사라진 것은 아닐 것이다. 다
만 노화의 징조에 화들짝 놀라 아내와의 사이에 분명히 존재했던 기적
적인 교류의 기억을 살리려는 노력을 하지 못한 것이다. 그래서 오랫
동안 부부 사이에 느낌의 공동체를 구성할 수 없었고, 어쩌면 구성하
기 두려워했던 것이다.
남자는 아내가, 돌아누운 어깨에 감춰진 말을 읽어주길 바란다. 꺾
이는 것이 두려운 것이 아니라, 고개 숙인 나를 그대가 바라보는 것이

무서웠다는, 차마 하지 못한 말을 알아채주길 바란다. 옛날 당당하고 강했던 힘은 사라졌지만, 사랑은 언제나 그 자리를 지키고 있었다는 것을 깨달을 수 있도록. 그리하여 아내의 가장 깊은 곳에서 울리는 울림을 다시 들을 수 있는 능력이 아직 사라지지 않았다는 걸, 오십이 되어서야 겨우 깨닫는 남자들에게, 쉽게 어른이 되지 못하는 남자들에게 일깨워주기를 바라는 것이다. 가족이 아닌 여자로서, 아내가 아닌 연인으로서 말이다.

"아빠예요,
할아버지예요?"

내 아이가 태어나기 전까지는 사실 잘 몰랐다. 세상의 모든 아이들이 얼마나 사랑스럽고 고귀하며 온전한지를. 아이가 있는 사람이라면 한번쯤 길에 걸어 다니는 아이만 봐도 괜히 눈길이 가고 사랑스러워 무언의 축복을 보내는 자신을 발견한 적이 있을 것이다. 사실 결혼을 하기 전에는 나이가 들어서 가정을 이루고 아이를 낳아 부모가 된다는 것이 그저 당연한 '사실'로만 받아들여질 뿐 피부에 와 닿질 않았다. 그러나 앵 하고 첫 울음소리가 들리던 그때부터 지금까지 아이는 매 순간이 기적이요, 고마움 그 자체이다.

이런 생의 기쁨을 더 많은 사람들이 더 빨리 알면 좋을 텐데 요즘은 어딜 가나 노처녀 노총각들이 많다. 친하게 지내는 남자들에겐 늘 강조하곤 한다. 얼른 결혼해서 아이를 가지고 가정을 이루라고 말이다. 그런데 하나같이 하는 말이 이거다. '이제 결혼해서 언제 애 낳고 언제 기르냐.', '애 초등학교 갈 때 할아버지 소리 듣고 싶지 않다.' 이미 걱정을 예습해둔 거다. 뭐, 가끔은 결혼이 늦었던 나보고 들으라는 소린가 싶기도 하다. 그런데 곰곰이 생각해보면 사서 걱정만은 아니다. 이건 늦은 나이에 결혼해서 아이를 낳은 늦깎이 아빠들의 큰 고민거리가 맞다.

나도 얼굴이 벌개진 경험이 있다. 아이 생일이 되어 녀석이 좋아하는 케이크를 사러 제과점에 들렀는데 "초는 몇 개나 드릴까요?" 하길래 여덟 개를 달라고 했더니, 이 점원이 잘못 알아들었는지 대뜸 나를 보고 "아이가 88년생이시구나." 이러는 거다. 갓난쟁이를 안고 있었던 것도 아니고, 심지어 딸과 동행한 자리도 아니었는데 무엇을 보고 내 아이가 지금 20대 후반이라고 짐작했는지 순간 뜨악해졌다.

다시 초의 개수를 여덟 개로 정정하고 케이크를 받아 집으로 돌아오는데 기분이 영 찜찜했다. 가뜩이나 요즘 부쩍 자란 아이를 바라보며 '아이가 자라는 속도보다 내가 더 빨리 늙어버리면 어쩌나.' 하는 생각에 조바심이 생기던 터라 더럭 겁이 나기까지 했다.

아빠가 된다는 건 분명 경이로운 일이다. 아내의 임신 소식을 처음 들었을 때의 그 묘한 떨림은 아직도 잊히지 않는다. 신기함과 설렘과 기쁨이 분수처럼 솟는 동시에 누가 시키지도 않았는데 책임감도 함께 생겨났다. 그랬다. 그때 아직 눈에 보이지도 않는 새로운 존재에 대한 책임감에 지레 어깨가 무겁기도 했고 부담으로 다가오기도 했다. 아이가 태어나기 전에도 이럴진대 실제 아이가 세상에 태어난 후엔 말할 것도 없다.

그나마 젊을 때는 이런 부담이 조금 덜할 수도 있다. 하지만 마흔 넘어서, 심지어는 쉰이 넘어서 어렵게 첫 아이를 가지거나 늦둥이를 얻은 아빠들은 자신의 노화 속도에 안절부절못한다. 특히나 아장아장 걷기 시작할 때부터 초등학교 저학년 때까지는 아들 딸 할 것 없이 몸으로 놀아줘야 하는데 이게 만만치 않은 노동이다. 20~30대 초반의 팔팔한 아빠들과 달리 놀이터만 한 바퀴 돌고 와도 삭신이 쑤시고 금방 피곤해지는 이른바 '늙은 아빠'들은 그 마음의 크기와 상관없이 아이에게 미안해질 수밖에 없다. 강인한 체력으로 지칠 줄 모른 채 아이와 몸으로 놀아주고, 젊고 생기 있는 외모로 아이가 남들 앞에 자랑하고 싶어지는 멋진 아빠이고 싶지만 세월이 야속할 뿐이다.

"우리 아빠는 젊은데, 너희 아빠는 왜 늙었어?"

아이여서 할 수 있는 돌직구다. 이해는 하지만 어른이라 해도 당사자에겐 아픈 말인데, 나로 인해 우리 아이가 그 돌직구를 직접 맞아야 한다는 것에 마음이 찢어진다. 딱히 해결해 줄 수 있는 일도 아니니 늙은 아빠는 그저 미안해할 수밖에 없다.

'늙은 아빠'들의 고군분투는 눈물겹다. 유치원에 입학한 딸아이의 친구들에게 할아버지 소리를 듣지 않으려고 한 달에 한 번씩 안 하던 염색까지 하느라 화학약품 알레르기가 생긴 남자, 젊게 보이고 싶은 마음에 요즘 신세대 아빠들이 자주 입는다는 브랜드 옷을 잔뜩 사서 때 아닌 지출로 허리가 휘는 아빠, 아이 곁에 최대한 오래 머물려면 건강해야 한다며 무리해서 운동을 하다가 근육 증가는 고사하고 자리에 눕게 된 아빠……. 아직 눈에 보이는 것밖에는 보지 못하는 아이들이 이런 아빠들의 눈물겨운 노력을 어찌 알겠는가?

일찍 아이를 낳은 아빠라고 해서 모두 아이와 더 오랜 시간을 보낼 수 있는 것은 아니다. 하지만 아이를 늦게 낳은 아빠는 그렇지 않은 아빠에 비해 아이에게 충분한 사랑을 쏟지 못하고 떠나게 될까 봐 걱정이 많다. 그게 안타까워 아이와 더 오래 시선을 맞추고, 미안한 마음에 더 많은 것을 마련해두려고 애를 쓰는지도 모른다. 나 역시 그런 이유로 《딸들에게 보내는 편지》라는 제목의 책을 써서 남기기도 했다. 먼 훗날 내가 이 세상에 존재하지 않는 때라도 내 딸들이 아빠가 자신들을 얼마나 사랑했는지 기억해주기를 바라는 마음을 담아서.

그런데 얼마 전 서점에 갔다가 늦둥이 아들에게 보내는 편지를 쓴 화가의 책을 발견했다. 나 같은 사람이 또 있네 하며 첫 장을 넘겼다가 앉은 자리에서 다 읽어 내려갔던 기억이 난다.

그 책의 지은이는 부산을 중심으로 활동하고 있는 장건조 화백이다. 그는 마흔두 살에 늦둥이 아들을 얻어 그야말로 금지옥엽으로 키웠다. 그런 아들이 어느덧 군대에 갈 나이가 되어, 가만히 서 있기만 해도 땀이 비 오듯 주룩주룩 흐르는 7월 뙤약볕 아래 논산훈련소에 입대했다. 삼복더위에 훈련을 마친 아들은 '지뢰탐지병'이라는 보직을 받고 서부전선 최전방 판문점이 있는 경기 파주 1사단에 배치된다. '지뢰탐지병'이니 '최전방'이니, 아무리 군대에 다녀온 아버지라고 해도 하나뿐인 아들과 연관되는 이 단어들은 영 편치 않았다. 게다가 부산에 사는 아버지가 멀리 파주에서 군 복무를 하는 아들에게 해줄 수 있는 것이

딱히 없어 더 애틋하기만 했다.

그래서 생각해낸 게 장화백만의 독특한 편지였다. '화가인 내가, 사랑 표현도 잘 못하는 경상도 아버지인 내가 아들에게 마음을 전할 수 있는 방식이 뭘까?' 고민하다가 찾아낸 그림편지! 매번 손쉽게 읽을 수 있도록 그림을 넣되 비와 눈에 번지지 않도록 색연필로 그려 그동안 전하지 못했던 정(情)을 담아내기로 한 것이다.

2012년 7월 23일, 훈련소에 있는 아들에게 첫 편지를 썼다. 먹고 돌아서면 배가 고플 나이에 이 눈치 저 눈치 살피느라 서럽고 정신없을 이등병 신세인 아들에게 조금이나마 위로가 될 그림들을 그려 넣었다. 북한군 병사가 귀순하고, 북한이 핵실험을 강행하는 등 군의 비상사태가 이어질 때도 아버지는 어김없이 흔들림 없는 어조로 아들에게 격려 편지를 보냈다. 담담한 문체와 다정한 삽화 속에 걱정과 눈물을 감추고, 아들 생각에 따뜻한 밥 한 끼 제대로 삼키지 못하는 아비의 마음을 숨기고서 말이다. 그런다고 아들이 어찌 모르랴, 끊이지 않는 편지 속 글자 하나하나에 스민 늙은 아비의 애끓는 부정을……

간혹 '애인 없다고 실망하지 마라!'라는 편지도 있다. '남은 군대생활 차라리 애인 없이 지내는 것이 마음고생 덜 한다.'며 또래 친구처럼 익살스럽게 조언하는 내용이다. 읽는 내내 웃음이 났던 대목이다. 그런가 하면 드디어 전역을 앞둔 아들에게 보내는 마지막 편지 '아들아 제대를 진심으로 축하한다!'에는 태극기 바탕에 아들의 늠름한 얼굴을 그려 넣었다. 그 속에는 아들의 군 생활 내내 편지로 아들과 함께한 환갑이 넘은 아버지의 시간과 수고가 짙게 배어 있었다.

마흔 살이 훌쩍 넘어 얻은 자식을 환갑이 넘어 군대에 보내는 마음, 결혼 시기도 아이를 낳는 시기도 점점 늦어지는 요즘 어렴풋이나마 공감하는 아빠들이 많을 것이다. 아이를 위해 발버둥을 치며 젊음을 붙잡아보려 해도 야속한 세월이 여지없을 때, 아이에게 별안간 이별을 고할 날이 올 수도 있다는 생각에 초조해질 때면, 어떻게든 아이에게 사랑한다는 마음을 남기고 싶어진다. 하지만 딱히 명문장을 쓸 자신도 없고, 그림을 그릴 재주도 없어 시간만 간다. 그러는 사이 흰 머리는 늘어나고 머리숱은 눈에 띄게 줄어드는데다, 아이를 데리고 나서면 인사를 하는 쪽보다 받는 쪽이 되어 있다. 별다른 묘수도 없이 막막함이 앞을 막을 때 우리는 어떻게 해야 하는 것일까?

화가 이중섭의 작품 중에 〈길 떠나는 가족〉이라는 그림이 있다. 군대에 보낸 아들에게 삽화가 담긴 편지를 썼던 장건조 화백처럼 이중섭도 일본에 살고 있는 가족을 그리워하며 하루에 한 끼만 먹는 궁핍한 생활 속에서도 그림을 곁들인 편지로 가족들에게 자신의 사랑을 보냈다.

아빠는 잘 지내고 있고 전람회 준비를 하고 있어.
오늘은 엄마와 태성이가 소달구지에 타고 아빠는 앞에서 소를 끌고 따듯한 남쪽 나라에 가는 그림을 그렸어.

내 눈에만 그리 보였을까, 〈길 떠나는 가족〉 속의 아버지가 얼굴에 세월이 잔뜩 묻은 노마(老馬)처럼 보였다. 소달구지에 가족들을 편안히 태우고 소를 끌며 앞장서는 아버지의 모습을 한참 동안 물끄러미

이중섭 〈길 떠나는 가족〉

내 눈에만 그리 보였을까, 〈길 떠나는 가족〉 속의 아버지가

얼굴에 세월이 잔뜩 묻은 노마(老馬)처럼 보였다.

소달구지에 가족들을 편안히 태우고 소를 끌며 앞장서는

아버지의 모습을 한참 동안 물끄러미 바라봤다.

두 딸의 손을 잡고 오래도록 바라본 그 얼굴에서

늙은 아빠라는 미안함과 초조함이

얼마나 부질없게 느껴졌던가…….

바라봤다. 두 딸의 손을 잡고 오래도록 바라본 그 얼굴에서 늙은 아빠라는 미안함과 초조함이 얼마나 부질없게 느껴졌던가……

늙자식처럼 야속한 존재가 없다더니, 체력의 한계에 시간의 한계까지 짊어지고 아이를 사랑하는 늙은 아빠 입장에서 절감되는 말이다. 하지만 내가 아이의 시간을 오래 지켜주지 못하게 되더라도, 저 그림 속 아버지의 멈춰버린 늙음처럼 살자고 다짐했다. 어느 날 다시 "아빠예요, 할아버지예요?"라는 질문을 받게 되더라도 마음 상하지 말자고 말이다. 가족을 소달구지에 태운 채 바보처럼 웃고 있는 아버지의 노쇠한 모자람은 야속하지 않은 진심이기에 그 어떤 유산보다 아이에게 오래 남을 것을 믿자고 타일렀다. 이중섭의 〈길 떠나는 가족〉 속 아버지의 모습을 아이와 함께 바라보며, 가족과 함께여서 행복한 늙은 아버지의 미소를 설명해줄 수 있다면 아이에게도 우리에게도 그것으로 충분하지 않은가.

아빠랑 놀면
재미없어

그때까지만 해도 쉬웠다. 아이가 아장아장 걸을 때까지만 해도 아이를 까르르 웃게 만드는 일은 제법 쉬웠다. 번쩍 들어 올린 뒤 허공에서 몇 번 아슬아슬하게 손을 놓으면 아이는 그 짧은 인생에 언제부터 스릴을 알았다고 연신 넘어가는 웃음을 지었다. 그렇게 슈퍼맨이 되어 몸으로 놀아주는 아빠가 마냥 좋아서 퇴근해서 돌아오면 현관을 향해 빛의 속도로 엉금엉금 기어와 아내보다도 나를 더 설레게 하던 녀석들. '아빠'라는 발음도 제대로 안 돼서 "아뻐뻐뻐"거리며 뒤뚱뒤뚱 다가와 와락 안기면 그때부터 달싹 붙어서 즐거운 비명을 지르게 하던 아이들. 평생 계속될 것만 같던 순간들…….

그런데 평생 할 효도는 세 살 전에 다 한다고 했던가. 아이가 제 발로 서서 걷고 뛰게 되면서부터 시작해 자신의 의사표현이 확실해져 갈수록 아빠들은 점점 아이를 웃게 하기 힘들어졌다. 그러다 보니 주로 돈을 이용해 장난감을 사준달지, 엄마가 못하게 하는 것들을 몰래 하게 해줌으로써 가물에 콩 나듯 아이를 웃게 만든다. 하지만 이런 것들은 다 그때뿐이다. 아무리 내 자식이라지만 취할 것만 딱 취하고 냉정하게 돌아서는 모습을 보면 얄밉기 그지없다. 아빠가 최고라며 치켜세울 때는 언제고 엄마와 화해를 하고 나서는 언제 그랬냐는 듯 엄마 품으로 쏙 들어가는 걸 보면 참 치사해진다. 아이들이 커가면 커갈수록 아이들에게 아빠는 살아 있는 지갑, 필요할 때만 찾는 사람, 둘만 있으면 숨 막히게 어색한 '심심한' 사이가 되고 만다.

짧고 굵게, 퇴근 후 삼십 분만 바짝 놀아줘도 아이가 아빠를 좋아하던 시절이 지나가면서 아빠들의 고민도 커진다. 아이가 자라는 동안 사원이었던 아빠도 과장이 되고 부장이 되어 대외적으로 짊어져야 할 몫이 커진 사람이 된다. 자연히 집에 있는 시간보다 밖에 있는 시간이 점점 더 많아진다. 아이는 하루가 다르게 자라는데 잠든 모습만 겨우 보고 지내다 보면 문득 두려운 생각이 스친다.

나는 아이에 대해 어린 시절 꼬물꼬물하던 탄생의 신비로움이라도 간직하고 있건만 아이는 나에 대해 어떤 기억을 안고 있을까? 기억이 추억으로 변하고, 그렇게 변한 추억을 지니고 평생을 살아갈 아이에게 아빠는 그저 재미없는 사람으로 기억되는 것은 아닐까? 그제야 부랴부랴 인터넷도 뒤져보고, 주변 친구들에게 조언도 구한다.

이런 사람들이 한둘이 아니었던 것일까. 아빠와 아이 단둘이서, 똑같은 구성의 다른 가족과 함께 전국 방방곡곡 여행을 다니는 텔레비전 프로그램이 등장했다. 단둘만 있는 상황에 멘붕이 된 것은 아이만이 아니었다. 매일 엄마와만 같이 있다가 엄마와 떨어져 하룻밤을 보내야 하는 아이는 아이대로, 그 상황에서 아이에게 무엇을 어떻게 해줘야 할지 모르는 아빠는 아빠대로 우왕좌왕했다. 방송이라 할지라도 기왕에 떠난 단둘만의 여행에서 어떻게든 재밌고 즐겁게 뭐든 보여주고, 체험하게 해주고 싶은 아빠 마음. 그런데 정작 아이가 좋아하는 것이 무엇인지, 어떻게 하면 편안하고 또 불편한지에 대한 기본적인 정보 자체가 없어 쩔쩔 매는 모습이 현실 속 아빠들과 너무도 닮아 있었다. 아마도 그래서 많은 사람들이 이 프로그램을 즐겨 봤던 모양이다.

그래도 이렇게 방송 덕에 아이와 함께 정기적으로 시간을 보낼 수 있는 이들은 축복받은 사람들이다. 현실 속 아빠들은 아이와 단둘이 1박 2일 여행을 떠날 기회를 만드는 것 자체가 어렵다. 먼저 엄마와의 유대관계가 집착이라고 할 정도로 끈끈해진 아이들이 엄마와 떨어지려고 하지 않을뿐더러, 아이에 대한 지식이 없는 아빠가 단둘만의 여행을 마음먹는다는 것 자체가 쉽지 않다. 매주 새로운 주제로 아이들이 다양한 경험을 하고 아빠가 관찰자이자 조력자로서 그 경험에 동참하도록 하는 제작진의 배려를 현실에서는 기대할 수 없다. 그 모든 것은 아이와 여행하겠다고 결정하는 순간 아빠가 짊어져야 할 몫이 되고, 변명 같지만 우리는 하루하루, 일주일, 한 달, 일 년을 보내기에도 숨이 턱까지 차오를 만큼 힘이 든 '이미 늙기 시작한' 남자일 뿐이다.

전혀 새로운 공간에서 아이와 함께하는 추억이 세월이 지난 후 아이와 나에게 얼마나 끈끈한 접착제가 되어줄지 누가 모르겠는가? 그러나 여행은 고사하고 집에서의 대화 시간도 절대적으로 부족한 것이 현실 아닌가. 2014년 여성가족부의 조사 결과에 따르면 주중 한 시간 이상 아버지와 대화하는 우리나라 청소년은 10명 중 단 3명에 불과했다. 이 결과를 보고, 우리 집만 그런 게 아니라는 것에 안도해야 할까?

한 신문사에서 20대 이상 남자 1,300여 명을 대상으로 한 설문 조사 결과 10명 중 3명은 한 달에 한 번 혹은 명절이나 제사 같은 특별한 날에만 자녀와 대화를 나눈다고 대답했다. 대화의 주제도 집안대소사가 46.9%로 대부분이었고, 다음으로는 건강이 42.5%를 차지하는 등 주로 핵심을 피해간 신변잡기 수준의 대화만 한다는 것이었다.

어린 시절 아이와 함께 보내지 못했던 시간은 아빠와 아이 사이에 좁혀지지 않을 간극으로 남는다. 시간이 흐르면서 쌓인 오해와 서먹함은 우리가 우리의 아버지에게 느끼는 지금 감정을 답습하게 될 것이다. 아버지와 가까워지지 못하는 어색함의 대물림을 계속하고 있는 것이다.

상대방과 함께 있는 게 재미있으려면 서로에 대한 이해가 있어야 한다. 서로를 이해하지 못하는데 함께 있는 시간이 재밌고 즐겁기를 바라는 것은 억지다. 이해라는 것의 출발이 서로의 가치관을 인정하는 것에 있다면 확실히 우리와 부모님 세대, 또 아이들과 우리 세대는 차이를 보인다. 우리의 부모님 세대가 말하는 가장 중요한 업적은 '국가안보'였지만, 아들 세대인 45~55세의 우리는 단 2.3%만 그것을 인정했다. 하지만 그렇게 아버지를 이해하지 못했던 우리 역시 똑같은 소통의 벽에 부딪힌다. 60년대에 태어나 80년대에 대학을 다닌 이른바 386세대가 내세운 가장 큰 업적은 '민주화'였으나, 우리의 다음 세대

혹은 자식 세대는 25.3%만 그것을 인정했고 대신 '산업화'를 우리의 가장 큰 공로로 삼았다.

아마 위 설문 조사가 담긴 기사를 읽고 난 다음부터였으리라. "아빠랑 놀면 재미없어!" 하며 팽하고 돌아서는 아이의 등이 예사로 보이지 않는다. 내가 아버지를 이해하지 못할 때는 몰랐는데, 내 자식이 나를 이해하지 못할 것을 생각하니 슬프기 그지없다. 나는 내 아버지와 불편하고 어색하게 지내면서도 내 아이가 나와 이렇게 지낼 것을 생각하면 가슴이 아픈 것이다. 내 아이도 언젠가 어떤 신문사에서 저런 설문을 하면 위와 같이 대답하겠지? 생각하면 소름이 돋는다.

그러나 희망은 있다. 이런 자각은 아직은 시간이 있고, 변화될 수 있는 가능성이 있다고 믿기 때문에 오는 법이니 말이다. 재미있는 아빠가 되기 위해 또 나중에 가치관의 공유라는 거대담론을 함께하기 위해 지금 아이가 원하는 재미를 간과하지 말아야겠다는 깨달음, 이 예방주사 같은 따끔함을 놓치지 않으련다.

한 육아 예능 프로그램에서 늘 잘 웃던 아이가 갑자기 밥을 안 먹겠다고 떼를 쓰며 울기 시작하니까 당황해 어쩔 줄 모르던 초보 아빠가 생각난다. 결국 밥을 먹기 전에 물을 마시고 마른 입을 축이면 아이가 밥을 잘 먹는다는 사실을 알고 눈물을 보이던 모습이 인상적이었다. 그 간단한 것을 몰라서 아이를 힘들게 했다는 생각에, 자신이 등을 돌리고 앉은 사이 수도 없이 아이가 보였을 습관을 아빠인 자신만 몰랐다는 생각에 초보 아빠는 눈물을 보였고, 나는 눈두덩이 뜨거워졌다.

내 아이가 아직 다 사라지는 않아서, 아직은 시간이 남아 있는 것 같아 다행이라는 생각과 함께 말이다. 키가 자라고 2차 성징이 나타나는 생물학적인 나이가 아니라, 부모님 앞에서는 우리도 아직 아이일 수밖에 없는 숙명적인 나이로 계산해보면 우리에게도 아직 기회가 있다. 아니 많다. 그렇게 믿고 싶다.

회초리

VS

눈초리

'초달'이라고 했지, 그 회초리 선생님!

세월이 이렇게 흐른 지금까지도, 심지어 우리 학교 선생님도 아닌데 잊히지 않는 별명이 있다. 대학에 갓 입학해서 전국 각지 다양한 고등학교에서 모인 친구들끼리 친해진답시고, 고교 시절 재밌는 별명을 가진 선생님 이야기를 한 적이 있다. 각종 동물 이름부터 신체적 특징을 담은 것에, 차마 입에 담기 힘든 욕설 비슷한 것들까지 별명도 참 가지각색이었다.

'초달'은 바로 그때 들었던 별명이다. 당사자인 선생님은 '초달'을 호라고 칭하며 아이들에게 자신을 이 별명으로 부르라고 권유하기까지 했다고 한다. 초달이 무슨 뜻인고 하니, 회초리 초(楚)자에 때릴 달(撻)을 써서 회초리로 종아리를 때린다는 의미이다. 짐작하겠지만, 이 선생님은 아이들을 매사에 엄하게 매로 다스렸고, 출석부와 함께 항상 이름값에 걸맞은 회초리를 드레이드마크로 옆구리에 끼고 다녔더란다. 그 얘기 끝에 친구가 이런 말을 했다.

"그래도 초달한테 맞을 때는 왜 맞는 줄은 알고 맞았지. 그러니까 맞고 나면 잘못했구나 하고 깨닫는 게 좀 있었어. 나도 나중에 우리 애한테 회초리를 들면 초달처럼 할 수 있을까?"

대학 새내기 시절 이런 대화를 나누면서도 그때는 알지 못했다. 아빠가 된 지금의 우리가 혹여라도 회초리로 아이를 훈육했다가는 부부 싸움은 따 놓은 당상이요, 아이와 멀어지는 것은 불 보듯 뻔한 일이 될 거라는 사실을. 아이도 감정이 있는 하나의 독립된 인격체이기 때문에 아이가 잘못된 행동을 했을 때는 아이의 내면을 잘 들여다보고 왜 아이가 그런 행동을 할 수밖에 없었는지 먼저 생각해야 한다는 육아 이론이 오늘날을 지배하고 있기 때문이다. 다분히 성인군자스러운 이론이다. 이런 상황에서 아이에게 옛날 초달 선생 흉내나 우리네 아버지 흉내를 낸답시고 섣불리 회초리를 들었다가는 큰일난다. 우리는 더 이상 아빠가 아니라 아이에게 평생 씻을 수 없는 상처를 준 동심파괴자로 전락하는 것이다.

예전에 우리가 자랄 때 아버지의 권위는 회초리였다. 훈육의 주도권이 아버지에게 있었기 때문이다. 낮에 어머니에게 혼날 짓을 해 비 오는 날 먼지 날 정도로 두드려 맞아도 저녁에 아버지가 회초리로 다스리는 것만큼 두려운 것은 없었다. 종아리를 맞는 것 자체가 겁나기도 했지만, 어머니와는 다른 기개로 절대 거짓말을 봐 넘길 것 같지 않은 눈빛으로 나를 쏘아보며 조목조목 잘못을 꾸짖을 때는 정말이지 모골이 송연해지는 것이다.

어린 시절 아버지는 결코 손으로 때리는 법이 없었다. 잘못을 하면 어디어디에 있는 회초리를 가져오라고 하시거나 회초리가 부러지면 마당에 나가 새 회초리를 꺾어 오라고 하셨다. 마당에 나가 나를 때려줄 나무를 골라야 할 때면 만감이 교차했다. 얇은 것을 가져가자니 다시 가져오라 하실 게 분명하고, 그렇다고 물이 통통하게 오른 튼실한 가지를 가져가려니 아플 것만 같고……. 그러는 동안 저절로 내가 저지른 잘못에 대해 돌아보게 된다. 왜 형이랑 싸웠을까? 왜 어머니가 아끼는 화병을 두 번이나 연달아 깨먹었을까? 왜 거짓말을 하고 학용품 값을 떼먹었을까? 어린 마음에도 내가 저지른 잘못과 내가 치러야 할 대가에 대한 자기성찰을 하게 되는 것이다.

회초리를 맞을 때는 항상 목침 위에 올라서서 맞았다. 무슨 대단한 결심이라도 하듯이 목침 위에 올라서면 아버지는 바로 회초리를 제대로 꺾어 왔는지 짝! 하고 바닥을 한번 내리치신 뒤 꼭 이렇게 물어보셨다.

"몇 대를 맞아야 되겠니? 네가 정해보아라."

내적갈등이 다시 시작된다. 덜 맞고 싶은 마음은 굴뚝같지만 그렇다고 터무니없이 적은 대수를 말했다가는 아버지 역정만 돋우어 내게 득이 될 리 만무했기에 찰나긴 해도 또다시 내 잘못에 대해 생각한다. 그렇게 아버지와 작은 타협을 하고 공기를 사납게 가르는 회초리를 맞게 되는 것이다.

이와 같은 과정을 통해 아버지에게 이해가 되고, 납득이 되는 회초리 훈육을 받은 우리 세대는 아이를 때려서 가르친다는 것이 단지 물리적인 체벌을 가하는 것이 아니라 엄한 훈육의 다른 이름이라고 생각한다. 그런데 우리의 현실은 그렇지 못하다. 아이들과 있는 시간이 절대적으로 부족하다 보니, 아이를 엄하게 다스려야 할 때도 '아이에 대해서 알면 얼마나 안다고 매부터 드느냐.' 혹은 '그렇게 화부터 내고 매부터 드니 아이가 아빠를 싫어하지 않느냐.'는 맹공격을 받을 수밖에 없다. 절대적으로 부족한 시간, 절대적으로 부족한 아이에 관한 정보. 이 두 가지 앞에서 말문이 막힌 아빠들은 따가운 눈초리에 밀려 그렇게 회초리를 들 기회와 영영 이별하게 된다.

欲子孫之佳(욕자손지가)

人之至願而顧多(인지지원이고다)

徇情愛而忽訓勅(순정애이홀훈칙)

是猶不耘苗而望禾熟(시유불운묘이망화숙)

寧有是理(녕유시리)

자식을 훌륭하게 성취시키려 함은 사람의 지극한 바람이지만,

애정에만 이끌려 가르치고 타이르기를 소홀히 하는 경우가 많다.

이것은 김매지 않고 벼가 익기를 바라는 것과 같으니,

어찌 이런 일이 있을 수 있겠는가.

_이황(李滉),《퇴계집(退溪集)》

지금 퇴계 이황의 저 문장을 꺼낸다면 너무 고루한 사람이 되는 걸까? 세월이 흘러 세상이 변했으니 이제 아이의 훈육도 새롭게 달라져야 하는 걸까? 각종 텔레비전 상담 프로그램과 특집 다큐멘터리를 섭렵하고 하루에도 몇십 번씩 인내의 쓴잔을 마시며 아이에게 큰소리 한 번 내지 않고 '아이의 사생활'을 존중하는 아내에게 전적으로 맡겨 두어야 하는 것일까? 그러나 굳이 퇴계 이황의 저 문장을 꺼내드는 아빠의 마음 역시 '자식을 훌륭하게 기르고 싶은 지극한 심정'임을 돌아볼 필요가 있다.

　아빠들은 '우리 아이가 달라졌'다고 외치는 육아 전문가도, 심리 전문가도 아니다. 명심보감의 저자도 아니고 저 고매한 곳에 있는 퇴계 이황은 더더욱 아니다. 아이를 훈육할 때 어떤 것이 아이의 정서와 성장에 더 도움이 되는지 딱히 이론적으로 접근해 정답을 알 길도 없다. 그러나 우리의 기억 속에 경험으로 존재하는, 그래서 지금의 내가 한 아이의 아빠로 살아갈 수 있게끔 나를 깨우쳐주었던 우리 아버지의 호된 회초리 훈육 방법을 버리고 싶지 않다. 그 방법이 결코 아이가 아빠를 더 멀게 느끼도록 만들거나 폭력적으로 인식하도록 하지 않으리라는 확신도 있다. 돌이켜보라. 회초리가 우리 어린 종아리에 정말로 와 닿았던 적이 사실 몇 번이나 되었겠는가? 대개는 회초리를 장착해두고 혼을 내는 아버지에게 솔직하게 잘못을 빌고, 앞으로 다시는 그러지 않겠다는 다짐을 하고 나면, 아버지가 무릎에 앉혀놓고 꺼이꺼이 넘어가는 울음을 달래주지 않았던가.

아빠는 아이의 훈육에 개입하지 않는 것이 마치 불문율처럼 굳어진 요즘, 회초리를 드는 것은 고사하고 아이와 눈물의 카타르시스를 나눌 기회조차 빼앗기고 있는 아빠들의 잃어버린 회초리가 안타깝다. 아빠들에게는 낮고 안정된 목소리로, 어쩌면 엄마보다 더 완곡하지만 한편으로는 단호하게 아이들을 훈육할 수 있는 DNA가 존재한다. 엄마들이여, 이 사실을 인정하고 눈초리만 매섭게 쏠 것이 아니라 아빠에게 마음의 회초리도 한 대씩 허락해주자. 우리 마음의 목침 위에서 아이와 대화할 수 있는 기회를 빼앗지 말 일이다.

'아저씨'의 장래희망

"오늘 점심은 뭘 먹지?"

폼나고 멋진 말들을 모두 제치고, 직장인들이 가장 많이 하는 말이다. 지위고하를 막론하고 하루도 거르지 않고 하는 공통의 일이기도 하다. 하루 일과 중 숨통이 트이는 시간으로 단연 으뜸이기도 하니, 이얼마나 중요한 대업이던가.

이와 관련해 얼마 전 재미있는 기획기사를 하나 봤다. 회사에서 점심메뉴를 고르는 데 걸리는 시간이 가장 짧은 직급은 어떤 직급일까? 맞다, 예상대로 과장급 이상 부장급 이하 이른바 '아저씨'들이 가장 빨리 점심메뉴를 고른다고 한다. 그것도 평균 10분 이내에. 그런데 그 이유가 가관이다. 연륜으로 매 끼니 때마다 자신이 무엇을 먹고 싶어 하는지 정확히 알고 있기 때문 아니냐고? 땡, 틀렸다. 그것도 완전히 틀렸다. 오늘은 무엇이 먹고 싶은지, 내가 무엇을 원하는지에 대한 고민을 하기 싫어서 습관적으로 가는 곳만 가고, 매일 먹는 메뉴만 먹기 때문에 고민할 필요가 없기 때문이란다.

맞다, 맞아 공감된다며 키득대는데 가슴 한켠에 서늘한 바람 한 줄기가 스며든다. 왜 어느 순간엔가 '아저씨'라는 이름의 사람들은 구체적으로 무언가를 '희망'하는 것이 어려워진 걸까…….

'내 꿈이 뭐였지?'

휑한 가슴 위로 문득 비수 같은 질문이 꽂히는데, 선뜻 기억이 나지도 않는다. 문득 문득 떠오르는 단편적인 장면들이 그나마 내게도 무언가 되고 싶은 것이 존재했던 시절이 있었다는 걸 환기시켜줄 뿐이다. 나와 비슷한 삶을 사는 친구들은 제법 많다. 이제는 꿈이 '그저 꿈'만으로 남은 소위 '현실'을 살고 있는 친구들이다.

무뚝뚝한 말투 속에 숨겨둔 여리고 고운 감성으로 시인이 되고 싶어 했던 S는 공대에 진학해 지금은 소프트웨어 개발회사 중견 임원으로 살고 있다. 단체로 벌 받을 때조차 목소리가 하도 커서 튄다고 몇 대 더 쥐어박히곤 하던 울림통 좋은 P는 음악을 하고 싶어 했지만, 뒤늦게 정신 차렸다는 소리를 들으며 의사가 되었다. 가끔씩 아주 드물게 그 시절 가슴에 품었던 꿈을 생활로 이루며 살아간다는 친구의 얘기가 들려올 때도 있다. 늘상 얼른 취직이나 해서 홀어머니 허리 좀 펴게 해드려야겠다던 모범생 친구 M이 대학로에서 연극을 한 지 벌써 25년 다 되어간다고 한다. 그 시절 가슴에 품었던 꿈이 누군가에게는 쓸쓸함이 되고 또 누군가에게는 현실이 되어 있는 것이다.

"이 다음에 뭐가 되고 싶으세요?"

누구도 오십이 넘은 남자에게는 이렇게 묻지 않는다. 지구는 둥글고 해가 뜨면 날이 밝는 것처럼 당연한 어떤 것이 되어버린 삶. 뭔가 허전하고 쓸쓸해도 지금 살아온 대로 정도(正道)를 크게 벗어나지 않는 범위 내에서 큰 변화도 일탈도 없이 살아갈 것이라고 믿어 의심치 않게 된 삶.

스스로 인정하든 하지 않든 이미 사회의 허리가 된 우리를 바라보는 사람들의 시선은 냉정하다. 중심을 잡고 있는 중년들의 무게감과 답답함이 싫다면서도, 막상 우리가 개개인의 열정에 따라 꿈틀거리는 것은 용인해주지 않는다. 다시 한 번 통기타를 메고 〈로망스〉를 연주해보고 싶어도, 가슴에서 우러나오는 시 한 구절을 읊고 싶어도 그야말로 보는 눈이 만만치 않은 것이다.

'갑근세밴드', 그 이름을 듣자마자 풉 하고 웃음이 터지는 동시에 묘한 안도감이 들었던 건 다 그 이유에서다. 2000년대 초니까 하마 15년의 세월이 흘렀건만 그때 생면부지의 그들에게 느꼈던 격한 반가움은 잊히지 않는다. 모두가 이렇게 남 눈치만 보면서 덩그러니 꿈이 남은 자리만 바라보고 있는 것은 아니었구나, 화려하지는 않지만 현실 속에서 꿈의 끈을 놓지 않는 사람들이 이렇게 싱싱하게 존재하고 있었구나……, 그걸 확인하는 내 심장은 분명 두근거렸다.

이름 한번 독특한 '갑근세밴드'는 한국 최초의 직장인 밴드다. 1998년에 동네 친구들 몇이 모여 PC통신에서 사람들을 모아 시작했다. 그들의 정체성은 밴드 이름에 고스란히 녹아 있다. 갑근세라는 게 뭔가. '갑종근로소득세', 직장인들에게는 "나라가 해준 게 뭐 있다고 이런 세금을 다 뜯어가?"라는 소리를 절로 나오게 만드는 세금이다. 세금 자체가 문제가 아니라 버는 돈은 쥐꼬리만 한데 이래저래 떼어 가는 돈은 왜 이렇게 많으냐는 한탄이 '갑근세'라는 단어 안에 응집되어 있다. 화제가 되었던 2000년대 초반에만 해도 이 밴드의 주축은 30대 후반에서 40대 초·중반 아저씨들이었다. 채 갈아입지도 못한 와이셔츠 바람에, 이제 서서히 나오기 시작한 배를 감추며 누구의 열정 못지않게 연주를 하던 그들의 모습은 제법 감동적이었다.

아니나 다를까 이들의 이야기는 영화로도 제작되었다. 2007년 박영훈 감독의 작품 〈브라보 마이 라이프〉가 바로 그 영화이다. 영화 개봉 당시 나는 갑근세밴드의 공연을 일일이 다시 영상으로 찾아봤다. 궁금했다. 내 또래 혹은 나보다 조금 젊은 30, 40대 회사원들이 과장, 차장, 부장 또는 누구의 남편, 누구의 아빠라는 이름을 내려놓고 오로지 자신이 꿈꿨던 음악에만 몰입하는 모습이 과연 스크린을 통해 어떻게 표현될지 자못 궁금했다. 무엇보다 아직도 이렇게 꿈을 꾸며 살아가는 사람들이 존재한다는 것을 확인할 수 있다는 게 기뻤다. 나는 비록 그렇게 살지 못하지만, 누군가는 꿈을 쥔 손을 맥없이 놓아버리고 살지 않는다는 게 얼마나 위안이 되던지…….

사람들은 아주 쉽게 한국 중년 남성들의 정서적 '결핍'을 걱정하곤 한다. 집에 돌아온 남자들이 하는 일이라고는 치킨에 맥주를 마시며

세상에 어느 누가 어린 시절부터 꿈꿔 오던 장래희망이

'○○ 실업 부장'일 수가 있겠는가?

막상 분연히 떨치고 일어나 잊고 있던 꿈을 현실로 만들려고 할 때

과연 어떤 위로와 응원을 받아봤던가.

응원은커녕 단번에 '6춘기'를 맞은 바람난 중년의 '춤바람'이나

주책없는 '늦은 객기' 정도로 치부되기 일쑤요,

현실에 불만 있는 중년의 뜬구름 잡는 일탈 정도로 처급되지 않았던가.

프로야구를 보는 것뿐이고, 시즌이 끝나면 지 멀리 유럽의 프리미어리그 축구로 옮겨가는 게 다라고 말이다. 그나마 직접 몸을 움직이는 경우라고는 경제적으로 여유가 좀 있다는 사람들이 목숨을 거는 골프 정도다. 이렇게 중년 남성들이 향유하는 문화라고는 고작 스포츠밖에 없는데도 도무지 심각성을 알지 못한다는 것이다.

맞다, 딱히 부정할 말을 찾지도 못하겠다. 하지만 일면 억울한 것도 사실이다. 막상 분연히 떨치고 일어나 저 '갑근세밴드'처럼 잊고 있던 꿈을 현실로 만들려고 할 때 과연 어떤 위로와 응원을 받아봤던가. 응원은커녕 단번에 '6춘기'를 맞은 바람난 중년의 '춤바람'이나 주책없는 '늦은 객기' 정도로 치부되기 일쑤요, 오랜 꿈에 대한 존중은커녕 현실에 불만 있는 중년의 뜬구름 잡는 일탈 정도로 취급되지 않았던가. 지금 하고 있는 일, 직장에서의 역할이 불만족스러워서도 아니고, 현재 내 왼쪽 가슴에 붙어 있는 직함이 무거워서도 아니라, 그저 나의 장래희망이었던 어떤 일을 구체화시켜보고 싶은 것일 뿐인데도 말이다. 세상에 어느 누가 어린 시절부터 꿈꿔오던 장래희망이 '○○실업 부장'일 수가 있겠는가?

'갑근세밴드'의 일원들도, 이들을 모티브로 제작된 영화 속 주인공들도 결코 '사회적 패배자'들이 아니다. 현실 도피의 수단으로 그런 선택을 한 것도 아니다. 우리도 그렇다. 지금 잊고 있던 꿈을 다시 꺼낸다면 그건, 내가 현실에 실패한 인물이어서도 아니고, 슬프고 화가 나서는 더더욱 아니다. 사회적으로 많은 것을 이뤘다고 그것이 곧 인생을 성공적으로 살았다는 의미가 되는 것은 아니듯이, 과거의 기억 속으로 걸어 들어가 자신이 원하는 꿈을 끄집어내는 것이 후퇴나 실패의 동의어가 되는 것은 아니다. 그러니 순서를 바꿔야 한다. 그저 쉽게 중년 남자의 정서적 결핍을 비난하기 전에 그 점을 인정하는 게 먼저여야 한다.

꿈의 아이콘 폴 포츠는 휴대폰 판매원에서 세계적인 성악가가 된 뒤에 이런 말을 했다.

"사람들은 세계적인 스타가 되면 그것을 성공이라고 말합니다. 하지만 저는 제가 하고 싶은 일을 하는 것이 진정한 성공이라고 생각합니다. 자기가 꿈꾸던 일을 하는 것 자체가 가장 큰 성공인 거죠."

〈브라보 마이 라이프〉에서 정년퇴임을 앞둔 조부장은 이렇게 읊조린다.

"한번쯤은 내가 하고 싶은 거 하면서 살아도 되지 않을까? 한번쯤은……. 그러면 사치일까?"

아니다. 그렇지 않다. 조부장에게, 제2의 '갑근세밴드' 혹은 '종합소득세밴드'를 꿈꾸는 당신에게 대신 말해주고 싶다. 아니라고, 지금 당신이 먹은 그 마음, 결코 사치가 아니라고. 아직 싱싱하게 살아 있는 그 꿈이 영 먹을 수 없게 싹을 틔워버리기 전에 얼른 섞어찌개라도 만들어 보자고. 꿈이 있는 우리는 아직 아무것도 실패하지 않았노라고.

너희가
롤리타를 아느냐

왜 남자들은 어린 여자들을 좋아하는가?

이 주제로 한 텔레비전 프로그램에서 남자와 여자가 나뉘어 격렬한 논쟁을 벌였다. 남자들에게 가장 강력하고 인상적인 여자는 '어린' 여자이며, 좀 못생기고 성격이 맞지 않아도 여자가 어리기만 하면 남자는 모든 것을 용서한다는 식으로 맹공격을 퍼붓던 여자 패널. 이에 모든 남자들이 어린 여자를 좋아한다고 몰아붙이는 것은 다분히 억울한 오해라고 맞대응한 남자 패널. 그는 남자들이 '어린 여자'를 좋아하는 것은 일부 현상이며, 굳이 설명하자면 '청춘에의 동경'으로 해석해야 한다며 방어하기 시작했다. 단순히 나이가 어린 여자를 좋아하는 것이라기보다는 생물학적으로 자신보다 어린, 그러니까 나보다 청춘인 이성에 대한 동경이라고 해석해야 한다는 것이다. 다 지고 난 꽃이 막 피는 꽃봉오리를 황홀한 모습으로 바라보는 것에 비유하는 나름 설득력이 있는 내용이었다.

"그럼, 롤리타신드롬은 어떻게 설명할 건가요?"

그 순간 남자 패널의 동공이 크게 흔들렸다. 이 논쟁이 1:1 무승부로 심심히 끝날 거라는 예측은 성급한 판단이었다. 여자 패널이 꺼낸 저 단어 한마디에 남자 패널은 졸지에 급소를 물린 채 불의의 일격으로 쓰러진 한 마리 사자와 다름없는 꼴이 되었으니 말이다. 그는 이름도 제대로 기억나지 않는, 소설 《롤리타(Lolita)》의 작가가 얼마나 원망스러웠을까?

음흉한 남자들의 속내를 거론할 때 빠지지 않고 등장하는 '롤리타신드롬'은 러시아 출신의 미국 작가 블라디미르 나보코프의 소설 《롤리타》에서 출발한다. 이 문제의 소설은 1955년 프랑스에서 발간되었지만 곧 판매 금지 되었고, 이후 1958년에 미국에서 다시 발간되어 세계적인 반향을 일으켰다. 누가 봐도 파격적인 이야기였다. 문학강사인 주인공 험버트가 열두 살짜리 의붓딸 롤리타에게 마음을 빼앗겨 아내를 사고로 죽게 하고 결국 롤리타를 차지하지만, 그 과정에서 험버트 자신은 서서히 파멸로 이른다는 내용이다.

사실 남자들의 이러한 '롤리타신드롬'은, 아동성범죄가 우리 사회의 큰 문제로 대두되기 전까지만 해도, 〈연인〉이나 〈피아니스트〉 같은 영화들로 미화되는 경향이 있었다. 영화의 주인공은 매번, 화마(火魔) 같은 어린 연인의 유혹에 모든 것을 잃을 줄 알면서도 뛰어드는 애처로운 불나방 같은 모습으로 묘사되었다. 결국 자신의 사회적 지위나 명성, 친구와 가족까지 모두 잃어버리는 처절한 말로를 보여줌으로써 어느 정도 인과응보적 결말로 면피를 하기도 했었다. 하지만 여전히, 사랑하지 않을 수 없어서 사랑했고 그 결과로 남자도 괴로울 만큼 괴로웠다는 설정은, 다소 뒤틀린 사랑의 모습까지도 연민으로 남겨둘 수 있는 여지를 주었다.

하지만 잊을 만하면 일어나는, 차마 입에 담기도 힘든 아동성폭력 사건들이 빈번해지면서 '롤리타신드롬'이 심각한 범죄로 이어질 수 있다는 것을 방증하는 진술이 쏟아졌다. 많은 아동성범죄자들이 '롤리타신드롬'에 근거한 불법 음란물들을 접한 후 끔찍한 범죄를 저질렀다는 검찰 조사가 나온 것이다. '롤리타신드롬'이 더 이상 영화나 소설 속의 이야기로 미화되거나 희석되어서는 안 되는 본질에 맞닥뜨리게 된 것이다.

어떤 경우에도 보호받아야 마땅한 어린 아이들을 상대로 이러한 범죄를 저지른 사람들의 죄에 대해서는 당연히 재론의 여지가 없다. 하지만 심각한 범죄를 일으킨 동기와 남자들이 자신보다 어린 여자에게 갖는 호감을 무조건 동일하게 취급하는 것은 문제가 있다. 어떤 면에서는 억울한 문제이다.

요즘은 이혼이 흔하다 보니, 재혼이 초혼만큼 많고 삼혼이나 사혼까지 하는 경우도 드물지 않다. 이때 결혼할 여자의 나이가 일반적인 경우보다 많이 어리면 남자는 사회적으로 큰 지탄을 받는다. 실제로 주변에 스무 살 이상 차이가 나는 어린 아내와 결혼한 사람이 있었다. 남자는 오십을 바라보는 나이의 사별 후 재혼이었고, 어린 아내는 이십 대 중반의 초혼이었다. 한 번 결혼한 경험도 있고, 상대가 자신보다 스무 살 넘게 어리다는 사실에 남자는 갈등했다. 여러 번 헤어지려고도 했으나 적극적이었던 것은 오히려 지금의 아내였다. 그녀는 나이가 두 사람의 사랑에 무슨 장애가 될 수 있냐며 왠지 모를 그의 죄책감을 위로했던 것이다. 그렇게 두 사람은 행복한 인생을 시작할 수 있을 줄 알았다.

하지만 문제는 간단치 않았다. 일부 사람들의 시선이 불편을 넘어 위해를 가해왔다. 결정적으로 그 부부를 슬픔으로 몰아넣은 사건이 있었다. 대학에서 시간 강사로 일하던 남자는 동료 여교수에게 '롤리타신드롬에 빠진 저열한 인간'이라는 매우 구체적인 모욕을 면전에서 들어야 했다. 자신보다 스물두 살 어린 아내를 만나 결혼했다는 이유 때문이었다.

물론 이건 매우 극단적인 경우이기는 하다. 하지만 남자들이 자신보다 많이 어린 여자를 사랑할 때 롤리타신드롬이라는 멍에를 짊어지고 작아질 수밖에 없는 것이 아직까지는 현실이다. 나이 든 남자가 젊은 여자와 사랑을 하면, 우리 사회는 그 남자의 도덕적인 수준을 일단 의심하고 보기 시작한다. 설사 면전에서 비난하지는 않더라도 '여자가 미성년자는 아니니 법에 저촉되지는 않고, 여자 쪽에서도 좋다고 하니 범죄가 되지는 않겠지만 어딘지 모르게 음흉하고 탐탁지 않은 성향'일 거라는 혐의를 둔 채 마지못해 인정해주는 침묵도, 젊은 여자를 사랑하는 늙은 남자의 사랑에게는 부당하다.

'능력 좋다'는 부러움에 기인한 탄성이 아니라

아직은 사회적인 시선에서 자유로울 수 없는 우리 세대의 남자가

또 하나의 사랑을 새롭게 시작하는 용기를 응원한다.

사랑은 그 자체만으로도 아름다운 것이듯,

그 어떤 나이든 남자의 사랑도 그러하리라.

일방적인 것이 아니라 상호작용을 통해 사랑하는 것인데도 이 관계에서 나이 든 남자는 왜 늘 비난받아야 하는 걸까? 이런 식의 편견은 '모든 남자들은 나이 어린 여자를 좋아한다'거나 '모든 여자들은 무조건 돈 많은 남자를 좋아하고 키 큰 남자만 선호하며, 어깨 넓은 남자와 만능 스포츠맨을 바란다'는 부당한 일반화와 다르지 않아 보인다. 이러한 비교를 하는 이유는 남녀가 이성을 볼 때 중요하게 생각하는 것에 대해서 맞불을 놓아 논쟁거리를 만들려는 게 아니다. 다만, 한 인간의 사랑에 대해서 그게 보편적이지 않다는 이유로 무차별적으로 혐의를 입히는 사회적 분위기는 어쩌면 집단이 개인에게 가하는 또 하나의 사회적 폭력이 될 수 있기에 경계하는 것이다.

르네 데카르트는 《영혼의 정념론》에서 이렇게 말했다.

> 우리의 영혼이 실재하는 선이든 부재하는 선이든 하여간 어떤
> 선을 발견할 때, 그리고 그것이 자신에게 적합하다고 판단할 때,
> 영혼은 의지적으로 그것에 결합하기 마련이다.

데카르트의 말에 따르면 사랑은 본질적으로 내 영혼 안에 오랫동안 담겨져 있던 의지와 움직임의 결과인 것이다. 만약 어린 여자를 좋아하는 남자의 감정이 '사랑'이 아니라 단순한 '열정'이라면, 그 남자는 그 여자의 나이 말고는 그 어떤 장점도 인식하지 못해야 한다. 하지만 세상에 어떤 정상적인 사람이 나이 외에 단 하나의 장점도 없는 사람과 감정을 교류할 수 있단 말인가? 더군다나 일정한 나이를 넘어서면

서부터 우리는 보이는 것이 가진 허망함을 알 만큼 알고 있지 않은가.

사랑은 사랑에 빠진 자신조차 무엇 때문에 그 사람을 사랑하는지 선뜻 대답할 수 없는 것이다. 그만큼 복잡하고 모호한 것이며, 또 어쩌면 그렇게 불투명한 상태로 두어야 아름다운 것인지도 모른다. 이유를 모른다고 해서 그 문제의 본질이 달라지는 것이 아니듯, 중년 남자가 젊은 여자와 사랑에 빠졌다고 해서 그것이 모든 이에게 다 이해될 만한 이유를 가져야 하는 것은 아니다. 사랑에는 설명하지 않아도 아름다운 부분이 분명 존재한다. 그러니 검은 머리보다 흰 머리가 더 많은 남자가 주름도 보이지 않는 젊은 여자와 사랑에 빠졌다고 해서 그 이유를, 그들이 건너고 있는 강을 무조건 탁하게 보는 것은 이른바 '사랑에 대한 예의'가 아니지 않을까?

응원하는 바이다. '능력 좋다'는 부러움에 기인한 탄성이 아니라 아직은 사회적인 시선에서 자유로울 수 없는 우리 세대의 남자가 또 하나의 사랑을 새롭게 시작하는 용기를 응원한다. 어디에서 흐르든 힘차게 흐르는 물줄기만으로도 강은 그 모습을 인정받을 수 있어야 하듯이, 단지 젊은 여자를 사랑하고 있다는 사실 하나만으로 그의 사랑이 '롤리타신드롬'이라는 탁류(濁流)로 오인받는 일이 더는 없기를…….
사랑은 그 자체만으로도 아름다운 것이듯, 그 어떤 나이든 남자의 사랑도 그러하리라.

내 아이디는
소시바라기

그날 저녁 회식 장소에서 텔레비전에 나오는 걸그룹들을 보며 20대부터 50대까지 어우러진 남자 직원들끼리 이런 대화를 나눴다.

"뭐니 뭐니 해도 걸그룹은 소녀시대죠."

"무슨 소리! 난 요즘 새로 나온 크레용팝이 좋던데?"

그때도 김부장은 이렇게 말했다.

"그래? 난 누가 누군지 하나도 모르겠던데……."

그랬던 김부장이 한 텔레비전 예능 프로그램에서 아이돌을 밀착 취재하는 카메라에 열성적인 팬의 한 명으로 대문짝만하게 찍혔다. 아, 김부장은 '일코'였던 것이다.

'일코'라는 말을 아는가? '일반인 코스프레'의 줄임말이다. 아이돌 스타와 걸그룹을 좋아하지만, 좋아한다고 진지하게 말하며 드러내놓고 팬심을 발휘했다간 즉각 이상한 사람 취급받기 딱 좋은 이 사회에서, 겉으로는 평범한 이 시대의 중년 남성인 척해야 하는 이른바 삼촌 팬들의 애환을 고스란히 담고 있는 신조어이다. 주변의 시선 때문에 마음을 숨겨야 하는 삼촌팬, 아저씨팬들의 쓸쓸한 모습을 단적으로 드러내는 말이기도 하다. 좋아하면 주위의 시선이 무슨 상관이냐고 생각할 수도 있다. 하지만 일반인의 일상을 살아가야 하는 입장에서 냉정하게 살펴본다면 이야기는 달라진다.

김부장이 그랬다. 아이디가 '소시바라기'일 정도로 소녀시대의 열혈 팬인 그는 나름대로 '일코'를 유지하며 간신히 걸그룹의 팬임을 감춰왔다. 그런데 텔레비전 카메라에 찍힌 뒤로 좌불안석이다. 이왕 이렇게 된 마당에 죄 지은 것도 아닌데 왜 숨기고 다녀야 하냐며 용기를 내 커밍아웃을 해버릴까도 싶지만, 가족이나 회사 동료의 따가운 시선을 견딜 자신이 없었다. 같이 아이돌을 좋아하는 팬들에게는 용기 있다는 환영을 받을 수 있어도 일상에서 그건 곧 냉소를 의미하기에 쉽지 않은 일이었다. 과연 텔레비전에서 그의 모습을 본 주변사람들의 반응은 어땠을까?

한 사람의 팬이 어떤 스타를 동경하고 열광하는 지극히 정상적인 팬덤이 사실상 아저씨의 반열에 오른 우리에게는 그리 쉬운 일이 아니다. 여고생 사생팬들이 거의 범죄 수준에 가까운 행동으로 스타들을 쫓아다니는 행동은 봐줄 수 있어도, 30~40대 아니 50대 이상 아저씨팬들이 넥타이 차림으로 어린 아이돌을 응원하고 따라다니는 것에는 눈살을 찌푸리는 것이 우리의 현실 아닌가. 오늘을 사는 대한민국의 중장년층 남자들은 나이라는 이름 앞에, 사회적 위치라는 명분 앞에 아무리 설레는 대중문화 아이콘을 만난다 해도 열광을 자제하고 늘 위엄을 지키며 점잖아야 한다는 굴레에서 벗어나기 어렵다.

왜일까? 왜 남자들은 중·고등학교에 다닐 때 마음속의 뮤즈로 간직했던 소피 마르소만 그리워해야 하고, 지금 눈앞에 다시 나타난 새로운 뮤즈에 열광하면 안 되는 것일까? 왜 우리는 단지 나이가 들었다는 이유로, 누구에게도 아무런 위해를 끼치지 않는 동경의 마음을 숨겨야 하고, 또 모두가 알게 되는 날엔 잘못이라도 저지른 듯 움츠러들어야 하는 것일까?

사실 아이돌 같은 젊은 연예인들 사이에서는 오히려 삼촌팬들이 쉽게 마음이 변하지 않는 든든한 응원군으로 인기가 좋다고 한다. 한순간에 팬에서 안티로 쉽게 바뀌는 10대들과는 달리 순정을 가지고 그들의 음악이나 연기를 응원해주는 진득한 삼촌팬들의 마음을 오히려 스타들은 알아주는 것이다. 뉴스에까지 등장한 '팥죽 대첩'이 그걸 보여주지 않았던가. 한겨울에 자신이 좋아하는 걸그룹이 광고한 카페의 팥죽을 팔아주려 엄동설한에 매장 밖까지 길게 줄을 늘어서 팥죽을 받고, 서로가 서로를 다독이는 아저씨팬들의 저력은 그렇게 따뜻한 것이기도 하다. 주책없는 게 아니라 아직은 우리도 좋아하는 누군가를 위해 이렇게까지 할 수 있다는 순애보의 또 다른 모습으로 해석될 수는 없는 것일까?

최근에 이런 삼촌팬들의 마음을 작품으로 담은 전시가 열렸다. 미디어 아티스트인 정연두 작가의 개인전 〈무겁거나 혹은 가볍거나〉의 하이라이트였던 '크레용팝 스페셜'이 바로 그것이다. 이 작품의 주인공은 해외까지 진출해 성공을 거둔 걸그룹 크레용팝이 아니라 이들을 먼 발치에서 응원하는 중년의 아저씨팬들이었다. 유리성 같은 미술관의 마지막 방에서 일명 '6기통춤'으로 유명한 '팝저씨' 50여 명이 일사불란하게 크레용팝의 춤을 추며 굵은 목소리로 군가를 방불케 하는 '떼창'을 하는 영상이 바로 '크레용팝 스페셜'의 정체다. 무엇이 그들에게 넥타이를 벗어 던지게 하고, 전우애로 똘똘 뭉치게 만들었던 것일까? 일탈로 비춰질 수도 있는 그들의 난데없는 열정에 손가락질을 하기 전에 이 '왜?'부터 생각해봐야 할 것이다.

정연두 작가는 한 인터뷰에서 이런 말을 했다.

"30~40대면 조직의 쓴맛을 봤달까, 사회 체계 속에서 성공하는 것이 그다지 쉽지 않다는 걸 충분히 경험한 사람들입니다. 그런 사람들이 평범한 여동생 같은 다섯 가수를 적극 후원하면서 이들의 성공에서 대리만족하는 마음, 그게 아저씨팬들의 마음이죠."

그리고 이건 곧 자신의 마음이기도 하다고 고백한다. 커다란 조직 속에 갇혀 살지만 그 안에서 나름 자신만의 세계를 갖춰가는 듯 보이는 남자들은 늘 그 이중성 안에서 외로워하며 지쳐 있다는 고백이다. 억눌린 군대 문화를 경험하고 80년대에 대학을 다니면서 사회 변화를 몸소 경험해온 중년들이 자신을 드러내고 힐링하는 과정은 아이러니하게도 젊은 스타들을 위해 단합하는 모습으로 나타나는 것이다. 마치 나를 관통하고 지나가버린 청춘이 너무 아쉬워 지금 머물고 있는 이곳의 젊음을 바라보기라도 해야 현재를 견딜 수 있다는 듯이 말이다.

걸그룹의 팬카페에는 오늘도 삼촌팬들의 후기가 열심히 올라온다. 콘서트 앞자리를 차지하기 위해 고액의 티켓을 샀다가 아내에게 들켜 잔소리를 들었다며 위로를 청하는가 하면, 회사에서 자신이 좋아하는 걸그룹을 상스럽게 모욕하는 동료가 있어 속상했다는 하소연을 하기도 한다. 또 자신이 좋아하는 걸그룹이 음악 프로그램에서 1위를 했을 때는, 남자들이 어지간해서는 쓰지 않는 '행복하다', '눈물이 난다'는 표현을 쓰기도 한다. 콘서트에 가려고 아내 몰래 따로 비상금을 챙기고, 몰래 산 콘서트 티켓을 친구네 집으로 배송시켜 받으면서까지 아저씨들은 소녀들을 응원하고 싶은 것이다. 왜냐고? 무슨 설명이 필요하겠는가. 내 마음이 시키는 또 다른 이름의 '열정'이니까 그런 것이다. 누구도 해치지 않고, 누구에게도 피해가 가지 않는, 그렇지만 내 심장을 다시 뛰게 하는 나의 '열정'이니까.

위로 치켜 올라간 그녀의 긴 속눈썹이 처음 깜박거린 그 순간, 나는 그녀를 선택했소. 나를 미쳤다고 해도 좋아. 하지만 사실이오. 속눈썹을 한 번 깜박거린 후, 그녀가 내게 시선을 돌렸지. 그것은 영광이었고, 봄이었고, 태양이었으며, 따뜻한 바닷물이었고, 되돌아온 내 젊음이었소. 그렇게 세상은 다시 태어난 거요.

프랑스 최고의 작가라 꼽히는 알베르 코앵의 저 문장들을 동원하지 않더라도, 한 사람이 어떤 대상에게 느끼는 기쁨과 동경이 가져오는 에너지는 대단한 것이다. 늙고 약해져갈 일만 가득하던 인생에서 다시 영광을, 봄을, 태양을, 따뜻한 바닷물을 가져올 대상을 찾았다는 것은 어쩌면 가장 가까이에 있는 사람들이 축하해줘야 할 일일지도 모른다.

그러니 혹여라도 나이 든 어떤 남자가 또는 당신의 동료나 상사가 젊은 아이콘들을 향해 뿜어내는 에너지를 본다고 해서, 그가 그것을 숨기지도 않고 부끄러워하지도 않는다고 지탄하지 말기를. 그들이 텔레비전에 나오는 걸그룹의 이름과 인원 수, 각자의 포지션 및 정확한 안무까지 기억하고 있어도 부디 놀라지 말기를. 그것은 달리 말하면 그 남자가 발견한 그 인생의 또 다른 '열정' 중 하나일 테니 말이다.

2장

봄날의 기억

나를 밀어가는

바람이 불어오는 곳,
그곳으로 가네

목적 없는 일을 해본 적이 언제였는지 기억도 안 난다. 계획 없이 어
딘가로 훌쩍 떠난다는 건 이제 상상하기도 어렵다. 잃어버린 삶의 이
유를 찾아 일상에 틈을 만들어내어 빈 시간 속으로 들어가는 일은 언
감생심 사치일 뿐이다. 어느 순간엔가 나는 사소한 일에도 목적이 있
고, 합당한 이유가 있어야만 움직이게 되었다. 노트북과 스마트폰 캘
린더 안에는 이 주에 해야 할 일부터 이 달에 해야 할 일, 더 나아가 올
해 마무리지어야 할 각종 계획과 약속들이 가득 차 있다. 다 이루거나
지키는가는 나중 일이고, 일단 그렇게 계획이라도 세워 놓아야 어딘지
안심이 되는 것이 사실이다.

언제부터 그렇게 계획적인 사람이었다고, 왜 이렇게 시간을 잘게 쪼
개고 각 단위마다 계획을 세우지 않으면 불안하게 되었을까……. 목적
도 계획도 없이 무언가를 하기에는 시간도 부족하고, 세월이 흐를수록

그렇게 지나가는 시간에 조바심이 나기 때문이리라.

그런데 돌이켜보면 20대 때에는 목적 없는 행동들을 참 많이도 했었다. 세계 챔피언십에 나갈 것도 아닌데 주야장천 당구장에 드나들었고, 진다고 나라를 잃는 것도 아닌데 책까지 사서 공부를 하며 바둑에 골몰했고, 달랑 몇 만 원만 들고 무작정 여행을 떠나기도 했다. 한여름과 한겨울을 빼면 야전잠바 한 벌로 어느 자리든 갈 수 있었고, 제대로된 세면도구도 없이 청량리역으로 달려가면 제일 빠른 기차를 타고 떠날 수도 있었다.

아무 것도 정해지지 않았다는 것이 그때는 그다지 불안하지 않았다. 우리의 청춘보다 우리의 어깨에 짊어진 시대가 더 무겁고 어두웠기에 우리는 오히려 젊음을 솔직하게 만끽하고 방황할 수 있었는지도 모른다. 그래서였을까? 방학을 끝내고 돌아오면 늘 여행길의 화려한 무용담이 가장 큰 화제가 되곤 했다. 이름하여 '무전여행 잔혹사'. 그때는 아무 계획도 금전도 없이 무작정 떠나는 무전여행이 유행이었다. 특히 남자들 사이에서는 방학 때 무전여행 한번 안 갔다 오면 대화에 낄 수조차 없었다. 오죽했으면, 무작정 한 달 보름씩 나갔다 오는 아들 녀석들의 안부가 걱정된 어머니들이 쌈짓돈을 털어 금 반 돈짜리 목걸이를 해주는 것이 유행처럼 번졌겠는가.

'젊어 고생은 사서도 한다.'는 말을 실천이라도 하듯이 전국 방방곡곡 많이도 돌아다녔다. 그때만 해도 시골 인심이 좋아서 서울에서 온 대학생이라고 하면 이장님 댁에서 밥도 주고 잘 데가 없다고 하면 흔쾌히 마을회관도 빌려주셨다. 게다가 밤이 이슥해지면 지난해에 담근

과실주를 들고 오신 이장님 이하 동네 어르신들과 술판을 벌이고 새벽 동이 틀 때까지 마시곤 했다. 젊은 학생들이 잘 해야 된다, 앞으로 이 나라는 자네들이 끌어가야 된다, 한탄과 당부가 오가던 마을회관에서의 얼큰하게 취한 밤이 아직도 생각난다.

그때 우리는 젊었고, 아무런 계획도 세우지 않았지만 누구도 미래가 살아볼 만한 게 아니라거나 절망적이라고 느끼지 않았다. 오히려 우리의 무전여행 같던 젊음은, 그 젊음의 무계획과 혼돈은 사회적으로 용인되던 흔들림이었다. 급할 때 요긴하게 팔아서 한뎃잠 자지 말고 끼니 굶지 말라는 어머니의 깊은 뜻이 담긴 금 반 돈짜리 목걸이가 있던 시절, 그렇게 목적 없는 젊음의 방황을 끌어안아주던 시절이었다. 돌이켜보면 우리는 그렇게 응석 한번 제대로 떨 수 있었던 좋은 시절을 살아왔다.

> 그는 자신이 생각했던 그런 사람이 아니었던 것이다. 그가 흥미로운 기행, 거친 미덕이라고 믿었던 것은 속물근성으로 판명되었다. 그는 맨주먹 한 방으로 친구를 감동시킬 수 있다고 생각한 촌뜨기에 편협한 멍청이였다. 그는 스스로 자기 부정적인 재평가를 내렸다. 그는 성인이 된 초기에 겪을 수 있는 전형적인 진전을 이루는 중이었다.

이언 매큐언의 소설 《체실 비치에서》의 저 대목처럼, 불안한 사회 분위기 속에서 우리는 젊음 하나로 세상을 바꿀 수 있다고 생각했던

그때 우리는 젊었고,

아무런 계획도 세우지 않았지만 누구도 미래가 살아볼 만한 게

아니라거나 절망적이라고 느끼지 않았다.

오히려 우리의 무전여행 같던 젊음은,

그 젊음의 무계획과 혼돈은 사회적으로 용인되던 흔들림이었다.

'촌뜨기'에 '편협한 멍청이'였을 수도 있다. 데모를 하고 권력과 맞서 싸워도 세상은 쉽게 변할 줄 몰랐고, 지금 하고 있는 공부와 취업은 왜 해야 하는지, 내가 취업하고 성공하는 것이 더 좋은 사회로 가는 길이 맞는지 스스로에게 끝없이 물어야 했다. 그에 대한 확신이 그때 우리에게는 중요했다.

그렇게 시대가 우리를 우울하게 만들었지만, 우리는 그 시대를 기꺼이 안고 갈 생각을 했던 마지막 세대이기도 했다. 요즘 젊은 세대를 탓하려는 것은 아니지만, 우리는 우리 스스로가 스스로를 부정하고 그 부정을 바탕으로 '그럼 나는 과연 누구이고 어디에 속해 있어야 하는지'에 대해 우리가 발 딛고 있는 사회 안에서 고민했다. 그리고 그 해답을 찾기 위해 여행을 떠날 수 있는 용기도 있었다.

여행은 우리에게 몸으로 배우고 가슴으로 느끼며 길 위에서 깨달을 기회를 만들어주는 신의 선물이다. 몸을 쓰고 땀을 흘리며 땅으로부터 먹고사는 시골 사람들, 그네들의 마을회관에서 하룻밤을 보내며 우리는 삶과 노동의 신성함을 배웠다. 밥값이라도 하겠다며 농사일을 도와드리고 떠나던 우리에게 여비 하라고 꼬깃꼬깃한 지폐 몇 장을 굳이 주머니에 쑤셔 넣어주시던 마르고 거친 농부의 손. 지금껏 뇌리에 박혀 잊히지 않는 그 손이 다시 서울로 돌아가 공부를 하고, 또 데모를 하고, 취업을 해나가는 우리에게는 또 다른 삶의 이정표가 되었다.

"세상은 변하지 않는다. 다만 우리가 변할 뿐이다."

며칠 동안 함께 여행하던 형이 마을회관에서 잠들기 전에 들려주었던 헨리 데이비드 소로의 말이다. 세상이 변하지 않기 때문에 우리가

'잘' 변해야 한다는 말을 덧붙이며 형은 그렇게 우리가 잠들 때까지 소로의 얘기를 들려줬다. 조근조근하던 형의 목소리에 실린 소로의 말이 아직도 귓전을 울린다.

때때로 기억은 마력을 가진 유기체다. 무계획과 혼돈이 젊음을 뒤흔들지언정, 끝없는 방황과 혼란이 고될지언정 결코 불안과 절망으로 번역되지 않던 청춘 시절을 떠올리는 동안 가슴속에서 무언가 꿈틀 깨어난다. 세상살이에 염증을 느끼는 요즘, 다시 한 번 살아 있는 삶의 의미를 찾아 무작정 여행을 떠나고 싶다는 생각에 바람이 인다.

　　바람이 불어오는 곳, 그곳으로 가네.
　　바람에 내 몸 맡기고 그곳으로 가네.
　　덜컹이는 기차에 기대어 너에게 편지를 쓴다.
　　꿈에 보았던 곳, 그곳으로 가네.

김광석의 노래 〈바람이 불어오는 곳〉이 들리는 날이면 더욱 그렇다. 그의 노래 한 소절처럼 살 수 있었던 20대를 자꾸 돌아보는 건 어쩌면 그때 무계획 속에서도 명징하게 정리되던 간결하고 확실했던 삶의 이유들이 그리워서일지도 모른다. 그 이유들이 나도 모르게 모호해지고 알 수 없어질 때, 잃어버린 삶의 이유를 찾아 바람 같이 무전여행을 떠나고 싶다. 휴대폰도 끄고, 신용카드도 빼놓고, 느슨한 옷에 허름한 배낭을 메고, 예전 20대 때처럼……. 오십이 넘은 중년 남자를 재워줄 마을회관이 아직 남아 있을까? 그런 사내를 위한 과실주도 한 병쯤은 남아 있을까? 밤이 이슥해지면 찾아와 동이 틀 때까지 술잔을 기울일 동네 어르신들은 아직 그대로일까?

어쩌면 마을회관도, 과실주도, 동네 어르신도 없을 길 위에서 알게 될지도 모른다. 막차가 떠난 대합실에서 망연자실 새벽 첫 차를 기다리다 보면 또 알게 될지도 모른다. 내가 딛고 서 있는 땅이 어디인지, 내가 다시 올라가 걸어야 할 삶은 무엇인지 조금은 더…….

다시 한 번 그런 여행이 주어진다면, 헨리 데이비드 소로의 멋진 말을 들려줄 형은 없을지라도, 쏟아지는 별을 보면서 내일은 어디로 가볼까 궁리하며 계획이 없어 행복했던 그때처럼 명징하고 간결한 삶의 이유들과 조우할 수도 있을 것 같다. 오래 묵은 과실주 향에 취해 오랜만에 꿈 없는 잠을 잘 수도 있을 것 같다. 멀리서 들려오는 김광석 노래에 스르륵 잠들 수도 있을 것 같다.

동대문경찰서의
추억

　'씨알도 안 먹힌다'는 걸 느껴본 적이 있는가. 흔히 어떤 사람과 이야기를 하는데 내 의견이 전혀 전달되지 않을 때 달리 뭐라 대체할 말도 찾지 못하고 이 말을 뱉게 된다. 애초에 이 말은 '씨가 먹다'라는 말에서 나왔는데, '앞뒷말이 조리가 닿고 실속이 있다.'는 뜻이다. 그렇다면 이 '씨'는 어디에서 왔는고 하니, 베를 짤 때 쓰는 가로줄을 씨라고 하고 세로줄을 날이라고 하는 데서 비롯된 말이다. 베틀에서 가로줄과 세로줄을 정확히 나눈 가리새 사이로 한 올 한 올 씨실을 넣어서 짜 올라가야 하는데, 이때 씨실이 쏙쏙 잘 먹어들어 가야 제대로 된 베를 짤 수 있다. 여기서 나온 말이 '씨가 먹다'인데, 세월이 흐르면서 원뜻과는 달리 부정적인 의미의 '씨가 안 먹힌다'라는 표현으로 많이 쓰게 되었다. 거기다 원래의 '씨'에 강조하는 효과의 '알'이 덧붙으면서 오늘날의 '씨알도 안 먹힌다'는 표현이 완성된 것이다.

국어학자도 아닌데 뭘 이렇게 장황하게 우리말 표현의 유래까지 설명하느냐고 타박할지도 모르지만, 요즘 젊은 세대들 특히나 10대들과 이야기하다 보면 그야말로 이 '씨알도 안 먹힌다'는 말이 1분에 한 번씩 터져 나오기에 하는 말이다. 교복을 입은 채 담배를 피우고, 대화의 반 이상은 욕설이며, 무슨 불만이 그렇게도 많은지 눈에는 그야말로 칼이 번뜩이는 10대 청소년들을 보면 북한이 쳐들어오지 못하는 것은 중 2들 때문이라는 말이 아주 농담은 아니구나 싶기도 하다. 반항이나 질풍노도라는 단어만으로 표현하기에는 지나치다 싶을 정도로 걱정스러운 요즘 아이들의 모습을 보면서 자연스럽게 우리의 그 시절을 반추해보게 된다. 너무 케케묵은 비교이자 현 시대의 특성을 이해하지 못한 고리타분한 방식일까?

비단 사춘기 학생들에게만 우리의 씨알이 안 먹히는 것이 아니다. 나 역시 대학교수로 20대들과 늘 함께하지만, 소통에 커다란 벽이 가로막혀 있는 것을 자주 느끼곤 한다. 우리 역시 10대, 20대를 지나온 선배로서, 또 나이는 다르지만 같은 시대를 살고 있는 사회 구성원으로서 조심스레 말을 건네보려고 해도 씨알이 안 먹힐 때가 많다. 왜일까? 왜 우리는 언젠가부터 젊은 그들의 사이사이에 단 한 줄의 씨실도 넣을 수 없게 된 것일까? 그렇다면 혹시 우리 세대도 예전 저 나이 때, 우리의 윗세대들과 전혀 아무런 소통이나 교감도 할 수 없었던 것일까?

누군가 이른바 386, 7080세대인 우리를 두고 대의명분을 위해 기성세대와 싸울 수 있었던 마지막 세대라는 말을 한 적이 있다. 어느 청춘인들 푸르디 푸른 젊음의 특징이자 특권이기도 한 반항과 질풍노도의 격정이 없었겠는가만은, 우리의 청춘 시절을 이것으로만 설명하기엔 부족하다. 기성세대인 어른들도 함께 겪을 수밖에 없었던 시대의 불의와 폭정으로 시절이 수상하고, 세상이 불안했던 때였다. 길 가는 학생들을 수시로 가로막고 신분증을 검사해댔으며, 혹여 '불온 전단지'가 있는지 옷과 가방을 마구 뒤지는 건 기본에다, 정부 정책을 비판하는 사람은 그 자리에서 바로 빨갱이로 몰렸고, 데모에 가담한 사진이 찍혔다는 이유로 바로 옆에 있던 친구가 캠퍼스 안에서 경찰에게 마치 개처럼 끌려가던 그런 시절이었다.

인정은 하지만 침묵할 수밖에 없었던 기성세대로 인해 믿고 쫓아야 할 가치를 잃어버린 우리는 학교와 취업 대신 거리로 나갔고, 멈추지 않고 연대하며 아프게 시대를 고민했다. 물론 그런 우리를 경찰서에 몰아넣은 것도 지금 우리 나이 때의 어른들이요, '젊은 너희가 바꿀 수 있는 것은 아무것도 없다'며 다시 말 잘 듣고 공부 열심히 하는 아들딸로 돌아가길 종용한 것도 그 '꼰대'들이었다.

그래도 그때 젊은 우리와 기성세대 간에는 서로를 향한 '짠함'이 있었다. 먹고사는 문제를 해결하는 것이 지상 최대의 과제였던 세대, 그래서 공장 짓고, 돈 많이 벌고, 수출하고, 길 빨리 닦는 것이 우선이었던 아버지 세대의 삶의 고단함을 우리는 제법 이해하고 있었다. 그래서 거리로 뛰쳐나가는 일은 원망이나 불통의 시선이었다기보다 당신들이 하지 못하는 일을 우리가 한다는 의미가 사실 더 강했었다.

80년대 초반까지의 학생운동은, 소위 깃발-반깃발 논쟁이라 불리는 이념 충돌적 학생운동으로 이어지기 전까지, 인권과 민주주의의 실현이라는 어찌 보면 소박한 차원의 운동이었다. 그래서인지 당시만 해도 데모 도중 쫓기다 가정집에 숨어들면 대문 안쪽에 숨겨주는 어르신들도 많았다. 또 별 우두머리도 아닌데 현장에서 유인물을 가지고 있다가 경찰서에 끌려가게 되면 다음 날 아침 운 좋게 자장면 한 그릇, 설렁탕 한 그릇 얻어먹고 나오는 경우도 학생운동 끝물에는 종종 있었다. 꽤 깊게 학생운동에 가담했던 친구 중 한 놈은 세월이 흐른 뒤에도 오랫동안 동대문경찰서 경사와 형님 동생 하며 지내기도 했다. 붙잡혀 와 '잘못했다'고 하지 않아도, 잡아와 '미안하다'고 하지 않아도 그 시절 우리가 보낸 밤에는 서로의 세대를 향한 애잔함이 있었던 것이다. 그러나 애석하게도, 2015년에 20대로 살아가는 이들이 이제 기성세대가 된 우리를 바라보는 시각은 확연히 다르다.

영국의 일간지 《파이낸셜타임스》는 '미국의 뿌리 깊은 긍정론, 즉 다음 세대는 이전보다 더 나을 것이라는 자부심은 사라졌다.'고 논평했다. 내 자식이, 다음 세대가 지금보다 훨씬 더 나은 삶을 살 것이라 기대를 하는 것이 어디 미국뿐이겠는가? 따라서 이 말은 미국의 영향을 크게 받을 수밖에 없는 우리 역시도 다음 세대, 1980~2000년 사이에 태어난 밀레니엄 세대는 역사상 최초로 부모 세대보다 못사는 세대가 될 것이라는 분석을 낳게 한다.

이쯤 되면 요즘 젊은이들에게 소통이 아니라 양해를 구해야 하는지도 모른다. 살아온 세대도 다르고, 생각하는 것은 더 다른데, 이것을 융화시킬 수 있는 소통은 고사하고 '도대체 이 사회를 어떻게 이끌어왔기에 우리를 인류 최초로 부모 세대보다 못사는 세대로 만들어 놓았단 말인가.'라는 원망만 쌓여가는 듯하다.

영화 〈국제시장〉에서 '한국 근현대사를 온몸으로 겪으며 이 풍요로운 시대를 만들어내신' 아버지 덕수는 이렇게 말했다.

"내는 그래 생각한다. 힘든 세월에 태어나가 이 힘든 세상 풍파를 우리 자식이 아니라 우리가 겪은 기 참 다행이라꼬."

우리는 어쩌면, 이런 식의 말을 아이들에게 전하면서 더 이상 공감을 일으킬 수 없는 첫 번째 아버지 세대가 되는 것일까?

그런 의미에서 본다면 우리는 대의명분을 위해 기성세대와 싸울 수 있었던 마지막 세대가 아니라, 서로를 향한 이해가 밑바탕에 깔린 채 반목(反目)할 수 있었던 마지막 세대라는 생각이 든다. 그 시절 머리를 기르고, 대자보를 붙이고, 금지곡을 부르던 우리는 먹고사느라 바빠 균형과 자유를 챙기지 못했던 부모 세대를 마음 아파하는 자식일 수 있었다. '희생'이라는 완충제 때문에 당시 우리와 기성세대 간에 있었던 대립에는 그래도 '예의'가 있었다.

하지만 요즘 젊은 세대에게 우리는 참 답 없는 '꼰대'인 것 같다. 정서를 향유했던 세대와 IT를 향유했던 세대의 간극이 너무나도 크고, 우리가 피를 토하며 지키려고 했던 민주주의는 이제 더 이상 이들에게 갈급한 것이 아니다. 과도한 경쟁 속에서 살아남는 데 지친 아이들의 반항은 점점 예의를 상실해갔다. 그렇다고 과거 우리의 완충제였던 '희생'을 들먹이며 다가갈 수도 없는 노릇이다. 사춘기 자녀를 가진 또래 친구들끼리 모이면 종종 이런 이야기가 화두에 오르는데, 어느 날

정답은 아니지만 해답은 될 수도 있겠다 싶은, 추억을 소환하는 하나의 이야기가 찾아왔다.

예의 동대문경찰서의 추억을 갖고 있는 친구가 2014년 연말 즈음 친구들 몇 명이 모인 채팅방에 인터넷 기사 하나를 긁어 올렸다. 그 기사를 올리며 친구가 우리에게 공유하고자 한 뜻을 우리는 모두 말없이 이해했다. 제목은 '10년 전 약속한 자장면이 경찰서로 온 날'이었다. 내용인즉슨 2004년 노원경찰서에서 근무하던 박종규 당시 경사가 살뜰히 돌봤던 한 청소년에게 10년 전에 한 약속을 돌려받았다는 훈훈한 이야기였다.

시각장애 1급인 홀어머니 밑에서 말썽만 피우던 아들, 그런 아들을 보다 못한 어머니는 직접 경찰서에 전화를 걸어 하소연을 했다. 그 사연을 그냥 지나치지 못한 박 경사가 아이를 만나면서 이들의 관계는 시작됐다. 아저씨가 무슨 상관이냐며 요리조리 박 경사를 피해다니던 녀석에게 그는 거의 7개월 동안 관심을 쏟았고 결국 아이는 그에게 마음의 문을 열었다. 아이의 마음을 이해하고 싶어 그림으로 심리를 파악하는 HTP 검사까지 배운 박 경사의 열정에 아이는 조금씩 변화해갔다. 아이와 친해졌을 때 박 경사는 격려이자 농담으로 "너 첫 월급 타면 아저씨 자장면 한 그릇 사줄 수 있겠냐?"라고 물었다. 그때는 아무 대답도 하지 않았던 아이가 10년이 지나 군 복무 중 군대에서 받은 첫 월급으로 그 질문에 대답을 한 것이다.

80년대 동대문경찰서의 자장면 한 그릇과 2015년 노원경찰서의 자장면 한 그릇!

이 두 그릇의 의미가 다르다고 누가 감히 말할 수 있겠는가? 자식들을 최초로 자신들보다 못사는 세대로 만들어버렸다며, 21세기 뉴 노멀 즉 새로운 표준으로 자리 잡은 '미래에 대한 불안'이 마치 우리의 탓인 양 꼬집는 학자들에게 말하건대, 미래에 대한 불안은 어느 세대에나 있었다. 단지 그것을 어떤 방법으로 녹였느냐의 차이일 뿐이다. 동대문경찰서의 자장면은 서로의 대한 애잔한 이해로 녹였고, 노원경찰서의 자장면은 진정어린 관심으로 녹인 것이다.

우리의 젊음이 이해받았던 것처럼 우리 역시 지금의 젊음을 이해해주고 싶다. 우리는 젊은 사람들을 전혀 이해하지 못하는 '꼰대'가 되고 싶지 않다고 말한다. 그 말 속에는 '이해는 하고 있는데 전달이 되지 않는 것이 더 답답하다'는 우리 나름의 외침이 들어 있는 것이다. 80년대에 세상을 바꿀 수 있을 것 같았던 우리의 정제되지 않은 열정을 묵묵히 바라봐주고 그리하여 우리의 날실 속에 들어올 수 있었던 어른들의 씨실처럼, 우리도 아이들에게 씨알이 먹히는 어른이 되기 위한 관심 지수와 관계 지수를 좀 높여볼 일이다. 80년대 동대문경찰서에서 맞이하던 입김 펄펄 나는 새벽을 내 아이와도 함께 맞이할 수 있다는 기대를 너무 일찍 저버리기는 싫으니 말이다.

너그 아부지 뭐하시노

1981년 부산의 한 고등학교 교실. 머리 하나 정도는 더 큰 학생을 세워 놓고 선생이 묻는다.

"아부지 뭐하시노?"

대답을 하지 않자, 선생은 학생의 뺨을 쥐고 흔들며 다시 묻는다.

"말해라. 아부지 뭐하시노?"

마지못해 학생이 대답한다.

"건달입니다."

선생은 갑자기 흥분하며 아버지가 건달이라서 좋겠다며 발길질을 해댄다. 그러자 참지 못한 학생이 선생을 똑바로 쳐다보며 말한다.

"누가 좋다했습니까?"

2001년에 개봉해 큰 히트를 기록한 곽경택 감독의 영화 〈친구〉의

명장면이다. 당시만 해도 무명 배우였던 선생 역의 김광규를 일약 신 스틸러의 반열에 올려놓은 영화, 그건 바로 이 대사 덕이었다.

"아부지 뭐하시노?"

이 대사는 우리에게 질문하게 만든다. 만약에 영화 속 주인공인 준 석이 선생의 질문에 다른 대답을 했더라면 욕설과 발길질을 면할 수 있었을까? 아버지의 직업을 교사나 공무원, 사업가 정도로 대답했더 라도 그렇게 무자비한 발길질을 당했을까? 정말 선생은 학생의 부모 가 무엇을 하는지 직업이 궁금했던 것일까? 왜 성적이 떨어진 아이들 에게 뜬금없이 부모의 직업을 물었던 것일까?

이 물음의 답을 찾으려면 먼저 그 말을 속뜻을 제대로 번역할 수 있 어야 한다. 이 문장의 본래 의미는 이렇다.

'도대체 아버지가 무슨 일을 하는 사람이기에 자식 교육을 이따위로 밖에는 못 시켜 너란 녀석은 매일 학교에서 사고나 치고, 성적은 바닥 을 기느냐.'

물론 지금은 너무도 잘 안다, "아부지 뭐하시노?"라는 한 문장 속에 숨겨진 시대적 중의(重義)를. 압축적인 말맛이 그대로 들어가 있는 명 문장이라고 느끼는가? 그렇다면 우리도 이제 나이가 들었다는 증거일 게다.

돌이켜보면 우리 자랄 때는 그랬다. 가장이라는 이름의 아버지는 집 안의 상표(商標) 같은 존재였다. 아버지의 상표가 번쩍번쩍 빛이 나면 아무도 우리 집안을 얕잡아 보지 않았다. 그런 아버지의 그늘 아래 있으면 남들보다 좀 못난 자식도 밖에 나가서 기를 펼 수 있었다. 뭐랄까, 아버지를 주축으로 세트로 묶이는 느낌이었다. 반대로 아버지의 상표가 너덜너덜하면 동네 강아지도 우리 집을 우습게 봤다. 천지가 개벽할 정도의 수재가 아니고서야 아버지의 변변치 못함을 상쇄하기 힘들었고, 눈에 보이건 보이지 않건 남들의 업신여김을 받아야만 했다.

아버지의 상표로 가족이 세트로 묶이는 일이 지금이라고 없을까? 물론 요즘 같은 세상에 선생이 아이의 볼을 잡고 "너그 아부지 뭐하시노?"라고 물은 뒤 건달이라는 대답에 발길질을 해댄다면 분명 신문에 날 일이다. 하지만 대놓고 묻지 않을 뿐 아버지의 계급이 아이들의 계급으로 이양되는 비율은 과거보다 훨씬 더 커졌다.

일단 소득에 따라 사는 곳이 확연히 달라져버려 지역적으로 강북 아이들과 강남 아이들을 나눌 수 있다. 고소득자들이 많이 사는 강남에 사는 아이들과 상대적으로 그렇지 못한 아이들은 이미 이렇게 분류되어 자란다. 거기에 망국병처럼 나라를 좀 먹고 있는 광기에 가까운 학구열이 몰리는 동네는 그만큼의 시간과 돈을 아이에게 투자할 여력이 되는 부류의 사람들이 모인다. 그 아이들 부모의 직업은 누가 억지로 분류하지 않아도 대여섯 개의 직업군으로 나눌 수 있다.

2013년 부유층 자녀들의 부정 입학 논란으로 떠들썩했던 한 국제 중학교의 전형별 학부모 직업 현황을 보면 더욱 확연히 알 수 있다. 당시 비경제적 배려 대상자로 합격한 16명 가운데 7명이 변호사, 의사, 사업가의 아이들이었다. 합격한 아이들은 대부분 '다자녀 가정'과 '한 부모 가정 자녀' 자격으로 합격했는데, 이 외에 또 다른 사회적 배려 대상자의 조항인 '소년소녀 가장', '조손가정 자녀', '북한 이탈 주민 자녀', '환경미화원 자녀' 합격자는 단 한 명도 없었다. 설사 구색을 맞추기 위해서 이들의 자녀가 저 중학교에 입학했다고 해도 과연 이 아이들이 변호사나 의사, 사업가의 아이들과 제대로 학교생활을 할 수 있었을까? 그럴 수 있을 거라고 믿는다면 당장에 이상주의자라는 비난을 면치 못할 것이다.

아버지의 번쩍번쩍 빛나는 상표를 이마에 붙이고 우리나라 최고의 환경을 자랑하는 중학교에 입학하는 아이들을 바라보는 나머지 아이들은 과연 자신의 아버지에게 붙은 상표를 어떻게 바라볼까.

우리 세대가 학교 다닐 때만 해도 친구들 집안 사정은 다 거기서 거기였다. 한 반에서 좀 잘산다 하는 녀석들이 티가 나는 건 도시락 반찬과 수업료를 내는 속도, 교복 여벌 정도의 차이였다. 물론 우리가 학교를 다니던 그때에도 대기업 회장의 아들은 어디선가 학교를 다녔겠지만, 그때만 해도 드러내놓고 부를 자랑하는 것은 터부시되던 사회적 분위기가 있었다. 직업의 차이는 있었을지언정, 지금처럼 모든 것이 철저히 돈의 계급으로 귀천이 나눠지는 사회는 아니었다.

어린 아들이 아버지의 직업을 적는 것이 부끄러워 아버지가 돌아가셨다고 적은 것을 보고 한참을 울었다는 환경미화원의 기사를 본 적이 있다. 거리를 깨끗하게 하는 일을 하며 정직하게 몸으로 노동의 대가를 얻는 아버지가 부끄러워진 세상에서 우리는 살고 있다. '너희를 덜 사랑해서 아빠가 이 직업을 가진 것이 아니다. 너희를 덜 사랑해서 아빠가 의사나 판사나 사업가가 되지 않은 것이 아니다. 그런데도 고

소득자가 아닌 아빠를 둬서 너희에게 돌아가는 기회가 줄어드는 것이 눈으로도 확연히 느껴질 때면 죄스러워지는 마음을 감출 수가 없다…….' 부의 대물림이 아니라 가난의 대물림을 해준 것 같은 죄의식은 아비들을 자유로이 놔주질 않는다.

남들이 알아주는 자리는 아닐지라도 지금의 이 자리까지 스스로 성실히 일궈낸 자신이 대견하고, 그런 자신을 아이들도 자랑스럽게 여겨주기를 바라는 소박한 바람이 이제는 이상주의자의 몽상이라는 핀잔을 듣는 세상이 된 것이다. 가진 자의 자식에게 더 많은 기회가 주어지고, 시련을 피해갈 수 있는 지름길이 제공되는 사회적 시스템 역시 결국은 우리가 만든 것이라는 비난을 피할 수는 없다. 그게 더 억장이 무너진다.

언제부턴가 아버지라는 단어를 들으면 늘 산 속에서 혼자 고군분투하는 아비 호랑이의 쓸쓸한 얼룩무늬부터 떠오른다. 허울 좋은 맹수의 왕이라는 타이틀은 이름만 남은 아버지의 권위와 같고, 아무리 혀가 바닥까지 닿을 정도로 헐떡거리며 온 산을 누비고 다녀도 결국 사냥감을 물어오지 못하면 변변치 못한 직업의 아버지를 가진 가족들이 사회에서 받는 대우처럼 비실비실 가족들을 굶겨 죽이게 된다. 하지만 아비 호랑이는 산 속에서 걸을지언정 결코 눕지 않는다. 가족들 앞에 토끼 새끼 한 마리라도 물어다 놓기 위해 슬픈 얼룩무늬를 쉴 새 없이 움직이며 오늘도 그렇게 '홀로' 있는 것이다.

집에 남아 있는 새끼 호랑이에게 아비 호랑이가 어디에 갔냐고 묻는 이는 없다. 한 끼의 땟거리를 입에 물고 돌아오는 아비 호랑이의 수고를 평가하는 기준도 없다. 그렇기에 "너그 아부지 뭐하시노?"라는 질문은 그저 영화 속에서만 극적인 효과를 누리기를, 누군가 아이에게 저 질문을 할 때 상처 받고 차별받는 일이 없기를……. 얼룩무늬를 움직이며 오늘을 살아가는 우리는 여전히 그런 세상을 꿈꾼다.

개천드래곤의
비애

    뼛속까지 서울내기들에게 대학 시절 가장 생소했던 단어 중 하나가 바로 '향우회'였다. 정확히 같은 동네 이웃집 형이나 동생, 친구는 아니지만 그래도 같은 지역에서 서울로 올라와 같은 학교를 다닌다는 것 자체만으로도 연대감이 대단했다. 대학 친구 중에서도 유독 향우회 후배를 끔찍이 챙기는 녀석이 있었는데 언젠가 한번 그 이유를 진지하게 물어본 적이 있다. 그때 그 친구는 서울내기는 절대로 모른다는 눈빛으로 이런 말을 했다.

    "우리같이 시골에서 서울까지 대학 온 놈들은 다 어느 정도는 그 동네에서 난다 긴다 하는 놈들이다. 그야말로 개천에서 용 난 격이지. 우리도 처음에는 우리가 참 대단한 줄 알고 서울에 올라왔는데, 서울에 오니까 그냥 촌놈이더라. 촌놈이 처음 서울살이 한다고 이리 치이고 저리 치이고……. 그래서 후배들한테는 무조건 정이 간다."

실제로 80년대 대학에서 만난 지방 출신 친구들의 경우, 서울에 있는 대학에 진학한 대다수가 이와 같은 '개천드래곤'이었다. 과외도, 학원도, 하다못해 많고 많은 참고서 혜택조차 제대로 받지 못한 그들은 그야말로 악으로 깡으로 집념을 불태우며 서울에 입성했던 것이다. 그들에게 합격 소식과 함께 서울살이를 위해 처음 상경하던 날의 기억은 아련한 통증이다.

곤궁했던 시골 살림에 모두의 기대를 한 몸에 받고 서울로 올라온 어느 집안의 아들, 누군가의 형·오빠의 삶은 그리 녹녹한 것이 아니었다. 무엇보다 남자들에게 누군가가 나를 '믿는다'는 느낌은 정말 중요한 것이다. 믿는다는 것은 맡긴다는 것이고 맡긴다는 것은 의지한다는 것이며 의지한다는 것은 책임진다는 것이기 때문이다. 이 믿음이 우리를 버티게 해주는 힘이 되기도 하지만, 때로는 이 믿음의 무게가 또 다른 삶의 무게로 다가오기도 한다. 아마 남자라면 살면서 한 번 정도는 이 믿음의 무게를 느껴보았으리라.

그런데 이 믿음에도 정도와 차이가 있다. 어느 정도 재산도 있고, 사회적으로 인정받는 직업을 지닌 부모님 밑에서 자라 사회로 나온 남자와 찢어지게 가난한 시골 출신에 줄줄이 사탕처럼 자신만 바라보는 형제와 부모를 가진 개천드래곤인 남자가 절대로 같을 수 없는 것이다. 개천드래곤의 부모는 소를 팔고, 논밭을 팔고, 심지어는 농협 대출까지 받아 아들의 서울 생활을 지원하며 지금부터 펼쳐질 아들의 성공가도와 탄탄대로를 꿈꿨다. 그런 희망이 삶의 동력이 되었다. 아들은 수재 중의 수재요, 집안의 이름을 빛낸 효자이며, 앞으로도 그들에게 영광과 자랑이 될 그런 존재였던 것이다.

하지만 허리가 휘어지는 그 뒷바라지를 받는 아들의 마음은 어땠을까. 자신의 대학 진학을 위해 고교 진학을 포기하고 공장에 가야 했던 누이, 틀니를 할 돈으로 하숙비를 보내야 했던 어머니, 한글도 채 깨우치지 못한 채 노새처럼 평생 일만 하는 아버지……. 가족이란 이름하에 자신을 위해 삶을 희생하는 그들을 바라보는 아들의 마음은 얼마나 무거웠을까. 자신의 어깨에 한가득 짊어지게 될 가족의 미래, 개천의 미래에 대한 두려움은 또 얼마나 컸을까. 그래서 서울에서 공부하는 아들은 힘들어도 울 수 없었고, 포기하고 싶어도 포기할 수 없었으며, 아니라고 생각할 때도 아니라고 할 수 없었다. 그들은 가족의 희망이었으며, 가족이 '믿는', 아니 '믿을 수 있는' 가장 실현가능한 꿈이었기 때문이다.

얼마 전 큰 인기를 모았던 케이블 드라마 〈응답하라 1994〉에서 지방 출신들의 좌충우돌 서울 상경기를 보며 구수한 웃음이 절로 나왔다. 익숙한 것으로부터 떨어져 새로운 삶을 산다는 것의 퍽퍽함이 바로 그런 모습일 게다.

사실 따지고 보면 지금 서울에 정말 본토박이 서울 사람이 얼마나 되겠냐고, 뭘 그리 유난이냐고 핀잔할 수도 있다. 하지만 그 모든 보편성을 다 차치하고서라도 고향을 두고 서울에 올라와 온 가족의 기대를 어깨에 짊어진 채 아무런 기반 없이 새롭게 시작했던 이 땅의 모든 개천드래곤들의 설움은 결코 가벼운 것이 아니었다. 쉽게 고쳐지지 않는 사투리처럼 삶의 곳곳에 짙게 배어 있던, 젊음을 짓누르는 책임감을 사람들은 곧잘 '촌스러움'으로 혼동하곤 했었다. 촌놈들의 한계라며 마음으로 비웃었던 사람도 많았다.

마취제의 시초라 할 아산화질소의 특성을 증명하고, 웃음가스라는 이름을 붙인 화학자 험프리 데이비 역시 콘월 출신 시골뜨기 독학자였다. 경이의 시대로 불리는 18세기 말에서 19세기 초 열정의 대명사로 불리며 낭만주의를 불살랐던 사람. 자신의 천재성에 한 치의 의심도 없었던 그는 그 확신을 발판 삼아 고난도의 기체 실험을 마다하지 않으면서 성공가도를 달렸다. 허례허식에 갇혀 이론적으로는 알고 있으면서도 과감히 실험하지 못했던 도시인들을 비웃으며 데이비는 모든 기체를 맨 먼저 자기 몸에 실험하는 대범함을 보이기도 했다. 기술이 사람을 앞설 수 없다는, 자연과 함께한 사람만이 가질 수 있는 그 정서의 깊이로 데이비는 지하 갱도에서도 폭발하지 않는 안전등을 발명하기도 했다.

"나는 남이 가진 정신적 자질과 지적 능력을 부러워하지 않는다. 남이 가진 재주와 능력, 기지와 상상력을 탐내지도 않는다. 하지만 가장 즐겁고 유용하다고 여겨지는 것을 내가 임의로 선택할 수 있다면, 나는 다른 어떤 축복보다도 굳건한 신앙을 택할 것이다."

자칫 천재성으로 교만할 수 있었던 자신을 붙잡아 준 신앙을 이렇게 표현할 줄 알았던 데이비. 그는 어린 시절부터 들판을 뛰놀며 자연과 벗 삼은 자신에게 피어나는 시인의 기질 역시 외면하지 않았다. 데이비는 콜리지, 워즈워스, 월터 스콧 등과 교제하며 평생 시를 썼다. 그

무엇보다 남자들에게 누군가가 나를 '믿는다'는 느낌은 정말 중요한 것이다.

믿는다는 것은 맡긴다는 것이고 맡긴다는 것은 의지한다는 것이며

의지한다는 것은 책임진다는 것이기 때문이다.

이 믿음이 우리를 버티게 해주는 힘이 되기도 하지만,

때로는 이 믿음의 무게가 또 다른 삶의 무게로 다가오기도 한다.

들에게서 화학도 좋지만 절대 시도 포기하지 말라는 말을 들을 정도로 자신의 일과 취미 둘 다에서 일가를 이루었다. 나는 이 비결을 감히 데이비가 '촌놈'이었기 때문이라고 생각해본다.

서울에 산 지 20년이 넘는데 아직도 정확하게 '쌀' 발음을 하지 못하고, 급하면 모든 것이 다 '거시기'인 남자들이 있다. 다닥다닥 개천에 붙어 있는 다슬기처럼 많은 가족들을 건사하느라 매일 점심때마다 백반만 먹고, 워크숍 장기자랑에서도 〈흙에 살리라〉만 불러대는 그런 남자들. 정말 답도 없다고 답답해하지는 않았나?

초가삼간 집을 지은 내 고향 정든 땅
아기염소 벗을 삼아 논밭 길을 가노라면
이 세상 모두가 내 것인 것을.

왜 남들은 고향을 버릴까?
나는야 흙에 살리라.
부모님 모시고 효도하면서 흙에 살리라.

그런데 나이가 들다 보니 자꾸 '촌놈'들이 부러워진다. 서울에서 촌스러움의 마일리지를 쌓으며 천대를 받았을지는 몰라도 결국 돌아갈 고향에서 그들은 슈퍼스타이니 말이다. 동네 어른들에게는 마을의 자랑이요, 공부 안 하는 누구네 집 아들을 꾸중할 때마다 등장하는 영원한 수재이며, 돌아갈 고향집에서는 늘 그리워하는 아들인 촌놈들의 그 무자비한 존재감이 부러워진다.

무엇보다 늙음이 찾아온 후에 닭장 같은 도시의 아파트가 아니라 대지와 바다, 들녘이 펼쳐진 너른 곳으로 다시 돌아갈 수 있다는 게 참 사무치게도 부럽다. 그들이 가진 고향이라는 존재가, 결국 돌아갈 곳이 있다는 묵직한 안도가 그동안 촌놈들이 걸어온 고된 서울살이를 위로해줄 훈장이 될 것임을 개천드래곤들도 알고 있겠지…….

형이라 불리운
사나이

형은 늘 그랬다. 배가 고프다면 밥을 사주고 술이 고프다면 술을 사주었다. 돌아보면 형도 그다지 풍족한 집 아들이 아니었는데 어디에서 돈이 났는지, 우리쯤은 쉽게 건사한다는 듯 너털웃음으로 넘어가곤 했다. 너무 자주 신세를 져 미안한 눈치를 보이면 형은 어김없이 예수의 첫 기적 이야기를 꺼냈다.

물이 포도주로 변하는 기적!

어느 혼례 잔칫날에 연회에 베풀 포도주가 떨어지자 사람들은 예수에게 달려가 포도주가 다 떨어졌다고 말한다. 그러자 예수는 요즘 하는 말로 '당황하지 않고' 물이 포도주로 변하는 기적을 행하였고, 혼례 잔치는 성공적으로 잘 끝났다는 일화다.

기독교 신자도 아닌 내가 이 이야기를 지금껏 선명하게 기억하고 있는 건 99%가 그 형 덕이다. 이 이야기를 들려주며 자신을 감히 예수에 빗대었던 형. 그랬다. 갓 대학에 입학한 우리보다 두 살이 많았던, 재수를 해서 학번은 한 학번 빨랐던 형의 '이끄심'은 당시로 치자면 종교 지도자의 가르침에 비견할 바가 아니었다.

지금 생각해보면 우리가 한 일이라곤 우르르 몰려다니면서 술이나 마시고, 담배나 배우고, 여자 뒤꽁무니나 쫓아다니면서 해적판 비디오·음반 따위에 심취하고, 거기다 별 발전도 없는 신세한탄을 퍼붓는 것들이었는데도 그 시절 우리는 지겹도록 형을 부르고 찾았다. 평일·주말 가릴 것 없이, 데모로 휴강이 되거나 심지어 학교가 폐쇄되는 상황이 와도 차라리 집에 가서 잠이라도 자면 될 텐데 기어이 학교 근처 형의 하숙집이나 자취방에 모여 시간을 죽였다.

그렇게 모여 있는 것이 그 당시 우리에게는 유일한 탈출구였다. 불안전한 시대 속에서 나 혼자만 방황하는 게 아니라는 묘한 안도감을 주는 가장 안전한 공동체였다. 동시에 개똥철학일지언정 내가 무언가 물었을 때 척척 대답해주며 설명하는 형이 불확실한 시대의 희미한 확신처럼 느껴지기도 했던 것이 사실이었다.

그렇게 우리가 부르고 찾았던 '형', '선배'라는 단어 안에는 이유 모를 막역함이 깃들어 있었다. 무장해제시키는 무언가가 있었다. 그것은 가장 가까이에 있는 나의 윗세대를 향한 연대의식, 그 연대의식을 향한 무한한 우리의 믿음 때문이었다. 모든 세대가 치열하게 반목만을 거듭하는 요즘에는 멸종해버린 끈끈한 연대(連帶), 거기에 우리의 향수(鄕愁)가 있었다.

남극을 탐험하는 대원들이 빙벽을 오를 때 그 가파른 빙벽에서 바라보는 것은 까마득히 보이지 않는 대장이 아니라 바로 내 앞에서 얼음을 찍고 앞으로 나아가는 사람의 등이다. 그래야 미끄러지지 않을 수 있다. 스무 살 언저리에서 처음 만났던 우리들의 '형'은 바로 그런 존재였다. 나이가 든 요즘이야 서너 살 차이 크게는 대여섯 살 차이도 시쳇말로 같이 늙어가는 처지로 묶을 수 있다. 그러나 열아홉에 느닷없이 큰 강을 건너 스무 살 성인이 된 우리에게 바로 앞에서 그 강을 건너 어른이 된 형의 존재는 그처럼 간단하지가 않았다. 이 '형'으로 말하자면 나보다 먼저 사회사상을 접한 형일 수도 있고, 연애를 두루 섭렵한 형일 수도 있으며, 일찍 술에 도가 튼 형일 수도 있었다. 그리고 이 모든 것을 한꺼번에 갖춘 형도 물론 있었다. 그렇게 형은 나의 바로 앞에서 내가 살아갈 삶을 먼저 산 사람으로 당시 우리에게 가장 결정적인 영향을 미치는 사람이었다.

　우리는 형이 읽는 책을 따라 읽었고, 형이 부르는 노래를 따라 불렀으며, 형이 울분을 터뜨릴 때 같이 화가 났었다. 물론 나를 비롯해 친형이 있는 녀석들도 부지기수였다. 하지만 동시대를 함께 살아가며 은밀한 추억을 공유하는 형은 가족과는 또 다른 연대감을 심어주는 존재였다.

　그러나 불행하게도 세월의 옷을 덧입은 현실은 이러한 우리들의 그 '형'이 계속 초월적인 존재로 남아 있을 수 없게 만든다. 세월은 불행의 대가 없이 우리를 삶의 이편으로 건너오도록 허용하지 않는다. 가습 저릿한 쓸쓸함을 느끼며 우리는 풍문을 통해, 또는 직접적인 대면을 통해 그 시절 우리의 작은 우상이었던 형이 변해가는 모습을 지켜봐야 한다. 나처럼 비겁해지고, 나처럼 살기 바빠지고, 나처럼 기성세대 더 속된 말로 '꼰대'가 된 형을 똑바로 바라봐야 하는 관문이 기다리고 있는 것이다.

그날 J는 들떠 있었다. 형에게서 연락이 왔노라고, 당장 그 저녁에 만날 거라며 전화까지 해댔다. 20년 만에 이른바 청춘의 찬란한 연대를 자랑했던 형이 연락을 해온 게 기쁜 나머지 만사 제치고 바로 그날 밤 저녁 약속을 잡았던 거다. 며칠 뒤 궁금했던 내가 전화를 걸었을 때 수화기 너머의 J는 한참을 아무말도 하지 못했다. 녀석이 대면해야 했던 것은 숙취보다도 지독한 현실이었다. 행정고시를 패스하고 비교적 빨리 고위 공무원의 길을 걷고 있던 J에게 시쳇말로 학연과 지연을 이용해 '청탁'을 해야 했던 형은 J를 만나자마자 다짜고짜 룸싸롱으로 이끌었다. 우리들의 '형'이 물이 포도주로 변하는 기적을 행하는 대신 부패한 거래의 전능함을 믿는 신도로 변해 있었다. J는 지난날 우리가 나눴던 추억을 곱씹는 대신 다음 날 사람을 시켜 전날 받은 봉투를 돌려주어야만 했다.

그 뒤로도 몇 번 그런 모습으로 출몰했던 형의 이야기가 들려왔다……. 누구보다도 신랄하게 기성세대를 비판하고, 부정부패를 혐오했으며, 불의 앞에 당당했던 우리의 형은 현실 속에서 나보다 더한 기회주의자의 모습으로 '꼰대'가 되어 있었다. 하지만 더 서글픈 것은 나의 현실 역시도 그다지 다르지 않다는 것이다. 나도 누군가에게 과거의 형들이 우리에게 그랬던 것처럼 멋진 선배, 이야기가 통하는 든든한 형 정도의 무게로 기성세대의 역할을 하고 싶은데, 후배들에게, 아이들에게, 젊은 세대들에게 어느새 10분만 이야기해도 답답해져 자리를 피하고 싶어지는 '꼰대'가 되어가고 있기 때문이다.

그해 송년회에서 J와 몇몇의 씁쓸한 경험담에 섞여 소위 '꼰대'가 되어가고 있는 우리들에 대한 자각과 조바심이 화두로 떠올랐다. 초라한 모습으로 우리를 찾아온 형도, 형처럼 똑같이 어느 누군가에게는 '자랑스럽지 않은' 기성세대가 되고 있는 우리도 세월 앞에서 씁쓸했다. 그런 우리에게 속 깊은 위로를 가져다준 한마디가 날아들었다.

노마지지(老馬之智)!

'늙은 말의 지혜'라는 뜻을 지닌 사자성어였다. 춘추전국시대 최초의 패자(覇者)로 이름 높았던 제나라 환공이 한겨울에 싸움에 나섰다가 숲 속에서 길을 잃게 되었는데, 사방이 눈으로 뒤덮여 어디가 어딘지 구별이 어렵더란다. 어쩔 줄 모르고 있는 환공에게 당대의 최고의 재상 관중이 다가와 이렇게 말했다.

"이런 상황에서는 늙은 말에게 지혜를 빌리는 것이 좋습니다."

관중의 말을 들은 환공은 말 중에 제일 늙은 말 한 마리를 풀어놓았는데, 비가 오나 눈이 오나 수없이 그 길을 다녀본 늙은 말은 결국 제대로 길을 찾았고 진퇴양난에 빠질 뻔한 환공과 군사들은 목숨을 건질 수 있었다는 이야기다.

늙는다는 것도 그래서 다른 세대와 견해 차이가 벌어지는 것도 막을 수 있는 길은 없다. 젊은 시절 우리를 100% 이해해줬던 형들처럼 되고자 매사에 젊은 세대와 100% 소통하려고 덤비는 것도 어찌 보면 욕심이다. 소통에 대한 강박이 과욕을 빚어 민망한 모습으로 연출되는 경우는 또 얼마나 많은가.

어쩌면 이제 제대로 기성세대 자리를 틀어잡고 앉은 우리가 할 일은, 아니 가장 잘할 수 있는 일은 '노마지지'를 발휘하는 것일지도 모른다. 제 고집만 피우는 사람은 따르기 싫어도, 지혜를 발휘하는 사람은 절로 따르고 싶고 다가가 배우고 싶게 마련 아닌가. 겉은 비록 허연 김을 내뿜으며 초라하게 늙어가는 말에 불과할지라도, 언제라도 쌩쌩 달리는 윤기 잘잘 흐르는 준마가 다가와 함께 풀을 뜯을 수 있게 해주는 것. 괜한 헛기침 같은 되새김질로 젊은 그들을 주변에서 내쫓지 않는 것. 생존하는 방법이라는 변명으로 기득권을 탐하지 않는 것.

이것이야 말로 우리가 그때 그 시절의 '형'을 잊지 않는 방법이자, 세월을 건강하게 건너온 '형이라 부르던 사나이'의 모습으로 후배들에게, 아이들에게, 젊은 세대들에게 꼰대의 고약스러움이 아닌 늙은 말의 지혜를 나눠주는 일 아닐까. 그러니 '고도를 기다리'듯 '노마지지'를 얻게 될 날을 기다려 볼 일이다.

'가장(家長)'이라는
이름의 완장

　특별히 생각해본 적도 없었지만 별달리 의심해본 적도 없었다. 스무 살이 넘고 어른이 되는 것도, 연애를 하고 결혼을 하는 것도, 직장을 다니고 가정을 갖는 것도 겨울이 가면 봄이 오고 봄이 오면 꽃이 피는 일처럼 그냥 당연히 주어지는 일인 줄 알았다. 그렇지 않은 개별적인 예들이 주변에 없었던 것도 아니지만 그건 그거고, 이런 보편적인 삶의 진행은 그냥 수순처럼 실현될 거라고 믿는 그런 것이었다.

　"동기(motivation)의 가장 중요한 한 가지 측면은 충족을 얻을 가능성이다. 대체로 우리는 실제로 얻을 수 있다고 생각하는 것을 의식적으로 갈망한다."

　'동기이론'으로 잘 알려진 미국의 심리학자 매슬로의 말이다. 동기는 인간을 행동하게 하는 가장 기본적인 요인이다. 매슬로는 행동의 동기에 초점을 맞추고 인간의 심리를 해석했는데, 잘 들어맞는 경우가 많다. 잘 살펴보면 우리는 내 자신에게도 타인에게도 실제로 이뤄질 수 있다고 믿는 수준의 어떤 것을 쉽게 요구하고 이것이 실현될 것이라고 굳게 믿고 있다. 하지만 이것이 현실과 괴리가 있다는 것을 인정하기까지는 시간이 걸리고, 또 그 괴리를 눈으로 확인하는 순간이 오더라도 쉽게 인정하기는 어렵다.

결혼을 앞둔 과거의 우리에게도 매슬로의 이 '동기이론'이 적용되었다. 우리에게 '결혼을 한다'는 것은 특별한 물음표가 달릴 일이 아니었다. 사회적 통념상 일정한 나이가 되면 결혼을 하고, 결혼을 해야 이른바 '상투를 튼' 어른 대접을 받는다. 반대로 결혼을 하지 않으려는 남자는 피터팬 증후군을 지닌 사람으로 취급받기 일쑤다. 그렇다 보니 동기이론에 입각한 주변 사람들은 그 나이가 되면 응당 결혼을 '할 수 있다고' 생각하고, 실제로 준비가 제대로 되지 않았어도 결혼을 '할 수 있을 것이라 믿고' 의식적으로 갈망하게 되는 것이다.

하지만 나이가 차고 시기가 되면 자연스럽게 얻을 수 있는 것처럼 보이는 결혼은, 결코 쉬운 것이 아니다. 결혼과 가정을 꾸리는 일은 집채만 한 파도가 덮치는 악몽처럼 두렵고 버거운 것이다. 어쩌면 무의식적으로 우리는 이미 결혼식장에서 이걸 알았는지도 모른다. 결혼식을 치러본 남자라면 알지 않는가. 겉으로는 호기롭게 식장 앞에 서서 웃고 있지만 마음속으로는 수십 번 삼십육계 줄행랑을 놓는 그 심정을. 대기실에서 벌벌 떨리는 속눈썹을 부여잡고 있는 것은 신부만이 아니라는 것을. 그때는 그게 뭔지 도무지 알 턱이 없어 불안으로만 번역되던 그 무거움의 부호들을.

'가장'의 삶은 '고단한 날들이 과거형이 되지 않는다'는 말과
동의어인지도 모른다. 지나갔다 싶으면 다시 시작되고
고비를 넘겼다 싶으면 다른 모습으로 새로운 고비가 온다.

하지만 이렇게 긴장했던 웨딩마치 직전의 순간을 생각할 때면 늘 그와 대비되는 기억이 함께 떠오른다는 것이 인생의 재미있는 부분이다. 숨통이 조이는 것처럼 답답했지만 동시에 기대와 흥분된 설렘도 우리의 시작에는 함께 있었다.

그 설렘과 무게감이 묘하게 섞여 본격적인 시작을 알리는 증표가 바로 주민등록등본이다. 부모님에게서 분리되어 내 자신이 호주가 된 주민등록등본을 처음 확인하던 날을 기억하는가. 요즘은 가족관계증명서라는 조금은 딱딱한 이름으로 바뀌었지만 여전히 그것이 주민등록등본이던 시절, 단순한 종이 한 장 서류에 불과할지언정 호주 란에 적인 내 이름 석 자를 확인할 때의 감정은 뭐라 말로 표현할 수 있는 것이 아니었다. 얼떨결에 얻은 가장이라는 완장이 괜스레 신이 나는 것 같기도 하고, 책임져야 할 여자와 꾸려나가야 할 가정이 생겼다는 부담감에 어안이 벙벙해지기도 했다. 그래도 돌이켜보면 당시에 느꼈던 감정의 대부분은 '희열'이라고 불러도 좋을 것들이었다. 비록 내가 준비되지 않은 채로 동기이론에 입각해 '얻을 수 있을 것'이라는 가정 하에 받은 책임이라 할지라도 우리는 그렇게 '가장'이 되었다.

가장의 완장을 찬 다음의 수순은 집들이다. 당시 친구들 집들이에 가면 집안으로 들어가는 입구에서 빼놓지 않고 보게 되는 게 하나 있었다. 이런 문구가 적힌 액자였다.

'네 시작은 미약하였으나, 네 나중은 심히 창대하리라.'

종교를 떠나 많은 남자들이, 배보다 배꼽이 더 큰 대출을 끼고 신혼의 보금자리를 마련했을 때, 아마도 용기의 부적처럼 저 문구를 바라보곤 했을 것이다. 그랬다. 그건 '가장'들의 부적이었다. 내 이름 석 자에서 시작한 미약한 출발이지만 내 아이가 태어나고 또 그 아이의 동생이 태어나고 집을 넓혀가고 승진을 거듭하며 내 나중은 심히 창대할 것이라는 신앙 같은 믿음과 호주가 되어 주민등록등본을 처음 떼던 날을 기억하는 소박한 마음이 싸구려 액자에 걸려, 시작하는 그들의 좌표가 되어 주었다.

　식상했었다, 결혼을 해야 어른이 된다는 말. 그런데 막상 결혼을 하고 한 가정의 가장이 되고 보니 그 말에 공감하지 않을 수 없었다. 내 몸이 나만의 것이 아니라는 걸 느끼게 되고, 내가 아닌 가족을 모든 면에서 우선적으로 생각하는 것이 익숙해질 무렵 남자들은 어른의 세계로 한 걸음 다가선다. 가장의 완장을 찬 주민등록등본 속 삶은 처음에는 거저 얻어지는 것처럼 준비 없이 찾아오지만 살아낼수록 책임은 무거워지고 역할은 간단치 않다. '가장'의 삶은 고단한 날들이 과거형이 되지 않는다는 말과 동의어인지도 모른다. 지나갔다 싶으면 다시 시작되고 고비를 넘겼다 싶으면 다른 모습으로 새로운 고비가 온다. 너무 버거워서 멈춰버리고 싶던 날은 그 수를 헤아리기도 쉽지 않다.
　그럴 때마다 내가 내리는 처방은 서류 속에서 처음 내 이름을 확인했던 날을 떠올리는 것이었다. 그것은 이미 넘어온 고지를 확인하며 다음 고지를 향해 걸어갈 힘을 얻는 지혜와 비슷한 것일 테다. 그리고 또 하나 '나의 이사 투어'를 하는 것이다. '이사 투어'라고 해서 대단할 것은 없고 미약하게 시작했던 나의 시작을 되짚어보는 작은 여행이다.

서울 변두리 연립 빌라 3층에서 시작해 신도시 17평 새 아파트로 이사 갔던 날, 다시 'in 서울'을 부르짖으며 도심으로 들어와 아파트 전세를 얻고, 지금의 아파트를 사기까지 우리가 거쳐 간 수많은 집들, 사건과 눈물들을 다시 찾아가보는 거다.

갓 대리를 달고 겨울이면 눈 때문에 얼어붙은 언덕을 거의 기다시피 출근했던 봉천동 언덕길도 좋고, 아이가 태어나 처음으로 살게 된 아파트도 좋다. 아내와 첫 부부싸움을 하고 혼자 앉아 맥주를 마시던 예전 슈퍼마켓은 아직도 그 자리에 있는지, 그 시절 유일한 외식 장소인 자장면이 싸고 맛있던 중국집도 여전한지 찾아볼 일이다.

세월이 지나면서 책임의 무게가 너무 커서 헐떡이며 지나온 탓에 그 시간이 남긴 추억은 무엇 하나 제대로 챙기지 못하고 살아왔다. 애썼노라는 위로도, 대견하다는 인정도, 고맙다는 말 한마디도 스스로에게 들려주지 못하고 지나와버렸다. 살림살이도 좀 나아지고 그 덕에 가장이라는 자리가 주는 책임도 좀 덜어졌다면, 그래서 배도 좀 나오고 흰머리도 생겼다면 지금이 바로 '이사 투어'가 필요할 때일지도 모른다. 뻣뻣하게 힘만 잔뜩 들어간 채 무엇을 어떻게 해야 할지 모르던 젊은 '가장'이 지나온 길을 이제는 우리 스스로가 좀 따뜻하게 돌아봐줄 때가 되지 않았나 싶다.

아직 끝나지 않은, 끝나려면 아직도 먼 우리 인생의 항로 앞에서 다시 한번 싸구려 액자에 걸려 있던 글귀를 되뇌어본다.

'네 시작은 미약하였으나, 네 나중은 심히 창대하리라.'

당시에야 초라하고 식상한 희망에 기댄 구호였을지라도, 꿋꿋이 지금의 현실을 버티게 해주었던 좌표가 된 저 오래된 믿음. 미약과 창대의 순서는 언제나 미약이 먼저일 때 아름다운 법이라는 것을 알고 있는 조금은 성숙된 가장으로서, 과거로부터 힘을 받아 오늘을 살아내는 방법을 이제는 하나씩 알아갈 때이다.

그리운 열정의 무늬,
벤처의 추억

영구는 바보다. 대번에 "영구 없~다!"가 떠올라 웃음이 터지게 만든다. 1970년대 드라마 〈여로〉에서 태어나 1980년대 〈유머 일번지〉에서 심형래의 '캐릭터'로 다시 등장해 세상이 다 아는 바보가 된 영구는 언젠가부터 심형래와 합체되었다. 그렇게 심형래는 영구가 되었고, 바보가 되었다.

우리는 참 단순하다. 그 사람이 원래 바보가 아닌데도 바보 연기를 엄청나게 잘하면 어느 순간 '진짜 바보인 거 아냐?' 하고 생각하게 된다. "영구 없~다!"를 외치며 눈 가리고 아웅 하는 바보 연기를 능청맞게 잘했던 코미디언 심형래에게 우리가 느끼는 감정이 바로 그랬다. 어눌한 말투, 흐릿한 눈빛, 엉성한 몸짓은 그가 정말 어딘가 2% 부족한 사람일 거라고 믿게 만들었다. 영구라는 '캐릭터'를 벗고 말쑥한 차림으로 재치 있게 말하고 멀쩡하게 행동하는 그를 보면서도 사람들은 그에게서 바보 혐의를 지워내지 못했다.

그런 그가 1999년에 영화 〈용가리〉를 직접 제작하고 당시로서는 엄두도 내지 못했던 SF 영화의 물꼬를 트며 정부로부터 신지식인 1호로 선정되었다. 그 일련의 과정을 지켜보면서 많은 사람들이 놀라움을 금치 못했다. 사람들에게 그건 생각지도 못한 반전이었다. 놀라움은 감탄으로 나타났고, 반전은 묘한 자극이 되어 솟구치는 용기로 드러났다. 그 바탕에 있는 건 이런 생각이었다.

"영구도 하는데, 나라고 못해?"

그랬다. 코미디언 심형래가 영화감독 심형래로 명함을 바꾸는 과정을 지켜보면서, 당시 넥타이를 풀고 회사에 사표를 던진 사람들이 부지기수였다. 그 시절은, 예전처럼 넓은 땅에 공장을 짓고 수백 명씩 채용해 물건을 만들어 내는 것만이 사업이고 창업이던 시절을 지나, 컴퓨터 한 대와 아이디어만으로 회사를 차려 몇십 아니 몇백억 대의 매출 신화를 이뤄낼 수도 있는 세상이었다. 바보 연기를 하던 코미디언이 국내에서 780만 명의 관객을 동원하고 SF 영화의 본고장이라는 미국에서도 무려 3,427개 관에서 개봉하는 기염을 토하는데 나라고 못할쏘냐……. 그렇게 주먹을 불끈 쥐고 벤처로 뛰어든 수많은 사람들의 '분기탱천'을 아직도 기억한다.

'Venture'의 원래 뜻은 모험이다. 하지만 이미 모험이라는 뜻의 Adventure라는 단어가 있기 때문에 Venture는 주로 사업상의 모험을 말할 때 쓴다. 단어의 쓰임으로도 잘 구분되어 있듯이 우리가 알고 있는 벤처사업은 모험을 담보로 그야말로 잘되면 대박이요, 못되면 쪽박인 사업이다.

하지만 아슬아슬한 운명의 게임에 기꺼이 뛰어드는 사람이 줄을 설만큼 벤처붐은 역병처럼 우리를 지배했다. 당시 세기말과 함께 IMF 사태를 맞은 우리나라 경제는 더 이상 뚫고 내려갈 곳이 없을 정도로 침체기를 겪고 있었다. 그렇지만 벤처붐만은 쉽게 사그라들지 않았다. 하루가 멀다 하고 구조조정의 칼날이 불어닥치는 불안한 직장에서 언제 목이 날아갈지 모르는 하루살이 직장인으로 사느니 마지막 청춘의 불꽃이라도 불살라보자는 다짐을 하는 사람이 많았기 때문이리라.

안정된 직장이 최고라고 여기며 들어간 회사에서는 간신히 대리를 달고 나면 그 다음은 과장 그리고 차장, 그리고……. 그마저도 언제 될지 모를 일이었다. 이렇게 평생 월급통장만 바라보다 쫌생이로 늙어 죽는 것은 아닌지 더럭 겁도 났다. 지금은 정치인으로 모습을 바꾼 안철수 의원이 의사라는 안정적인 직업을 뒤로 한 채 안랩을 설립했던 것도 1995년이었다. 몇백억 벤처 신화를 일으킨 또래 CEO의 얼굴을 보면서 벤처 바이러스는 스멀스멀 우리에게 스며들었다.

아이디어 하나로 돈방석에 앉은 사람들을 보며 밥숟가락 하나, 양말 한 짝까지도 예사로 안 보이던 시기였다. 매일 반복되는 일상이 아닌 뭔가 새로운 것을 향한 탐구를 하는 순간만큼은 와이셔츠와 넥타이에 간힌 불쌍한 직장인이 아닐 수 있었다. 그렇게 우리에게 몰아닥친 벤처붐은 강렬했고, 불나방처럼 모험의 세계로 짐을 꾸리게 만들었다. 30대 초·중반, 아직은 머리가 굳지 않아 아이디어가 샘솟을 나이였다.

싱크대 수도꼭지에 끼워 물을 절약할 수 있는 아이디어 생활용품부터 컴퓨터 보안 시스템의 중요성을 일찍 깨닫고 개발에 매진해 만들어낸 소프트웨어까지 벤처붐은 스펙트럼도 넓었다.

그런데 동시다발적으로 일어난 벤처창업의 바람에 비해 모험을 딛고 살아남은 기업은 사실상 몇 되지 않았다. 모두가 일등을 하게 해달라고 기도하면 신이 누구의 기도를 들어주실지 참 난감한 상황이 된다고 했던가. 1998년 벤처 확인제도가 처음 도입된 이후 3년 만인 2001년에는 벤처 회사라고 등록한 회사가 무려 1만 1,392개나 되었으니 말이다. 경쟁도 경쟁이었거니와 당시 경제 사정도 국내외 안팎으로 너무 열악했다. 그렇다고 모든 벤처 회사의 모험이 무모한 도전으로 끝난 것은 아니었다. 당시에 시작해서 지금은 중견기업의 면모를 다지고 있는 회사도 많다. 하지만 그것은 로또에 맞을 확률만큼이나 어렵고 힘든 것이었고, 다시는 사업의 '사'자도 꺼내지 않겠다며 쓸쓸히 월급쟁이로 돌아온 녀석들이 더 많았다.

S도 그중 하나였다. 가끔씩 벤처사업 하던 시절 얘기가 나오면 그때 만들었던 물건이 집에 아직도 수십 박스나 있다며 쓴웃음을 짓곤 한다. 그런 S를 보며 언젠가 한번 진지하게 물어본 적이 있다.

"그때 있는 돈 없는 돈 탈탈 털어서 벤처 했던 거, 후회 안 하냐?"

그런데 돌아온 대답이 의외였다.

"아니, 다시 그때로 돌아간다고 해도 또 할 것 같은데?"

"왜? 뭣 때문에?"

뜨악한 표정으로 질문을 던진 내게 S는 알바트로스 새 이야기로 답을 하며, 잊힌 이름 '알바트로스'를 추억했다. 2000년 대 초반 이른바 그가 말아먹은 회사의 이름이 '알바트로스'였다. 회사 이름을 지을 때 지나치게 감상적이라며 무슨 생활용품 회사 이름이 이다지도 거창하냐며 핀잔을 주었던 기억이 난다. 알바트로스는 지구상에 존재하는 날 수 있는 새 중 가장 큰 새이며, 한 번의 비행으로 가장 멀리 날 수 있는 새이자, 생애 대부분을 공중에서 보내는 새이다. 10년 내내 땅에 내려앉지 않을 수도 있고 그 여새를 몰아 두 달 만에 지구를 한 바퀴 돌 수도 있다고 한다. 알바트로스가 하늘 위에서 내려오지 않을 수 있는 이유는 바로 어깨에 있는 특수한 힘줄 때문인데, 이 힘줄이 날개를 편 상태로 유지할 수 있도록 해준다는 것이다. 늙고 다쳐서 힘줄이 더 이상 그 기능을 할 수 없을 때야 비로소 알바트로스는 지상으로 내려와 죽음을 맞는다.

2000년, 새로운 밀레니엄이 시작되었을 때 벤처에 뛰어들었던 자신에게는 바로 그 알바트로스의 힘줄이 있었노라고 S는 고백했다. 그때 얼마나 강렬하고 생생하게 그 힘줄이 자신의 날개를 지탱해주었는지 아직도 기억하고 있다고. 그 살아 있는 느낌이 너무도 생생하기에 다시 시간을 돌려 선택의 순간이 온다고 해도 자신은 다시 벤처에 뛰어들 것이라고. 직장을 그만두고, 적금을 깨고, 부모에게 손을 벌려가며 뛰어든 벤처사업이라는 모험이 비록 모험 그 자체로 끝나고 말긴 했지만 후회하지는 않는다는 것이다. 공장에서 밤을 새우고 거래처를 뚫느라 이틀 동안 뜬 눈으로 밤을 새워도 몸과 정신이 말짱하던 그때가 오히려 그리워진다고 말이다. 그 시절 얘기를 할 때면 유독 빛나는 S의 눈빛을 마주보면서 그 마음이 무엇인지 알 것도 같았다.

최근 임금체불 문제로 뉴스에 등장하고 급기야 파산신청을 한 신지식인 1호 심형래의 기사를 보면서, 또 벤처 1세대 성공 신화를 이뤘던 펜택(Pantech)의 쓸쓸한 몰락을 지켜보면서 누군가는 이렇게 말할지도 모르겠다.

"그때 벤처 그만두길 얼마나 잘했냐!"라고.

하지만 당시 벤처사업에 뛰어든 더 많은 사람들이 이렇게 대답할지도 모른다.

"그때 도전해보길 얼마나 잘했냐!"라고.

한때는 자신도 땅에 발 디딜 필요 없이 한 번의 비상으로 지구 한 바퀴를 돌 수 있었던 알바트로스의 어깨가 있었음을 깨닫게 해준 2000년 즈음의 모험이 심지어 그리워질 때도 있다고 말이다.

실패의 아이콘

'실패는 성공의 어머니!'

초등학교 때부터 귀가 닳도록 들어온 격언이다. 이미 격언이 된 말은 그 자체로 힘을 갖기에 의심 없이 받아들여진다. 많은 사람들이 인생의 고비 때마다 고사성어나 유명한 사람들의 격언을 떠올리며 힘을 얻는다. 짧고 명징한 문장 속에 들어 있는 단호함은 꺾어진 무릎을 일으켜 세울 용기를 갖게 해주기 때문이다.

하지만 모든 격언이 인생 전반에 걸쳐 항상 그렇지는 못하다는 것을 깨닫는 때가 온다. 40대를 넘어가면서는 더욱 절감하게 된다. 젊음과 도전이라는 단어보다는 안정과 유지라는 단어가 더 필요한 시기가 되면 '실패는 성공의 어머니'라는 말은 점점 더 먹히지 않는다. 가면 갈수록 '실패는 성공의 어머니'가 아니라 '실패는 그냥 실패의 어머니'가 되어 가는 것이다. 한번 작은 돌부리에 걸려 넘어져 첫 실패를 맞으면 그것이 여지없이 또 다른 실패로 이어지고, 그 실패가 다시 실패를 낳는다. 그렇게 반복되는 넘어짐을 겪는 동안 남자로서 아빠로서 아들로서 우리는 점점 어떤 격언에도 기대설 수 없는 상태가 된다.

실패를 했을 때는 넘어진 무릎을 일으켜 세우며, 내가 어떤 돌부리에 걸려 넘어졌는지를 보고 잠시 쉬어가는 것이 보통이다. 그런데 많은 남자들이 그렇지 못하다. 특히 이미 어른이라는 지위를 가진 나이든 남자는 더욱 그렇다. '실패는 성공의 어머니'라는 말을 그대로 믿는 듯이 실패 후에 포기하고 쉬는 시간을 갖지 못하고 바로 무언가를 하려 든다. 자신이 겪은 실패를 만회하기 위해 또 다른 레이스로 서둘러 떠나는 스프린터(sprinter) 같다고나 할까?

최근 드라마의 한 장면에서 이런 중년 남자들의 유형을 여실히 보여준 적이 있었다. 직장인들의 심금을 울렸던 드라마 〈미생〉에서 거의 유일한 여자 캐릭터인 안영이와 그의 아버지의 이야기이다. 안영이의 핸드폰에 저장된 아버지의 명칭은 '아버지'도, '아빠'도, 이름 석 자도 아니다. 아버지에게 전화가 오면 '……', 말줄임표가 뜬다. 정말 할 말이 없게 만드는 분이라는 뜻이다.

군인이었던 아버지는 안영이가 사내아이가 아닌 것이 못내 못마땅했다. 예편을 한 후에는 이런저런 사업에 손을 대기 시작해 사기를 당하기도 하고, 애초부터 잘못된 사업을 시작해 말아먹기도 한다. 그러다 결국 안영이가 잠도 못 자고 일한 아르바이트비까지 털어가기에 이른다. 안영이는 전액 장학생으로 대학에 들어가고 아르바이트를 해서 아버지에게 보태는데, 아버지는 계속 이런저런 사업을 벌이며 딸에게 민폐를 끼친다. 결국 딸의 전 직장 상사에게까지 돈을 빌려 회사를 그만두게 만든다. 지칠 법도 한데 다시 이번 회사까지 찾아온 아버지는 염치없이 국밥에 소주까지 시켜 마시며 나지막하지만 당당한 목소리로 이렇게 말한다.

"너무 그러지 마라, 술도 체한다. 나나 미워하지, 네 엄마 미워하지 마."

안영이의 아버지는 당당했다. 미안하다는 말도, 잘못했다는 말도 하지 않는다. 이 회사는 어떻게 알고 또 찾아왔냐는 안영이의 말에 전에 돈을 빌린, 딸의 옛 상사에게 전화를 해서 알았노라고 말해 부아만 더 지른다. 게다가 그렇게 돈을 많이 빌려준 사람에게 고맙단 말도 못하게 중간에서 막아선 딸 때문에 자신만 양심도 없는 사람이 됐다는 어깃장도 빼먹지 않는다. 정작 그 돈을 갚은 사람은 딸이었는데도 말이다.

그런 안영이의 아버지를 보면서 쓸쓸해지는 건 나뿐이었을까? 말없이 아버지에게 묻곤 한다. 굳이 사업을 하지 않고도 충분히 가족을 건사할 방법이 있었을 텐데도 굳이 자신이 사장이라는 우두머리에 앉아 사업을 했어야만 했는지. 그건 아버지 자신의 이기심의 발로가 아니었는지. 안영이의 아버지를 보며 블랙홀에 빠진 듯 사업을 벌여대던 우리의 아버지들을 떠올리고, 절대로 닮지 않으리라 다짐하며 자랐던 우리가 그 모습을 닮아가고 있는 걸 확인하는 밤은 참 쓸쓸하다.

회사를 그만두고 길 가는 사람 열 명 중 네다섯 명은 한다는 치킨집을 시작하려는 남자, 이리 봐도 저리 봐도 범용성 떨어지는 아이템으

impossible

모든 사람들이 천 번 하고도 열 번의 시도 후에 성공을 거두지는 않는다.
무모한 도전은 빨리 끝내는 것이 자신과 가족을 위해서 더 낫다는 것도
부정할 수 없다. 그러나 우리가 힘든 현실을 살아갈 수 있는 것은
또 희망 때문이 아니겠는가?
천 번 하고도 아홉 번은 거절과 실패를 경험했지만,
천 번 하고도 열 번째 나를 찾아올 희망이 나 자신의 성취와 행복은 물론
내가 그토록 원하고 가지고 싶었던 내 가족과 함께 누리고 싶은 꿈에
도달하게 해줄 것이라는 믿음.
그 믿음을 에워싸고 있는 희망으로 살아가는 것이다

로 사돈의 팔촌 돈까지 빌려 사업을 벌이는 남자, 월급쟁이 그만두고 이제부터 마음 맞는 친구들과 일을 시작하겠다는 누가 봐도 월급쟁이가 체질인 남자. 이 남자들은 세월이 지나 사업 아이템만 변했다뿐이지, 사업이라는 블랙홀에 빠진 아버지들과 다를 바가 없다. 우리가 그랬듯 가족들은 "왜, 굳이? 도대체 사업을 왜 계속 하려고 해?"라고 물으며 질타와 원망을 보낸다. 하지만 안영이의 아버지처럼 말없이 국밥을 먹거나 담배를 피우거나 우리처럼 스마트폰만 볼 뿐이다.

이러한 안영이의 아버지들은 이해 받을 수 있는 걸까. 그런 이들을 모두 이해한다고, 또는 이해해달라고 하는 것은 무리가 있다. 가족 공동의 운명을 짊어진 가장으로서, 실패의 책임은 가족과 연대하여 져야 함을 알면서도 사업을 계속 벌이며 실패를 반복하는 것은 다분히 악의적이지 않냐고 따져 물을 수도 있다. 그런데 여기서 나는 변명 아닌 변명, 이해 아닌 이해를 구하고 싶다. 어린 시절 우리에게는 '사업하는 아버지'에 대한 로망 아닌 로망이 있었다는 걸 기억해냈기 때문이다.

다들 고만고만하게 넥타이를 매고 출근했다가 버스를 타고 돌아오는 아버지를 가졌던 우리에게 충격을 안겨줬던 아이들, 사업하는 아버지를 가진 아이들의 클래스를 기억하는가? 해외 출장이라는 단어 자체가 생소했던 시절, 외국의 각종 진기한 장난감과 과자, 운동화 따위를 쉽게 사줄 수 있었던 내 친구의 사업하는 아버지. 놀러갈 때마다 매번 놀라던 정원 있는 집의 높은 벽, 마당 한쪽에 마련된 물고기가 노닐던 연못. 어디 그 뿐인가? 각 잡힌 승용차에, 가족들을 데리고 떠나던 해외여행에, 사업하는 아버지의 능력은 끝이 없어 보였다.

그런 '사업하는 아버지'의 로망을 간직했던 우리에게 사업을 하겠다는 도전은 곧 나와 내 가족을 어린 시절 꿈꿨던 그 부(富)의 왕국으로 데려다 줄 급행열차였던 것이다. 의식 저 밑바닥에 오랜 시간 잠복해 있던 욕망의 작용인 것이다. 이런 로망을 심어주었던 당사자 친구가 지금까지 그 부를 유지하는 경우는 드물다. 갑자기 사업이 폭삭 망해서 온 집안에 빨간 차압딱지가 붙고 집안 식구들이 뿔뿔이 흩어져 친구의 소식마저 모르는 경우도 허다하다. 그러나 사업의 그러한 무모함보다 우리 기억을 더 오래 붙잡고 있는 것은 결과의 화려함이다. 그러니 우리에게 그것을 실현할 기회가 생긴다면 응당 그것을 붙잡고 도전해봐야 한다고 생각하는 것이다. 그것이 어쩌면 가장의 역할일 거라고 엉뚱한 해석을 내리면서 말이다. 전혀 이해가 안 되는 바는 아니다.

앞서 말한 잘사는 집 도련님이었던 친구가 가세가 완전히 기운 후에도 아버지가 사업에 손을 대는 바람에 집안이 조용할 날이 없다는 얘기를 들려준 적이 있다. 하도 무슨 사업이라도 하고 싶어 하시기에 노인네 기 꺾기 싫어 몇 번 도와드렸다가 어머니께 호된 꾸중을 들었노라고 했다. 큰형과 누나까지 들고 일어나 용돈 드릴 테니 제발이지 그냥 집에 계시라며 호통 아닌 호통을 치는데 그렇게 서슬 퍼렇던 아버지가 장롱 쪽만 바라보며 아무 말을 못하시더란다. 실패는 성공의 어머니라며 어지간한 시련에도 끄떡하지 않던 아버지는 어느새 집안에서 실패의 아이콘이 되어 그저 조용히 살아주는 것이 도와주는 사람이 된 것이다. 그때 아버지 연세는 '고작' 60대 후반이었다.

정말 어느 나이가 되면, 우리 남자들은 '실패는 성공의 어머니'라는 말 따위를 믿지 말아야 하는 것일까? 사업을 하는 사람이나 그것으로 성공하는 사람은 따로 있으니 월급쟁이가 체질인 사람은 도전 자체를 하지 않는 것이 가족을 위하는 길일까? 소화효소가 없어서 우유를 먹으면 설사를 하니 평생 우유를 먹으면 안 되는 사람처럼? 하지만 차라리 토사곽란을 경험한 후에 내 몸에서 우유를 분해할 수 있는 소화효소가 생기는지 아닌지 시험해볼 필요는 없는 걸까? 꾸르륵거리는 배를 움켜쥐고도 기어이 우유팩을 집어드는 우리에게 "굳이 왜?"라는 말을 하기 전에 한 번 정도는 KFC 창업자의 성공기를 들어볼 필요가 있다.

KFC의 창업자인 커널 샌더스가 KFC를 창업할 때 나이가 65세였다. 그도 마흔 즈음에는 평범한 월급쟁이였다. 켄터키 주의 작은 주유소에서 일하던 그는 그곳을 찾는 손님들이 근처에는 끼니를 때울 만한 식당이 없다고 불평하는 소리를 자주 듣게 된다. 때마침 그는 어린 시절 자신의 어머니가 해주던 후라이드 치킨 생각이 났고, 이것을 만들어 팔 생각을 한다. 곧바로 주유소 한 귀퉁이 창고에서 예의 그 닭튀김을 만들어보던 샌더스는 어떻게 하면 더 빨리 또 더 맛있게 닭튀김 요리를 할 수 있을까 고민하게 되었다. 그러다 압력을 이용해 속성으로 튀긴 닭요리의 기막힌 맛을 발견하기에 이른다. 처음에는 주유소에 들른 고객들에게만 팔았는데 반응이 좋자 이에 용기를 얻어 주유소 건너편에 작은 가게를 차렸다. 닭튀김이 맛이 좋다는 소문이 퍼지자 그의 레스토랑은 곧 지역의 맛집이 되었다. 이것이 그 이름도 유명한 켄터키 후라이드 치킨의 시작이다.

그런데 이렇게 잘나가던 그의 식당에 난데없는 시련이 닥쳐온다. 식당 옆으로 고속도로가 생겨 사람들이 더 이상 그곳에 내려 식사를 하지 않게 되는 상황이 벌어진 것이다. 갑자기 손님이 떨어진 그의 식당은 곤경에 빠졌고 결국 경매에 넘어가 남의 손에 팔리게 되었다. 그의 나이 65세 때였다.

절망에 빠진 그를 더 비참하게 만든 또 하나의 사건이 있었다. 결과적으로 그건 그가 다시 일어서는 계기가 되기도 했다. 식당 문을 닫은 지 얼마 후 정부로부터 한 통의 편지가 배달됐다. 105달러짜리 연금 지급 통지서였다. 매달 이 돈으로 죽을 때까지 빈궁하게 살아야 한다는 생각이 들자 그는 너무 괴로워서 이불 속에서 사흘간 울었다. 절대 105달러에 갇힌 인생을 살 수는 없다고 생각한 그는 생각을 바꾼다. 돈이 없어 레스토랑을 차릴 수 없으니 대신 그가 성공했던 닭튀김 요리법을 팔아보기로 결심한 것이다. 오늘날엔 일반화되었지만 프랜차이즈는 당시만 해도 새로운 시도이자 모험적인 사업의 방식이었다.

전 재산을 다 쏟아부어 중고 밴 한 대와 요리 기구를 마련한 샌더스는 아내와 함께 자신의 닭튀김 요리법을 사줄 가맹점을 찾아 나섰다. 하지만 가는 곳마다 거절을 당했고, 만나는 이마다 미친 늙은이라고 비아냥댔다. 그래도 그는 포기하지 않았다. 3년 동안 중고 밴에서 생활하며, 씻는 건 공중화장실에서 해결하고, 끼니는 남은 닭튀김으로 때우면서 켄터키 주 인근 세 개 주에 있는 식당이라는 식당은 모조리 찾아다녔다.

그러다 이윽고 천 번 하고도 열 번의 두드림 끝에 유타 주의 한 젊은 식당 주인이 샌더스의 요청을 받아들였다. 첫 번째 가맹점을 따낸 것이다. 된다고 믿었던 그의 신념 앞에 하늘이 응답을 해줬다고밖에는 볼 수 없는 사건이었다. 그의 나이는 이미 칠십이 다 되었지만, 그는 전혀 새로운 시작의 문을 연 것이다. 그가 바로 우리가 닭튀김을 먹을 때면 으레 찾아가는 그곳 입구에서 흰 양복을 입고 인자하게 서 있는 할아버지이다.

모든 사람들이 천 번 하고도 열 번의 시도 후에 성공을 거두지는 않는다. 무모한 도전은 빨리 끝내는 것이 자신과 가족을 위해서 더 낫다는 것도 부정할 수 없다. 그러나 우리가 힘든 현실을 살아갈 수 있는 것은 또 희망 때문이 아니겠는가? 천 번 하고도 아홉 번은 거절과 실패를 경험했지만, 천 번 하고도 열 번째 나를 찾아올 희망이 나 자신의 성취와 행복은 물론 내가 그토록 원하고 가지고 싶었던 내 가족과 함께 누리고 싶은 꿈에 도달하게 해줄 것이라는 믿음. 그 믿음을 에워싸고 있는 희망으로 살아가는 것이다.

그렇다면 나이든 남자라고 해서, 월급쟁이가 체질이라고 해서, 가족을 책임져야 할 위치에 있는 가장이라고 해서, 어쩌면 마지막일지도 모를 도약을 하려는 그의 무릎을 눌러 앉혀야 하는 것일까? 당신이 경험한 실패는 '성공의 어머니'가 아니라 그저 실패일 뿐이고, 반복된 넘어짐으로 인해 어느새 실패의 아이콘이 된 자신을 인정하고 받아들이라고 말하기 전에 나비의 유충처럼 우리를 둘러싸고 있는 여전한 희망을 한 번 더 바라봐주어야 하지 않을까?

바깥에서 활발히 사업을 하시던 아버지가 어느 날부터인가 집 안에서 무거운 공기처럼 말없이 계신다. 더 이상 아무 일도 벌이지 않아서 집안에 큰 손해를 끼치지 않으니 다행이라는 생각 너머로 장마에 무너져 내린 큰 산의 일부처럼 허름한 어깨를 드러내고 앉아 계시는 모습이 어딘지 마음이 아프다. 어깨를 펴고 존재감을 드러내는 것보다 웅크리고 앉아 최대한 작은 면적을 딛고 있을 때 내 가족에게 평화가 온다는 사실을 깨달은 남자는 더 이상 예전의 그가 아니다.

　물론 다시 돈을 마련해 그에게 사업을 하도록 권하라는 이야기가 아니다. 철없이 사업을 하겠다고 달려드는 남편을, 아버지를 막지 말라는 것은 더더욱 아니다. 그저 자신만의 허황된 꿈을 쫓기 위해서가 아니라 자기의 힘으로 온 가족을 자기가 바라는 어떤 수준의 행복한 상황으로 데려갈 꿈을 꾸다가 그 희망의 막(膜)을 걷어낸 남자의 초라함을 들여다봐주길 바라는 것이다. 사라진 막 앞에 놓인 바로 현실이라는 공기와 맞닿아 메말라 가는 그의 평온함이 과연 행복이고 안정일까? 남자라는 나비의 날갯짓에 담긴 가족을 위한 희망의 가능성, 그 가능성을 실현시키기 위해 다시 한 번 고군분투할 수 있는 기회의 타진. 그 정도는 고려할 수 있는 여지를 남겨둘 수는 없는 걸까?

혜화동

"아빠는 소원을 들어주는 요술램프 요정을 만나면 무슨 소원을 빌 거야?"

램프의 요정 지니가 나오는 동화책을 읽어주던 어느 날 어린 딸이 초롱초롱한 눈으로 내게 물었다. 딸이 아직 어리다 보니 본의 아니게 동화책을 많이 읽게 된다. 남자 아이들도 그런지 모르겠는데, 여자 아이들은 유난히 동화책 속의 주인공과 자신을 비교하는 질문을 많이 한다. 그날도 여지없이 이런 질문 공세가 이어졌다. 나는 기다렸다는 듯이 대답했다. "'한 권 만 더'를 무한 반복하는 우리 딸내미가 빨리 잠들게 해달라고 빌 거다!"

그런데 참 이상한 것이 말은 이처럼 싱겁게 해버렸는데 짐짓 진지하게 나에게 물어보고 싶어졌다. 만약에 소원을 들어주는 요술램프 요정을 만나서 소원을 강요(?) 당한다면 나는 과연 어떤 소원을 빌어야할까? 그런데 이게 뭔가. 도통 떠오르는 게 없다. 뭐든 다 이뤄진다는데 아무 생각도 나지 않는다는 것이 당황스러웠다. 그렇다면 나는 다 이루고 산 것인가? 아니면 간절하게 원하는 것의 이름조차 번뜩 떠오르지 않을 만큼 내 마음과 반대 방향으로 걸어가고 있는 것일까?

생각이 여기까지 이르니 문득 하고 싶은 것도, 되고 싶은 것도 많았던 어린 시절 내 모습이 떠올랐다. 그때 내 세상의 전부였던 동네 골목을 누비며 어제는 패튼 장군이었다가, 오늘은 오케스트라 지휘자가 되고, 또 다음 날은 세계적으로 유명한 유도선수가 되기도 했던 날들이 어제인 양 생각났다. 그랬던 내가, 때론 눈물로 때론 환희로 크고 작은 기회들을 놓치기도 하고 부여잡기도 하면서 살아오는 동안 어느덧 무언가 절실하게 이루고 싶은 것들이 사라지는 나이에 이르렀다고 생각하니 낯설기 그지없었다.

헛헛한 마음 탓일까, 갑자기 어린 시절 꿈만 배불렀던 동네가 궁금해진다. 하지만 별달리 볼일도 없는데 어린 시절 옛 동네를 불쑥 찾아가기란 쉽지가 않다. 동물원의 노래 〈혜화동〉의 가사처럼 추억의 인물이 나를 호출하지 않는 이상 말이다.

> 오늘은 잊고 지내던 친구에게서 전화가 왔네
> 내일이면 멀리 떠나간다고
> 어릴 적 함께 뛰놀던 골목길에서 만나자하네
> 내일이면 아주 멀리 간다고

덜컹거리는 전철을 타고 찾아가는 그 길
우리는 얼마나 많은 것을 잊고 살아가는지
어릴 적 넓게만 보이던 좁은 골목길에
다정한 옛 친구 나를 반겨 달려오는데

라디오 프로그램을 진행한 뒤로는 차로 이동할 때 라디오를 듣는 습관이 생겼는데, 가끔 동물원의 〈혜화동〉이 나오면 나도 모르게 핸들을 꺾어 예전 살던 동네를 쓱 지나가보고 싶다는 생각이 든다. 여의치 못할 때는 그 생각이 시작된 시점부터 목적지에 이를 때까지 머릿속에서 예전 동네를 그려보곤 한다. 나름대로의 기억 속 옛날 동네 투어 같은 것이다.

동네 초입에는 대머리 아저씨의 오래된 철물점이 있었지. 훗날 파울로 코엘료의 소설《알레프》의 한 대목을 읽을 때도 기억 속에서 그 철물점 대머리 아저씨를 소환해 비교한 적이 있었다. 날이 밝으면 매일 똑같이 무거운 철물들을 꺼내놓고 해가 지면 또 다시 똑같은 순서로 들여다 놓기를 반복하는 아저씨의 일상이 브라질 내륙의 어느 작은 도시 대장장이의 그것과 비슷했기 때문이었다. "네 눈에는 내가 늘 똑같은 일을 하는 것처럼 보이지?"라고 책 속에서와 똑같은 질문을 나에게 했던 아저씨. '하릴없어 보이는 일상이지만 무수한 반복을 통하면 숙달된 어떤 경지에 이르게 된다'는 책 속 대장장이 아저씨의 말처럼 수려하고 현학적인 말은 없었지만 대머리 아저씨네 철물점이 아직도 그 자리에 있다면 나는《알레프》속 대장장이 아저씨의 말을 전해주고 싶다.

"밤하늘과 친해지기 위해 특별히 장비를 갖출 필요는 없다.
별을 바라볼 맑은 눈만 있으면 된다. 이제 자주 하늘을 보며
별과 가까워져야 한다. 그러다 보면 밤하늘을 올려볼 때마다
어느새 친한 친구처럼 다가오는 별자리를 보며
깜짝 놀랄 수 있을 것이다."
과거를 마주하는 것은 용기가 필요한 일이라기보다
그 자체로 위안일 수 있다는 걸 깨닫게 된다.

대머리 아저씨네 철물점을 지나면 어머니가 저녁 찬거리를 사가지고 오시던 작은 시장이 나왔다. 태어나 처음으로 내 코피를 터뜨렸던 아이는 시장 어귀에서 생선가게를 하던 집 아들 녀석이었지, 아마도. 뭘 잘했다고 녀석의 집에서 사온 생선은 먹지 않겠다고 몽니를 부려 하루인가 이틀 저녁은 굶었던 기억도 난다.

오백 원에 여섯 개가 넘게 먹을 수 있었던 설탕이 듬뿍 발린 꽈배기 도넛을 파는 가게도 있었다. 달짝지근한 그 맛에 홀려 참 많이도 침을 흘렸다. 언덕을 올라서면 작은 문방구가 있었고, 길모퉁이에는 허리가 심하게 굽은 부부가 하던 연탄가게가 있었다. 마치 길도우미(navigation)에 그려진 정확한 지도를 보듯 눈을 감아도 훤히 보이는 그때의 길, 건물, 사람들…….

그러다 문득 룸미러에 비친 나를 본다. 같은 기억을 간직한 다른 사람이 나를 바라보고 있다. 이것이 함정인가. 저 만큼의 시간에서 묻어 온 그리움이 긴 선을 긋는다.

혹자는 물을지도 모른다. 그래도 아직까지는 예전 동네 친구들과 연락도 하고, 가끔 만나 술도 한잔하는데 이다지도 예전 살던 곳이 그리우면 왜 가끔이라도 한 번씩 찾아가지 않느냐고. 그건 사실 바빠서도 아니고, 〈혜화동〉 노래 속 친구가 뜬금없이 나를 호출해주지 않아서도 아니다. 다만 내가 기억하고 있는 것과 너무 달라져 있을까 봐, 과거 나의 작은 우주였던 그곳이 한눈에 알아볼 만한 건물 하나 없이, 반갑게 나를 맞아줄 이웃 하나 없이 삭막하게 변해버린 모습을 확인하게 될까 봐 내심 두려워서이다. 너무도 생경하게 변한 그곳을 보고 나면 어쩐지 추억의 장소들이 변화에 밀려 하나둘 없어지는 동안 함께 사라져버린 내 안의 무엇과 마주하게 될 것 같아서 두려운 것이다.

그런데 막상 한번 가보면 과거를 마주하는 것은 용기가 필요한 일이라기보다 그 자체로 위안일 수 있다는 걸 깨닫게 된다. 머릿속에서 시뮬레이션으로만 해봤던 우리 동네 투어를 실제 내 눈과 발로 실행해도, 우리에게 남는 것이 오롯이 실망과 아픔뿐인 것은 아니더란 말이다. 마치 지금은 더 탁해지고 어두워진 도시의 하늘에서도 조금만 노력하면 충분히 맑은 별을 찾을 수 있다는 기상학자 스톰 던롭의 말처럼 말이다.

달이 없는 어두운 밤에 도시 불빛에서 멀리 떨어진 곳에서는 아름답게 하늘을 수놓은 별을 만날 수 있다. 쏟아질 듯이 많은 별에 깜짝 놀라 아는 별이 있어도 찾아볼 엄두가 나질 않는다. 그러나 보이는 것이 모두 진실은 아니다.

가장 깨끗한 하늘 아래에서 별을 볼 때라도 우리 눈에 보이는 별의 수는 어림잡아 2,000개 정도이다. 하지만 모든 별을 하나씩 다 익혀야 할 필요는 없다. 먼저 눈에 띄는 밝은 별을 골라 그 별들을 이어 어떤 모양을 떠올려본다. 그러고 나면 차츰 더 어두운 별도 눈에 들어온다. 먼 옛날부터 사람들은 별이 어울린 모양을 보고 이름을 붙였다. 밤하늘에는 볼거리가 많다. 우리 눈을 땅과 가까운 하늘로 옮겨보자.

밤하늘과 친해지기 위해 특별히 장비를 갖출 필요는 없다. 별을 바라볼 맑은 눈만 있으면 된다. 이제 자주 하늘을 보며 별과 가까워져야 한다. 그러다 보면 밤하늘을 올려 볼 때마다 어느새 친한 친구처럼 다가오는 별자리를 보며 깜짝 놀랄 수 있을 것이다.

용기를 내 예전 살던 동네를 찾아가 본 것은 전적으로 스톰 던롭의 이 말 때문이었다. 밤하늘에 떠 있는 2,000개가 넘는 별을 다 알 필요가 없듯이, 동네 골목골목마다 숨겨진 추억을 모두 환기할 필요는 없는 것이다. 때로는 너무 많은 추억의 환기가 현재의 나를 더욱 혼란스럽게 할 수도 있는 것 아니겠는가. 다만 던롭의 말처럼, 어린 시절의 나를 만나기 위한 맑은 눈만 가지고 있으면 되는 것이다. 소원을 들어주는 램프의 요정이 펑 하고 나타나면 0.1초도 되지 않아 소원을 천 개는 말할 수 있을 정도로 하고 싶은 것도 되고 싶은 것도 많았던 그때의 나를 만날 수 있는 마음의 눈 말이다. 추억은 묻어둬서 아름다운 것이 아니라 별처럼 자주 올려다봐야 더욱 빛나는 것일 테니.

시간을 내 옛날 살던 동네를 다녀왔다고 하니, 오랜만에 만난 늙은 친구 녀석들은 서로 자기 기억이 진짜라며 배틀을 붙을 기세다. 초등학교 친구들의 이름이란 이름은 죄다 나오고, 학교나 가게 등 지형지물의 정확한 위치를 놓고는 갑론을박이 이어진다. 이러는 동안만큼은 '내가 살아온 발자국을 뒤돌아본다는 것이 곧 어떤 후회처럼 비춰지지 않을까' 하는 두려움 따위는 없어진다. 어느 회사 부장, 누구의 남편,

어떤 아이의 아빠가 아닌 호두나무집 둘째 아들이었던 때로 돌아가 마음놓고 추억의 지도 위를 걸어보는 것이다. 이렇듯 길모퉁이에서 추억을 만나도 두렵지 않은 나이가 되었으니 혜화동으로 떠나보면 어떨까. 고개가 아프도록 별을 올려다보던 시절처럼, 핸들을 꺾어 어린 내가 살고 있는 곳으로 오랜 친구와 함께 투어를 해보는 것. 조금은 숨이 차기 시작한 우리의 인생에서 쉬어가라는 이정표는 어쩌면 이런 것이 아닐까.

소피 마르소의
귀환

거울 속에 서 있던 건 분명 아버지였다. 가끔은 무표정한 얼굴에 공허한 눈빛으로 날 노려보는 낯선 아저씨가 보이기도 한다. 어쩌다 정색하고 거울을 들여다볼라치면 그렇게 세월의 더께가 얹힌 내 모습에 흠칫 놀라곤 한다. 하지만 매일 만나는 거울 속의 내 모습에서 세월을 읽기란 쉽지 않다. 더구나 오십이 넘은 남자가 거울을 보는 일은 면도할 때나 화장실에서 스치듯 보는 게 전부다. 그러니 하루하루 세월의 무게가 과연 내 얼굴에 얼마나 쌓이고 있는지를 체크하기가 힘들다. 남자들이 자신의 노화를 확인하는 일에 무뎌질 수 있는 환경들이다.

요즘은 남녀를 막론하고 외모가 경쟁력인 시대라고는 하지만, 아직까지는 여러 면에서 외모와 노화에 관해 남자보다 여자에게 그 잣대가 더 잔혹한 것이 사실이다. 타고난 미모의 편차를 떠나 아름다움에 대한 본능적인 욕구를 지닌 여자 입장에서 노화라는 불가항력적인 난제까지 더해지면 여자들 외모 고민은 평생 참 이만저만이 아니지 싶다. 게다가 주변 남자들까지 나서 신경을 긁는다. 정작 배가 나오고 얼굴에 주름이 잔뜩 진 자신의 모습은 알아채지도 못하면서 여자들의 변화는 귀신 같이 알아보고 눈치 없는 말들을 돌직구로 던진다. 스트레스를 불러오는 그 말들이 화근이 되어 아내나 주변 여자 동료들에게 온갖 핀잔을 듣지만, 당해도 할 말 없는 경우가 대부분이다.

그런데 쓸데없이 정직하고 면밀한 우리 남자들의 노화 레이더에 특별히 어떤 여자의 부류가 걸리게 되면 상황이 좀 달라진다. 안 보던 거울까지 들여다보며 "나도 그렇게 늙었나……." 혼잣말을 하고 갑자기 서글퍼지는 것이다. 바로 지난날 우리가 사랑했던 여신, 뮤즈, 그녀들의 늙음을 확인할 때다.

취향이야 각자 다르겠지만, 홍콩 느와르에 등장하는 청순가련형 미인을 좋아했던 남자들에게 당시 최고의 여신은 임청하였다. 1994년 홍콩 재벌과 결혼하면서 연예계를 은퇴했던 그녀의 최근 사진이 인터넷에 유출됐는데, 지난 시절 임청하를 사랑했던 적지 않은 남자들을 그야말로 충격에 빠뜨리고도 남는 모습이었다. 자세히 들여다보지 않으면 이 사람이 과연 임청하인가 싶을 정도로 변해버린 모습에 차마 실망이라는 말조차 나오지 않았다. 아무리 환갑을 넘긴 나이라지만 그것은 어디까지나 세상의 나이일 뿐, 그녀를 사랑했던 뭇 남성들의 가슴 속에 그녀는 아직도 〈동방불패〉에서 긴 머리를 휘날리며 꿈처럼 미소 짓던 여신 아니던가.

신이 내린 완벽한 미모라는 찬사를 받았던 컴퓨터 미인의 원조 브룩 실즈도 그랬다. 그녀를 아직도 영화 〈블루라군〉 속 원초적인 미녀로 기억하는 이가 많다. 단 한 번도 세상의 손길이 닿지 않은 것처럼 범접하기 어려운 신비함에 둘러싸여 있던 여신. 브룩 실즈가 최고의 인기를 구가하던 당시 남자들 방을 통틀어 그녀의 사진 한 장 걸려 있지 않은 곳은 없었다고 해도 과언이 아니다. 금방이라도 살아 움직일 것만 같던 사진을 우리는 얼마나 설레며 보고 또 봤던가. 그랬던 그녀였기에 현재 거인병을 앓고 있다는 게 더 충격적으로 다가왔는지도 모른다. 호르몬 이상으로 뼈가 굵어지고 발가락이 길어지는 증세 때문에 육감적이었던 그녀의 몸매는 180센티미터의 거구가 되었으며 얼굴 골격 역시 굵고 거칠게 바뀌었다.

우리들의 뮤즈가 이처럼 늙어가고 달라지는 모습이 유난히 더 안타깝고 가슴 아프게 다가오는 것은 바로 그것이 우리에게 냉정한 세월의 바로미터로 작용하기 때문이다.

아베 코보의 소설《타인의 얼굴》에는 빛의 진정한 의미를 알고 있는 것은 전력회사도 화가도 카메라맨도 아닌 성인이 되어서 실명한 장님이라는 말이 나온다. 우리도 우리들의 뮤즈를 통해 최고의 아름다움을 맛본 뒤 실명하듯 그녀들의 빛이 사라져가는 것을 확인하고 있다. 그런데 말이다. '아, 이제 빛은 완전히 사그라지는구나.' 하고 실망할 즈음 다시금 비춰오는 한 줄기 햇살이 있었으니, 그래 우리에겐 최후의 보루, '소피 마르소'가 남아 있었던 것이다.

1980년 영화 〈라붐〉으로 데뷔한 소피 마르소는 당시 해외 여배우 트로이카로 불리던 브룩 실즈, 피비 케이츠와 더불어 그 인기가 정말이지 폭발적이었다. 브룩 실즈가 키도 크고 너무 미국적이라는 이유로, 피비 케이츠가 너무 개성이 강하다는 이유로 호불호가 갈릴 때도 소피 마르소만은 동서양의 매력을 동시에 갖추고 거의 만장일치로 남성들의 마음을 사로잡았었다.

우리의 '소피 마르소 앓이'가 본격적으로 시작된 것은 그녀의 데뷔작 〈라붐〉 때부터였지만, 소피 마르소는 데뷔작이 국내에 개봉되기도 전에 한 영화잡지를 통해 얼굴이 먼저 알려지면서 인기를 얻기 시작했다. 세월이 흘러 다른 트로이카들이 결혼과 출산을 이유로 스크린을 떠나 있을 때도 그녀는 사라지지 않았다. 작품성과 연기력은 다소 실망스러운 것이었지만, 소피 마르소는 거의 변하지 않은 모습으로 뮤즈의 자리를 지키며 우리 곁에 남아주었던 것이다.

그런 그녀가 2014년에 선보인 〈어떤 만남〉이라는 영화가 있다. 고백하건대 나는 그 영화를 통해 다시 한 번 소피 마르소와 사랑에 빠졌다. 아무것도 모르는 천진한 얼굴에 뽀송뽀송한 우윳빛 피부를 자랑하던 어린 소피 마르소가 아닌 이미 늙어가고 있지만 여전히 꿈처럼 아름다운 그녀와 말이다.

영화의 주인공은 실제 소피 마르소와도 꽤 닮아 있다. 전문직 여성으로 사회적으로 인정받고 있는 엘자는 세 아이를 기르는 동시에 무능한 전남편의 생계까지 떠맡고 있는 억척스러움도 지닌 캐릭터다. 끊어질 듯 끊어질 듯 끊어지지 않는 전남편과의 이혼소송을 지긋지긋해하면서도 여전히 사랑이 주는 위로와 따뜻함을 잊지 못하는 소녀 같은 그녀의 모습은 그 옛날 〈라붐〉 속 그녀와 크게 다르지 않다.

　단순히 소피 마르소가 늙지 않아서, 우리의 기대를 저버리고 추하게 변하지 않아서 그녀에게 다시 가슴이 뛰는 것은 아니다. 그건 아역 배우로 시작해 근 30여 년 동안 일로서 직업으로서 연기를 계속해온 그녀에게 묘한 동지애를 느끼면서 일어난 일이다. 그 세월을 통과해왔으면서도 여전히 사랑과 일탈을 꿈꾸는 사춘기 소녀의 마음을 미소로 간직하고 있는 그녀에게 생뚱맞은 고마움을 느끼는 건 나뿐일까?

　영화 후반부에 런던 출장지에서 우연히 만난 엘자와 남자 주인공 피에르가 서로를 향해 걸어가는 장면이 나온다. 영화 연출의 문외한인 내가 봐도 파격적이었던 이 장면은, 남녀 주인공의 모습을 각각 2분할로 나눠 보여주다가 나중에는 84분할로까지 나누어 환상적인 느낌을 자아냈다. 지금 내 가슴을 뛰게 하는 누군가를 만나러 가기 위해 두 방망이질치는 심장 소리가 들리는 것 같은 영상이었다. 빨간 드레스를 입은 채 점점 작은 화면으로 나뉘지며 움직이는 소피 마르소는 단지 피에르를 만나러 가는 것만이 아닌 듯했다. 그건 마치 30년 전 그녀의 사진을 책상 앞에 붙여 놓고 매일같이 바라보고 그것도 모자라 지갑에 넣어 품고 다녔던 그 당시 우리를 만나러 오는 모습처럼 느껴지기에 충분했다.

　〈어떤 만남〉 개봉 이후 한국의 한 영화 잡지와 가진 인터뷰에서 소피 마르소는, 극 중 등장하는 엘자는 남자 주인공의 환상 속에만 존재하는 인물일 수 있다는 말을 했다. 사랑스러운 아이들에 안정적인 결혼생활까지 모든 것이 완벽한 상태로 흘러가고 있지만, 그러한 현재를 지켜내기 위해서는 가끔씩 도망칠 환상이 필요하고 그것이 '엘자'라는 판타지로 드러나는 것 아니겠냐고 말이다. 소피 마르소는 정확하게 그녀 자신을 기억하는 우리의 심정을 읽어내고 있는 듯하다. 우리가 우리의 현재를 지켜내기 위해 가끔씩 갇힌 일상 속에서 잠시나마 자유로워지는 데 필요한 판타지인 엘자. 그녀가 곧 우리의 뮤즈, 세월을 비켜간 여신 소피 마르소 자신이니 말이다.

엘자를 바라보며 아름답다고 말하는 피에르에게 그녀는 이렇게 말해준다. "당신도 멋져요." 여러 겹의 메아리가 울리듯이 긴 여운을 남기던 그 음성이 마치, 1980년 청년의 얼굴로 〈라붐〉을 볼 때도 그랬던 것처럼, 나에게 하는 말인 양 느껴진다면 늙은 남자의 철없는 착각일까? 그래도 좋다. 타임캡슐 속 아이콘처럼 세월에 쓰러지지 않고 지금 더 아름다운 그녀가 우리의 중년을 향해 미소 짓고 있으니 말이다.

내 사랑 심수봉

'개취', 어감만으로는 짓궂은 욕이거니 했다. 학생들과 대화하다가 언뜻 들은 듯도 해서 대충 짐작하고 넘어갔는데, 영 맥락이 닿지 않는 곳에서 젊은 친구들이 하도 '개취'라는 말을 자주 쓰기에 결국 물어봤다. 욕이 아니었다. '개인의 취향'을 줄인 말이었다. 유행하는 것은 이것인데 특별히 다른 것을 선호할 때 딱히 설명할 말이 없으면 이 '개취'라는 말을 자주 사용한다는 것이다. 획일화를 부정하고, 설령 좀 튄다고 해도 자신이 원하는 것을 부정하지 않겠다는 의지가 강한 요즘 세대들이 많이 쓸 수밖에 없는 단어겠다 싶다.

그러고 보면 우리가 그들의 나이일 때는 유난히 함께 좋아하던 무언가가 많았다. 그렇다고 획일화된 유행에 휩쓸려 똑같은 것을 입고, 보고, 즐겼다는 게 아니다. 오히려 하나의 유행이 오래 지속되면서도 그 속에서 다양한 선택지가 있었던, 나름 풍요로운 문화의 시대를 향유했다. 그렇다고 자부한다.

팝을 좋아하는 사람들은 각각 장르를 나눠 통기타를 치거나 헤비메탈을 듣거나 로큰롤(rock'n'roll)에 빠졌고, 이런 영향을 받아 색깔이 다른 다양한 밴드들이 속속 등장했다. 밴드 형식의 그룹사운드가 대세이긴 했어도 곳곳에서 추구하는 음악의 방향도 색깔도 다른 많은 가수들이 당시 우리 대중문화를 풍부하게 해주었다. 1980년에 데뷔해 대한민국 대학가에 록(rock)의 정서를 심어준 송골매, 1985년에 등장한 한국의 비틀스 들국화, 감성 보컬로 비장함 속의 슬픔을 노래했던 부활 등 지금까지 전설로 남아 사랑받는 많은 밴드의 음악들이 우리의 젊음과 함께했다. 그랬다. 시대의 억압에도 불구하고 우리는 우리가 만들어낼 수 있는 최대의 문화적 환경을 탄생시켰고 함께 즐겼다.

그 시절 20대를 지나오면서 기타 한번 손에 안 잡아본 남자가 있었을까. 엠티든 야유회든 여행이든 삼삼오오 모여 어디라도 갈라치면 음악이 빠질 수 없었고, 기타 코드 몇 개 외워 서너 곡 연주하는 녀석들은 얼굴 생김과 상관없이 여자들에게 후한 점수를 받았다. 턴테이블이 흔치 않던 시절, 좋아하는 음악을 듣기 위해 음악다방으로 모여들었고, 비좁고 불편한 자리 따위 아랑곳없이 다정하고 소박했던 소극장 공연에 환호했다.

하지만 뭐니 뭐니 해도 당시 대학가 문화에 그야말로 충격을 몰고 온 돌풍의 주인공은 단연, 그 이름도 아름다운 '심수봉'이었다. 사실 그 시절은 심수봉이 데뷔한 이후 최고의 인기를 구가하다 비운의 정치적 사건에 휘말림으로써 방송출연이 금지되었다가 다시 복귀한 후였다.

그러니까 1984년에 발표된 〈남자는 배 여자는 항구〉가 어찌 보면 우리에게는 그녀를 제대로 접한 첫 노래인 셈이다.

당시 우리를 통과했던 시절은 시대의 벌건 환부를 그대로 드러내고 있던 때였다. 젊은이라면 누구나 시대의 부조리함을 이야기해야 했고, 우리는 공안의 단속보다도 엄격한 자기 검열을 통해 감성을 누르고 있어야 했다. 그랬던 우리에게 심수봉은 덤덤하게 또 간드러지게 남녀의 사랑을 노래했다. 거창한 이데올로기나 고귀한 메시지가 아니라 어젯밤 나를 잠 못 이루게 했던 사랑에 대해 지금 당장 말할 수 있도록, 심수봉은 우리 마음의 빗장을 풀어주었다.

> 열여섯에 처음 날 울리던 노래
> 그땐 난 사실 좀 조숙했지만
> 온통 세상이 그 목소리처럼 참 묘한 느낌의
> 뭔가 있다는 것을 깨달았지.
> 하루에도 몇 번은 그 속에 빠져
> 마치 내 얘긴 듯 심각했지만
> 왠지 내 인생 그 언제부턴가
> 난 그녀 노래와 인연이 있다는 것을 깨달았지.
> 참 삶이란 어쩐지 삶이란 단순하진 않아.
> 참 사랑도 여전히 사랑도 쉽지 않아.
> 이제는 정도 그 흔한 사랑도 다 버릴 것 같지만
> 마지막처럼 불러보았던 언제나 그 노래

많은 사람들이 심수봉의 노래는 여자의 정서를 대변하는 거라고들 한다. 화자가 여자이니 그렇게 생각할 수도 있다. 하지만 '그 목소리로 사랑을 노래하는 여자'를 더 유심히 귀 기울여 들었던 건 역시 남자들이었다. 2002년 이문세가 〈내 사랑 심수봉〉이라는 노래를 발표했을 때, 그녀에게 바치는 그 헌시에 내 또래 숱한 남자들은 마음으로 열렬한 박수와 동조를 보냈다. 사랑이 신앙이요, 연인이 메시아인 그녀의 맹목적인 노래는 단순히 감정에만 매몰될 수 없었던 우리의 청춘을 위로해주었기 때문이다. 그 청춘들이 가난과 싸워 이긴 세월을 건너와 샴페인을 터뜨린 이후에 느닷없이 맞닥뜨린 IMF 위기 때에도 그녀는 여전히 사랑을 노래하며 〈백만 송이 장미〉를 발표했다. 당장 코앞에 닥친 경제 위기를 극복하기에 바빴던 때였음에도 그녀의 앨범은 20만 장이라는 경이로운 판매고를 기록했다. 시대가 우울해도, 경제가 어려워져도 사랑을 노래하는 것을 잊지 말아야 한다고, 변하지 않는 음색으로 그녀는 꾸준히 얘기하고 있다.

어쩌다 노래를 부르는 장소에 가면 빠지지 않고 등장하는 게 바로 그녀의 노래다. 유난히 반가운 마음으로, 모두가 아는 노래여서, 겉으로 혹은 속으로 크게 또는 나지막이 심수봉의 노래를 부르며 역설적이게도 우리는 거칠고 폭력적이었던 시대를 이해하고, 분노로 아팠던 시절과 화해하고, 파편처럼 패잔병처럼 남겨진 현재를 다독이며 스스로를 껴안게 되는 것이다. '내 사랑 심수봉'의 노래는 그렇게 우리에게 여전히 위로다. 사랑에 지쳐도 다시 노래할 것은 사랑뿐이라는 심수봉의 고백은 그래서 지금도 끝나지 않는다.

가난한 시절이었지만 감성만은 부족하지 않았던 그 시절의 그때 그 사람. 노래방에 가면 굳이 몇 키씩 낮춰서라도 한곡 부르고야 말았던 '내 사랑 심수봉'의 노래, 당신에겐 무엇인지 궁금해진다.

네가
유재하 친구라도 되냐?

아마도 오십 즈음부터였을 것이다. 앞자리 숫자가 바뀌는 나름 기념비적인 생일을 맞았는데도 아무도 나에게 '나이 소감'을 물어보지 않는다는 걸 문득 깨달았던 때가. 스무 살이 됐을 때나 서른을 맞았을 때 아니 마흔까지만 해도 십 년 주기로 나이의 앞 숫자가 바뀌면 소감 정도는 물어봐줬던 것 같은데 "이제 오십이 되니, 기분이 어때?"라고는 묻지 않았다. 어느덧 나이 들어간다는 게 너무나 당연하고 자연스러운 때가 된 것이다.

어떤 때 나이가 든 것을 절감하느냐는 질문은 늘어났다. 내게 그건 어느 순간 부쩍 문상(問喪) 다닐 일이 많아진 것을 느꼈을 때였다. 심지어는 조문 갈 일이 하도 많아서 아예 검은 재킷과 검은 넥타이를 차에 구비해놓고 다녀야 했을 때, 나는 내가 어른이 되고 나이를 먹었다는 걸 절감했었다. 아마도 그건 젊은 날 영문도 모르고 맞이한 친구의 죽음 앞에서 눈물도 흘리지 못한 채 우왕좌왕했던 모습과 지금의 모습이 극명히 비교되었기 때문인지도 모른다. 나이가 든다는 건 그렇게 죽음과 가까워지는 것이다. 그래서 타인이 겪는 누군가의 죽음을 어떻게 대처해야 하는지 알게 되는 것이다. 죽음도 이렇게 익숙해질 수 있다는 것을 그때도 알았더라면 아직 서슬이 퍼렇던 젊은 날의 우리가 흘린 눈물은 조금 덜 아팠을까?

가끔 선문답을 던져본다. 늙지도 않고 변하지도 않고 한 지점에 머물며 '영원'을 누리는 것들이 과연 있을까. 기억 저 밑바닥에서 끄덕인다, 여기 있지 않느냐고. 지금 여기서 우리와 현재를 함께하지 못하고 과거에만 영원히 머물러 있는 사람. 우리가 서른이 되고 마흔이 되고 아빠와 아저씨가 되어갈 동안 영원히 젊은 모습으로 사진 속에 남아 있는 너무 일찍 우리 곁을 떠난 친구…….

세월이 지나면서 사는 것에 바빠 예전에 떠나버린 친구의 기억을 꺼내 곱씹을 여유도 없어졌지만, 희미하게 흔적이 남은 자리를 정확하게 건드려 아픈 곳이 더 아파지는 지점이 있다. 이를 테면 11월 1일 같은 날이다. 이 날이 되면 어김없이 각종 매체에서 고(故) 유재하의 노래가 흘러나온다. 시인 같은 얼굴로 시처럼 노래하다가 너무 빨리 우리 곁을 떠난 유재하. 마치 노래할 시간은 앞으로도 영원하다는 듯 덤덤히 노래하던 그의 죽음과 함께 매년 돌아오는 11월 1일은 어쩔 수 없이 우리의 기억을 불러낸다.

내일 만나자라는 인사를 남기고 깨어나지 않았던 녀석, 병마가 삼켜버리기엔 너무 반짝였던 젊음들. 이상하게도 일찍 떠난 녀석들의 얼굴은 참 한결같다. 그렇지 않은가? 아무리 죽기에 적당한 나이란 없다고 하지만 유난히 선이 곱고, 웃음이 많았던 그들의 죽음은 여전히 우리에게는 원치 않는 '영원'이다.

그래서인지 유재하뿐만 아니라 김현식, 김광석 같이 일찍 세상을 떠난 아티스트들은 마치 그 시절 떠나보낸 친구처럼 늘 애잔하다. 공교롭게도 함께 음악인생을 공유했던 유재하와 김현식 두 사람은 1987년 그리고 1990년 11월 1일, 같은 날에 세상을 떠났다. 그리고 김광석은 유난히도 춥던 1996년 1월 6일 생을 마감했다.

가을과 겨울, 그렇지 않아도 쓸쓸함이 내려앉는 계절에 흘러나오는 이들의 노래를 들으면 어떤 날은 가슴이 턱 하고 아래로 꺼지는 날도 있다. 이제야 이해하게 된 노래 가사의 의미를 곱씹으며 발매되던 당시의 추억을 되짚다 보면 어김없이 그렇게 된다. 나이 먹어가는 우리를 바라보며 언제나 청년인 채로 남아 있는 세상을 떠난 아티스트는 비슷한 나이에 세상을 등진 친구들의 모습과 오버랩되며 가끔씩 우리의 마음을 저 아래로 잡아끄는 것이다.

> 나의 모든 사랑이 떠나가는 날이
> 당신의 그 웃음 뒤에서 함께 하는데
> 철이 없는 욕심에 그 많은 이 미련에
> 당신이 있는 건 아닌지 아니겠지요
> _김현식, 〈내 사랑 내 곁에〉

이리로 가나 저리로 갈까 아득하기만 한데

이끌려가듯 떠나는 이는 제 갈 길을 찾았나

손을 흔들며 떠나보낸 뒤 외로움만이 나를 감쌀 때

그대여 힘이 되주오, 나에게 주어진 길 찾을 수 있도록

그대여 길을 터주오, 가리워진 나의 길

_유재하, 〈가리워진 길〉

아무것도 가진 것 없는 이에게 시와 노래는 애달픈 양식

아무도 뵈지 않는 암흑 속에서 조금한 읊조림은 커다란 빛

나의 노래는 나의 힘 나의 노래는 나의 삶

_김광석, 〈나의 노래〉

　뭐 하나 뺄 게 없어 선택하기 어려운 게 그들의 노래다. 한 곡만 선택해 그중 한 구절만 골라내어 적는 일은 그래서 갈등의 연속이다. 이미 내 안에 녹아들어 저릿한 슬픔이 되고 애틋한 설렘이 되고 때론 삶의 힘이 되어준 노래들, 주옥같다는 말이 부족한 그들의 노래들. 그런데 이 모든 감정들을 통틀어 감수성이라고 한다면 이 감수성에도 자격이나 나이나 성별의 제한이 있는 걸까? 어쩌다 한 번씩 그들의 노래를 들으며 먼 산을 바라보거나 소주 한잔할라치면 기어이 귀에 꽂히는 핀잔이 한 마디씩은 날아온다.

　"네가 무슨 유재하 친구라도 되냐?"

　이런 면박의 주체는 아내일 때도 있고, 머리 굵어진 아이들일 때도

있고, 심지어 또래 친구이거나 직장 동료일 때도 있다. 난데없이 감상에 빠지는 우리의 모습이 생소해서 툭 내뱉은 말일 테지만, 일상의 브레이크처럼 추억 앞에 멈춰서는 우리 남자들에게 감수성의 잣대는 가끔 너무 가혹하다. 누구에게나 죽음은, 희미해질 수는 있어도 완전히 사라질 수는 없는 기억이다. 남자라고 해서, 더 이상 나이 소감이 궁금하지 않은 중년 남자라고 해서, 요절한 아티스트가 몰고 오는 죽은 친구에 대한 기억에 무뎌질 수는 없는 법이다. 아릿한 상처로 남은 청춘에 낮은 한숨이 나오지 않을 수는 없는 법이다.

예술작품 속으로 들어가봐도 죽음으로 인한 슬픔의 애도 기간은 남자들에게도 역시 가혹한 고통임을 알 수 있다. 영국의 작가 줄리언 반스의 소설《플로베르의 앵무새》에 이런 대목이 나온다.

사별에 영광이란 없다. 애도란 시간문제일 뿐이다. 일정 기간뿐이다.
부바르와 페퀴셰는 그들의 〈전재(轉載)〉에 '죽은 친구들을 잊는 방법'에 대한 조언을 기록하고 있는데, (살레르노학파의) 트로툴라스는 속을 채워 넣은 암퇘지의 심장을 먹을 것을 추천한다. 나도 언젠가는 이 치료법에 의지해야 할 것이다. 나는 술도 마셔보았다. 그러나 그것이 무슨 소용이 있나? 음주는 당신을 취하게 한다. 음주가 할 수 있는 일은 고작 그것뿐이다. 지금까지 쭉 그래 왔다.

구스타브 말러의 연가곡으로 잘 알려진 〈죽은 아이를 그리는 노래〉는 독일의 시인이자 철학자였던 프리드리히 뤼케르트의 시에 곡을 붙인 것이다. 1833년 자녀들 중 막내와 그 바로 위의 아이를 보름 차이로 성홍열에게 빼앗긴 뤼케르트는 아이들이 떠난 후 6개월 동안 425편의 시를 써서 슬픔을 달랬다. 물론 친구와 자식을 떠나보낸 슬픔은 그 종류와 크기 자체가 다르겠지만, 남자들이 모든 아픔과 고통에 의연한 모습을 보일 것이라는 공통적인 기대는 지극히 사회적인 강요이며 다분히 폭력적인 것이라는 걸 말하고 싶다.

유재하나 김현식, 김광석의 친구는 아니지만 찬바람이 선득한 어느 날, 요절한 아티스트들처럼 젊음을 간직한 채 마치 타임리스 카메라가 작동되다가 청춘이라는 지점에서 멈춰버린 것처럼 절대로 노인의 얼굴을 가질 수 없는 친구 녀석들을 기억해 조금 슬퍼진다면, 나를 그대로 내버려두면 좋겠다. 난데없이 왜 감상에 빠져 안 어울리는 짓을 하냐는 말도, 친구도 아니면서 왜 '재하', '현식이 형', '광석이'라고 부르며 청승을 떠느냐는 말도, 잘 부르지도 못하면서 왜 자꾸 같은 노래를 불러대느냐는 핀잔도 하지 말고 말이다. '젊음의 방황과 늙지 않는 영원' 속에 갇힌 그들을 마냥 부러워할 수도 없이 아저씨가 된 우리가, 죽은 친구를 향해 던지는 인사는 촌스럽게도 이런 방법뿐이니 어쩌겠는가.

엄마는 그래도 되는 줄
알았습니다

어머니는 시집(詩集)을 좋아하신다. 그래서 가끔 집에 갈 때면 어머니 생각에 시집을 챙겨가곤 한다. 현학적인 내용보다는 비교적 쉬운 시집을 찾아서 사드리곤 했는데, 그것도 여러 해 반복되니 마땅한 시집을 찾는 일도 꽤 어렵게 되었다. 몇 해 전, 생신 즈음해서 이번에는 어떤 시집을 들고 가나 고민을 하고 있는데 어머니께 전화가 왔다.

"일본에서 백 살이 넘은 할머니가 시집을 냈다는데, 그게 한국에도 번역되어 나와 있냐?"

알아보고 구해줄 수 있으면 이번에 올 때 가져다 달라는 부탁이셨다. 좀처럼 부탁을 하지 않는 어머니의 말씀이기도 했거니와 백 살 할머니의 시집이라는 게 궁금해서 급하게 인터넷으로 검색을 했다. 그는 시바타 도요라는 시인으로 98세라는 나이에 첫 시집을 출간한 분이었다. 자신의 장례비로 모아둔 100만 엔을 첫 시집인 《약해지지 마》를 출간하는 데 쏠 정도로 시를 향한 열망이 컸다. 2009년 백 살을 바라보는 할머니가 낸 시집은 일본에서도 반향이 컸고, 2010년에는 우리나라에서도 출간되었다.

> 있잖아, 불행하다고 한숨짓지 마
> 햇살과 산들바람은
> 한쪽 편만 들지 않아
> 꿈은
> 평등하게 꿀 수 있는 거야
> 나도 괴로운 일
> 많았지만
> 살아 있어 좋았어
> 너도 약해지지 마
> _시바타 도요, 〈약해지지 마〉

어머니에게 가는 길에 읽은 이 짧은 시가 늙은 아들의 마음에 사무치게 젖어들었다. 〈약해지지 마〉라는 제목의 시는 약해지지 않기 위해 안간힘을 쓰며 살아온 어머니의 삶을 행간에 녹여낸다. 그 세월을 거쳐 지금의 어머니가 얼마나 약해져 있으며, 슬프게도 이제는 더 약해질 일만 남았다는 사실을 인정하는 하나의 진단서 같던 시. 어머니에게 닿기까지 내내 마음이 무거웠던 기억이 난다.

아들에게, 어머니 앞에서 나이 들어가는 늙은 아들에게 어머니는 빈 나무 밑동이다. 내가 골수를 다 빨아먹어서 더 이상 몸을 지탱하기도 어렵고, 영양분 하나 없이 가죽만 남은 빈 나무 밑동……. 어느 자식인들 그렇지 않으랴만, 이제는 좀 편히 모시고 싶은데 사정이 여의치 못하니 매번 마른 나무껍질 같은 손을 놓고 돌아서야 하는 아들에게 어머니는 끝내 챙기지 못한 책임감 같은 것이다.

H는 어머니 장례를 치르고 황지우의 시집《어느 날 나는 흐린 주점에 앉아 있을 거다》를 읽으며 마음을 달랜다고 했다. 시집을 좋아하는 어머니를 가진 아들로서, 그도 비슷한 사연이 있어 이 시집을 좋아하는 줄로만 알았기에 넌지시 물었다가 그만 코끝이 시큰해지고 말았다. H의 어머니는 시는커녕 글도 잘 읽지 못하는 옛날 분이시라고 했다. 그럼 왜 어머니가 돌아가신 후에 어머니가 보고 싶을 때마다 그 시집을 보느냐고 했더니, 대뜸 하는 말이 이거다.

"울 수가 없어서."

그렇다. 아들은, 자식이 다 자란 것을 보고 떠나셨든 아직 철없을 때 우리 곁을 떠나셨든, 어머니에게 우는 모습을 보여주고 싶지 않은 것이다. 남자로서 우뚝 서서 이 풍진 세상을 씩씩하게 살아가기를 누구보다 바랄 어머니인 걸 알고 있기 때문이다.

H는 시집을 만지작거리며 얘기를 풀어놓았다. 장례를 치르고 집에 돌아와 황망히 어머니의 짐을 정리하는데 냉장고 저 깊숙한 곳에 호일에 똘똘 말린 돌멩이 같은 것이 있었다. 뭔가 싶어 풀어보니, 언젠가 여유가 좀 생겨 어머니께 해드렸던 금붙이 몇 개가 곱게 쌓여 그대로

있잖아, 불행하다고 한숨짓지 마

햇살과 산들바람은

한쪽 편만 들지 않아

꿈은

평등하게 꿀 수 있는 거야

나도 괴로운 일

많았지만

살아 있어 좋았어

너도 약해지지 마

있더란다. 아들이 해준 패물이 하도 귀해 몸에 지니지도 않으시고, 혹여나 도둑이라도 들어 훔쳐 갈까 봐 패물이 아닌 것처럼 호일에 싸서 냉장고에 보관하셨던 어머니……

H는 냉장고 문도 못 닫고 그 자리에 주저앉아 엉엉 울어버렸다. 그러기를 한참, 어린 시절에 눈물을 보이면 사내자식이 어디서 눈물 바람이냐며 마르고 거친 손으로 슥슥 얼굴을 문질러주셨던 어머니 모습이 생각나 그제야 울음을 멈추고 밖으로 나왔다고 한다.

장례 동안에는 상주노릇에 이것저것 법적인 문제 처리하느라 슬픔을 느낄 겨를도 없었는데, 다 끝나고 나니 그제서야 어머니 삶의 파편들이 보이더란다. 여자로서의 어머니는 자신이 알 수도 이해할 수도 없는 고된 삶을 살았더란다. 다른 성(性)으로서의 아들은 정말이지 어머니에게 육체적으로 정신적으로 강탈만 했지, 아무것도 채워드린 것이 없다는 깨달음에 무릎이 꺾이더란다.

살아생전 딸처럼 자주 안부를 묻고 살가운 대화를 나누는 것도 아니어서 어머니가 정말 원하는 것이 무엇이었는지, 아들은 알지 못했다. 돌아가시고 난 후에야 생각해보니 어쩌면 어머니는 몸에 지니지도 않을 패물보다는 아들과 함께하는 '시간'을 더 원하셨을지도 모른다는 생각이 들었다. 예전처럼 그저 하룻밤 어머니 곁에서 자고 일어나 다음 날 아침 어머니가 해주는 따뜻한 밥을 먹고 나서는 아들의 뒷모습을 한 번 더 보고 싶으셨을지도 모르겠다는 생각이 들었다. 왜 더 자주 안부를 묻지 못했던가, 어머니가 가장 듣고 싶어 하는 아들의 얼굴과 목소리로 나는 왜 더 자주 어머니의 안녕을 확인하지 않았던가……

이 상쇄될 길 없는 후회를 아들은, 똑같이 어머니를 잃은 슬픔을 노래한 시인의 시로 위로받고 있었다.

아침에 일어나면 먼저, 어머님 문부터 열어본다.
어렸을 적에도 눈뜨자마자
엄니 코에 귀를 대보고 안도하곤 했었지만,
살았는지 죽었는지 아침마다 살며시 열어보는 문
이 조마조마한 문지방에서
사랑은 도대체 어디까지 필사적인가?
당신은 똥싼 옷을 서랍장에 숨겨놓고
자신에게서 아직 떠나지 않고 있는
생을 부끄러워하고 계셨다.
나를 이 세상에 밀어놓은 당신의 밑을
샤워기로 뿌려 씻긴 다음
흐트러진 머리카락을 빗겨드리니까
웬 꼬마 계집아이가 콧물 흘리며
얌전하게 보료 위에 앉아 계신다.
그 가벼움에 대해선 우리 말하지 말자.
_황지우, 〈안부 1〉

나이가 들면서 부모가 애틋하지 않은 자식이 어디 있겠는가마는, 늙어가는 어머니를 바라보는 아들의 시선은 또 다른 것이다. 반대로 아들을 생각하는 어머니의 마음 역시 남다른 것 아니겠는가. 아버지가 계시면 계시는 대로, 안 계시면 또 안 계시는 대로 어머니에게 아들의 존재는 자식 이상이다.

어쩌면 그 의미를 너무도 잘 알기에 아들은 어머니에게 더 무조건적인 그늘이 되어줄 수 없었던 것인지도 모른다. 결혼을 통해 내가 만든 새로운 가족과 어머니가 남아 있는 내 원래 가족 간의 조화로운 균형을 이루는 것이 남자들에겐 쉬운 일이 아니다. 나는 그다지 잘난 사람이 아닌데도 아들이 매우 대단한 사람인 양 여기시는 어머니의 아이 같은 믿음이 아들에겐 부담이었을 수도 있다. 그래서 짐짓 모른 체하며 지내는 동안 어머니의 무덤덤하게 보이는 껍질 안에는, 무작정 웅크리고 앉아 아들의 연락을 기다리는 여인이, 상처 받기 쉬운 여린 마음을 간직한 소녀가 오래도록 살고 있었는지도 모른다.

하루는 오랜만에 부모님 댁에 들러 오후를 보내는데 어머니 친구에게서 전화가 왔다. 근처 시장에 마실이라도 나가자는 통화 내용인 것 같은데 어머니 대답에 순간 멍해졌던 기억이 난다.

"집에 우리 아이가 와 있어서 오늘은 못 나갈 것 같우."

우리 아이, 내가 아이였다. 어머니에게 나는 아직도 집에 혼자 두면 안 되는 아이, 자신의 아이였던 것이다. 그 멈춰버린 시간 앞에서 잠시 시야가 흐려질 뻔해 고개를 내쳐 흔들었던 기억이 난다. 아무리 흰머리가 희끗해도 어머니에게 아들은 여전히 아이이듯이, 아들에게도 어머니는 눈물을 보여서는 안 될 내가 지켜야 할 또 다른 여자였기 때문이다.

"잘 지내고 있나요?"

"나는 잘 지내고 있습니다."

영화 〈러브레터〉의 이 장면을 보며 울먹했던 가슴을 기억한다. 이 간단한 안부를 전화로도 나눌 수 없는 불행한 날이 오기 전에 무뚝뚝하고 데면데면한 아들인 우리부터 좀 변해야겠다. 우리에게만은 더 이상 필사적일 수 없을 만큼 필사적이었던 어머니의 사랑을 개미 눈물만큼이라도 되갚을 기회가 아직 우리에게 남아 있다면 말이다.

긴수염고래과에 속하는 혹등고래를 아는가? 혹등고래는 포경선의 습격을 받으면 외양(外洋으)로 도망가기 시작해서 점점 유인하듯 방향을 바꿔 다른 바다로 도망을 치는 기술을 알 정도로 머리가 좋은 동물이다. 그런데 이 똑똑한 혹등고래도 어머니가 되면 무식할 정도의 희생을 치른다. 주로 극지방에서 서식하는 혹등고래가 새끼를 낳는 곳은 열대의 바다. 천적이 없는 곳을 택해 이곳까지 와서 새끼를 낳는 것이다. 그러나 그곳은 천적만 없는 것이 아니라 먹이도 없는 곳이어서 어미 혹등고래는 근 반년 동안 굶으면서 제 몸의 젖으로 새끼를 키운다. 그리고는 새끼와 함께 극지방으로 돌아와 하루 2~3톤의 작은 새우들을 먹어 치우는 것이다.

어머니의 노년은 아마도 혹등고래가 긴 굶주림 속에서 새끼를 길러낸 후에 극지방에서 맞은 그 세월이 아닐까 생각해본다. 더는 새끼를 기를 때처럼 배고프고 몸이 고되지는 않지만 매일 2~3톤씩 먹어야 허기가 채워지는 극지방 혹등고래처럼, 어머니도 매달 아들이 꼬박꼬박 계좌 이체하는 용돈으로 일상 생활은 덜 고되지만 여전히 우리를 향한 허기는 채워지지 않는 것 아니었을까? 아무것도 먹지 못한 불쌍한 어미에게 달려들어 빈 젖을 빨던 이기심이 아니라, 이제는 빈 나무 밑동을 보듬는 마음으로 어머니에게 찾아가 그 메마른 피부를 만져볼 일이다.

3장

그리고
삶은 계속된다

내가 웃는 게 웃는 게
아니야

　뉴스에서 '슈퍼 루키 등장', '무서운 루키의 질주' 같은 제목을 보다 보면 루키라는 단어 자체에 신선한 힘이 배어 있는 것처럼 느껴질 때가 있다. 여러 방면에서 자주 쓰는 '루키(rookie)'의 어원이 궁금해 찾아본 적이 있다. 서양 장기인 체스에서 차(車) 역할을 하는 루크(rook)에서 유래된 말이라고 한다. 빠르게 직접적인 타격을 가할 수 있는 루크의 힘이 단어에서도 느껴졌나 보다.

　돌이켜보면 우리도 한때 어디선가, 누군가의 루키였다. 기민하게 모든 상황에 촉각을 곤두세우고, 때로는 목표를 향해 맹수처럼 달려들 줄 알았던 루키 시절이 마음속에 전설로 남아 있다. 특히나 신입사원이었을 때, 사무실에서 가장 젊은 남자이자 무언가를 새롭게 시작하는 젊음의 상징으로 인식되던 때, 그 싱싱한 이미지가 내뿜는 페로몬에 보는 사람들까지도 생동감을 느끼곤 했다.

하지만 야속한 것은 언제나 세월 아니던가. 한때 루키였던 우리도 세월을 피해갈 수는 없는 법. 루키가 더 이상 루키가 아니게 될 즈음, 새로운 루키가 들어온다. 이제 모든 면에서 자신보다 뛰어난 루키를 바라보며 우리는 한 명의 평범한 남자로 남게 된다. 생기를 뿜어내는 젊은 루키를 넋을 놓고 바라보다 보면 문득 질투의 불길에 휩싸여 거친 숨소리를 내뿜는 나를 발견하게 된다. 현실을 인정하는 지킬 박사와 나를 제치고 달려가는 젊음에 경쟁심으로 부르르 떠는 하이드씨가 공존하고 있는 것이다. 그것은 새로운 강자의 등장에 점점 힘을 잃어가던 수사자가 괜스레 갈기를 한번 일으키며 요란한 추임새를 넣는 모습과 어쩜 그렇게 일치하는지.

그런데 이 장면에서 기시감이 확 느껴진다. 어디서 많이 보던 장면이다. 신(新)루키의 등장 후 구(舊)루키가 벌이는 이 너스레 같은 발악은 슬프게도 역사의 한 페이지처럼 반복되고 있다. 20대 그야말로 펄펄 날던 시절, 우리의 아이디어를 묵살하고 사사건건 어깃장만 놓던 꼴통 상사들의 모습, 그 일부를 바로 내가 답습하며 늙은 수사자의 으르렁을 재현하고 있는 것이다.

점입가경은 후배가 나보다 빨리 승진한 때 드러난다. 新루키는 젊은 감각으로 늘 나보다 먼저 번뜩이는 아이디어를 내놓는다. 체력까지 받쳐줘 밤낮을 안 가리고 일한다. 결국 나보다 먼저 내가 앉고 싶은, 내가 앉아야 할 자리를 꿰찬다. 그 모습을 두 눈 뜨고 지켜봐야 할 때의 심정을 아는가. 승자의 미소보다는 패자의 억지 미소에 더 관심이 많은 사람들로부터 마지막 자존심을 지켜야 할 때의 고통을 아는가. 안간힘을 쓰며 사방팔방으로 솟아오르는 갈기를 부여잡고 짜증 섞인 포효를 참아보려 해도 늙어가는 수사자의 콧김은 쉬이 잦아들지 않는다.

게다가 사람들은 이 순간을 놓치지 않는다. 지금 나에게는 없는 젊음과 능력으로 윤기가 반질반질한 멋진 갈기를 뽐내며 세렝게티 초원 한가운데 당당하게 서 있는 젊은 수사자, 그를 보며 힘이 빠지고 질투가 나고 서글퍼지는 것도 어찌 보면 순리일 텐데, 그 자연의 순리도 남자들에게는 유난히 야박하게 적용된다. 더 이상 이 구역에서 루키가 아닌 남자들이 푸념 섞인 한탄 한마디 할라치면 어김없이 여기저기서 공격이 들어오는 것이다.

"젊은 강자가 새롭게 힘을 가지는 것이야 당연한 건데, 그게 왜 슬퍼? 약육강식의 세계에서 새로운 승자가 싱싱한 승리를 거둬 올리면 박수치며 축하해줘야 하는 것이 먼저 루키를 거쳐 간 선배의 도리 아니야?"

구구절절 옳은 말이다. 문제는 이 승자가 그저 나를 앞질러 간 데서 일이 끝나지 않는다는 데 있다. 한번 따져볼 일이다. 새로운 강자가 갖는 갖가지 혜택과 태도의 변화를 알고 난 후에도 우리 늙은 사자들이 온몸으로 축하하며 진심으로 물개박수를 쳐주는 것이 정말 당연하고 쉬운 일인지.

한 회사에 선배와 후배가 있다고 치자. 가을 정기 인사에서 차장인 나와 과장인 후배가 나란히 인사 발령을 받았는데 나는 부서 이동만 되고, 과장이었던 후배는 핵심 부서의 차장으로 승진했다.(여기서 후배가 연관성이 짙은 대학 후배나 고교 후배일 경우에 더욱 치욕적이다.) 여기서 나는 직장성 지진아(遲進兒)가 아니다. 시쳇말로 못난 놈이 아니라는 말이다. 남들보다 빠르지도 늦지도 않게 평균 속도로 달려온 나에 비해 후배가 전례 없이 초스피드로 승진을 해 지금 내가 와 있는 고지까지 단숨에 따라온 것이란 말이다. 후배는 이번 초고속 차장 승진으로 단지 2호봉이 오른 나와 동일한 연봉을 받는 동시에 비공식적으로는 내년 연봉 계약에서 나보다 매우 유리한 위치를 선점할 것이 자명하다. 그는 회사에 새로운 라인으로 급부상하고, 나는 악몽 아닌 악몽을 꾼다. 아직 한직으로 밀려난 것도 아닌데 후배에게 밀렸다는 이유만으로 그동안 추풍낙엽처럼 떨어져 나간 선배들의 쓸쓸한 뒷모습이 자주 꿈에 나타나 괴로운 것이다.

그뿐인가. 초원의 왕좌는 내주었지만, 늙은 사자 역시 계속 사냥을 해야 하기에 다시 다리에 힘을 주고 일어서야 한다. 그렇게 분연히 떨치고 일어난 우리의 무릎이 다시 훅 꺾이는 것이 있으니 승진 후 달라진 후배, 새로운 루키의 태도이다. 매번 만나면 깍듯하게 인사를 건넸던 후배는 (물론 나를 못 봤겠지만, 바빠서 그랬겠지만) 자꾸만 인사를 걸러먹는다. '나도 새로운 성과를 내서 핵심 부서로 옮겨가야지!' 주먹을 꽉 쥐어본다. 하지만 인사 없이 나를 지나쳐간 후배의 옆얼굴이 내내 잔상으로 남는다, 속 좁게도 말이다.

속 시원히 말할 수도 없다. 대부분의 남자들이 이런 유사한 상황을 겪고도 겉으로는 대인배처럼 허허 웃으며 지나간다. 그렇게 웃어 보이기라도 하지 않으면, 사흘 굶은 홀쭉한 배로 초원에 서 있는 내 모습이 더 초라할 것 같아서 괜히 더 크게 갈기를 흔들어대며 웃는다. 그렇게

돌이켜보면 우리도 한때 어디선가, 누군가의 루키였다.

기민하게 모든 상황에 촉각을 곤두세우고,

때로는 목표를 향해 맹수처럼 달려들 줄 알았던

루키 시절이 마음속에 전설로 남아 있다.

한바탕 헛헛하게 웃고 돌아서면 갑자기 울컥한다. 가뜩이나 속이 말이 아닌데, 이런 통 큰 모습까지 요구하는 건 참 너무하다는 생각이 드는 것이다. 내가 웃는 게 웃는 게 아니잖은가. 나도 저 속도로 먹이를 잡던 시절이 있었는데, 나의 루키 시절은 누가 기억해주고 있을까 싶은 생각에 눈자위가 뜨거워진다.

그런데 아무리 생각해도 동의할 수 없다, 이런 식의 퇴장은. 세월이 흐른다는 건 나이를 먹는다는 말의 동의어이고, 나이를 먹는다는 건 '쇠약해지다'뿐만 아니라 '경험이 쌓이다'라는 뜻도 품어 안고 있는 말이다. 루키 시절을 지나 나이는 들었지만 우리는 스피드 대신 노련함을 얻었지 않은가. 무조건 빨리 목표에 도달한다고 해서 그것이 최고의 가치는 아니라는 것 또한 알게 되지 않았는가. 그런데도 관성처럼 루키의 속도에만 눈이 멀어 사자를 밀림의 왕이라고 부르는 진정한 이유를 잊어버린 건 아닌가.

여전히 밀림의 왕은 사자다. 먹잇감을 쫓는 속도로만 따지자면 사자는 밀림의 왕이 될 수 없다. 표범이나 치타도 사자에 버금가게 빠르기 때문이다. 그럼에도 불구하고 사자가 밀림의 왕인 데는 이유가 있다. 그 많은 적들이 존재하는 밀림 한가운데서도 늘어지게 낮잠을 잘 수 있기 때문이다. 연륜으로 축적된, 세월로 보강된 노하우는 단순히 빨리 달리고, 빨리 적을 해치우는 것으로는 따라올 수 없는 것이다.

'체스 게임이 끝나면 킹과 폰은 같은 상자 안으로 들어간다.'는 아일랜드 속담이 있다. 영국의 영화배우 제임스 메이슨은 "모든 폰(Pawn)

은 퀸(Queen)이 될 수 있다.”라고 말하기도 했다. 초원을 누비며 절대로 늙지 않을 것처럼 달리던 젊은 수사자 루키도 해가 저물고 땅거미가 내려앉은 밤이면 더도 덜도 아닌 딱 자기 몸집만한 땅 위에 웅크리고 잠을 잔다. 노련함을 지닌 채 조금은 윤기 없는 갈기를 가진 舊루키의 역할도 지금이 끝이 아닌 것이다. 그러니 킹과 폰이 같은 상자 안에 있을 때 킹을 바라보며 서글픈 질투로 슬쩍 흘겨보는 폰을 너무 타박 말기를. 그 폰이 다시 회춘해 퀸, 아니 킹이 될 날이 체스판 같은 인생에서 없으리란 법은 없을 테니 말이다.

쉬고 싶다고
말할 권리

"모든 사람은 법 앞에 평등하다. 모든 사람은 자신의 의사를 스스로 결정할 수 있다."

이 간단하면서도 확실한 진리가 우리에게 물처럼 공기처럼 당연해지기까지는 많은 사람들의 투쟁과 희생이 있었다. 그중에서도 저 말을 한 남자의 인생은 특히 더 오래 우리에게 기억되어야 한다. 미국 흑인 인권운동의 상징이었던 마틴 루터 킹. 그의 죽음과 그가 가진 심장에 대한 이야기는 나를 긴 사유의 장으로 끌고 간다.

1968년 4월, 미국 테네시 주 멤피스 시 청소원들의 파업을 지원하기 위해 그곳을 찾아간 킹 목사는 한 호텔 발코니에서 호텔 밖의 군중들과 이야기를 나누던 중 갑자기 날아든 총알에 목을 맞고 서른아홉의 짧은 생애를 마감한다. 이 단 한 발의 충격으로 멈춘 그의 심장을 부검해보니 그의 심장은 60대 노인의 상태였다고 한다. 마틴 루터 킹의 자서전을 읽다가 시선을 멈췄던 게 바로 이 부분이었다. 서른아홉 살 남자가 지닌 60대 노인의 심장.

우리는 보통 일 년에 한 번은 정기검진을 받는다. 건강관리 차원에서 자의로 받기도 하지만, 대부분은 회사에서 의무적으로 받아야 하는 것이거나 아내의 성화에 못 이겨서 기계적으로 하는 경우가 많다. 속쓰림, 소화불량, 신경성대장증후군, 위궤양 정도는 이제 필수 옵션이된 지 오래라서 건강검진은 그 자체의 의미보다 한 해를 보내는 특정한 시점의 알람이 되어버렸다. '술 좀 그만 마셔라' 하면 위궤양, '너무예민하게 신경 쓴다' 하면 신경성대장증후군, '밥 좀 제때 먹어라' 하면속 쓰림, ……. 분명히 질환이거나 때로는 병명인데도 이렇게 대수롭지 않게 여길 때가 많다.

쉴 때를 놓친 몸은 주인이 인지하지 못하는 사이 여기저기 삐걱대면서도 그저 굴러간다. 불꽃 같은 삶이 심장을 너무 빨리 태워버린 마틴 루터 킹처럼 우리는 쉬고 싶다고 말할 권리가 있는지도 모른 채 스스로를 태우고 있는 것이다.

세계 최대 온라인 여행 사이트에서 전 세계 주요 24개국 직장인 7,800여 명을 대상으로 연간 사용하는 유급휴가 일수에 관한 설문조사를 했다. 우리나라는 겨우 7일로, 24개국 중 꼴찌였다. 한국의 연간평균 유급휴가 일수는 15일이지만, 실제로는 단 7일에 불과한 것이다. 태국과 말레이시아, 일본도 10일이나 되고, 멕시코가 12일, 이탈리아와 싱가포르, 미국, 홍콩은 무려 14일 우리의 두 배를 유급휴가로 쓰고 있는데 말이다. 두 배라고 놀랄 일이 아니다. 아랍에미리트는 1년에 30일을 사용해 조사대상 24개국 중 가장 많은 유급휴가를 쓰는 나라로 기록됐다.

이 조사와 병행한 또 하나의 설문 결과는 역설적이게도 직장에서 많은 시간을 떨어져 보낼수록 오히려 성취감이 높아지고 일의 생산성도 높아졌다고 한다. 휴식이 오히려 생산성을 높인다는 것은 우리도 익히 알고 있는 이론이다.

그런데 왜 우리는 주어진 휴가를 채 반도 쓰지 못하고 회사 의자에 묶여 있는 것일까? 우리의 심장이 힘에 겨워 마치 개의 시간처럼 우리보다 빨리 늙어가는 것을 알고 있으면서도 우리는 왜 시야를 가린 경주마처럼 앞만 보며 달릴 수밖에 없는 것일까? 때로 진지하게 자신에게 묻지 않을 수 없다.

가족의 성화에 못 이겨 휴가를 낼 때가 있다. 때론 정부의 '저녁 있는 삶'에 동조하기 위해 회사에서 억지로 휴가를 쓰게 만들 때도 있다. 그래서 오랜만에 여유롭게 가족들과 함께 해외 여행을 떠난다. 그런데 여행 중에 과연 회사 이메일 체크를 하지 않을 수 있을까? 진행하다가 온 업무의 진척 사항을 점검하거나, 내가 콘택트포인트인 해외 바이어에게 새로운 연락이 왔는지 체크하지 않고 보낼 수 있을까? 하다못해 습관적으로라도 이메일 받은 편지함을 클릭하지 않을 수 있을까?

이것은 유급휴가를 적게 쓰는 우리나라 직장인들에게만 해당되는 말은 아니다. 앞서 일 년에 한 달이나 유급휴가를 쓰는 아랍에미리트 직장인들 중 44%가 휴가 중 최소 하루 한 번 이상 회사 이메일을 체크한다고 답했다. 그런데 독일 직장인들은 63% 이상이 휴가 중 절대 회사 이메일을 열어보지 않는다고 한다. 깊고 큰 이목구비의 독일인들이 망중한을 느끼며 해변에서 일광욕을 할 때, 우리는 터지지도 않는 와이파이를 찾아 이리저리 스마트폰을 움직이며 회사 이메일을 열고 있는 그림이 절로 그려진다.

세상에 어느 누가 돈도 주면서 쉬라고 하는데 군이 회사에 나와 일을 하고 싶겠는가? 기왕에 떨치고 떠난 여행에서 몸은 해변에 와 있어도 마음은 회사에 둔 것처럼 계속 이메일을 확인해대는 일을 누군들 하고 싶겠는가?

그럼에도 불구하고 이렇게 할 수밖에 없는 데는 이유가 있다. 우리에게는 쉬고 싶다고 말하는 연습이 부족한 슬픈 역사가 있기 때문이다. '근면, 성실'이 대부분 학급의 급훈이던 시절을 지나왔던 우리 세대는 말 그대로 열심히, 성실하게 하지 않으면 배를 곯고 가난을 벗어날 수 없었던 시절을 기억한다. 그 리듬에 모든 정신적 신체적 주파수가 맞춰져 있다. 그래서 감히 어떤 순간에라도 쉽게 "이제는 좀 쉬렵니다."라고 말할 수 없는 것이다. 돌아왔을 때 내 자리가 여전히 견고할까 하는 불안감, 내가 없어도 업무가 잘 돌아간다는 것은 곧 나의 부재도 괜찮다는 것을 의미하지 않을까 하는 공포. 누구 하나 입 밖으로 그 말을 꺼내지는 않지만 이미 공기로 느끼는 과도한 불안의 시대를 겪으며 현재에 이른 세대인 것이다.

정점은 '돌연사'다. 지금 내가 서 있는 자리가 없어질 것을 두려워하다가 결국 심장이 타버린 것도 알지 못하는 우리에게 40대 이후부터 찾아오는 불청객. 평소 별다른 전조 증상을 보이지 않다가 갑자기 사망하는 돌연사나 과로사는 40~50대에 가장 많다. 보건복지부의 통계를 봐도 우리나라 40대의 돌연사는 세계 최고 수준이다. 공자는 마흔을 어떤 것에도 흔들리지 않는 나이라고 하여 불혹(不惑)이라고 했건만, 우리의 현실은 과로와 스트레스 그리고 불안으로 언제 꺼질지 모르는 바람 앞의 등불과 크게 다르지 않다.

춘산(春山)에 눈 녹인 바람 문득 불고 간 데 없다
잠깐만 빌어다가 머리 위에 불게하고 싶구나
귀 밑에 해묵은 서리를 녹여볼까 하노라

한 손에 막대 잡고 또 한 손에 가시 쥐고
늙는 길 가시로 막고 오는 백발 막대로 치려고 했더니
백발이 제 먼저 알고 지름길로 오더라

늙지 않으려고 다시 젊어보려 하였더니
청춘이 날 속이고 백발이 거의로다
이따금 꽃밭을 지날 때면 죄지은 듯하여라

고려 후기의 유학자 우탁의 〈탄로가(嘆老歌)〉이다. 고려 말 신흥사대부로 막강한 권력을 쥘 수 있었음에도 불구하고, 충선왕이 선왕인 충렬왕의 후궁과 밀통하자 흰 옷에 도끼를 든 채 거적을 메고 입궐해 상소를 했던 이가 바로 우탁이었다. 하지만 그 후에도 왕이 자신의 직언을 듣지 않자 그는 관직에서 물러나 안동으로 내려갔다. 관직을 내려놓고 쉬고 싶다고 말한 것이다. 그 기개와 강직함이야 말할 나위 없는 것이고, 나아가 우탁은 지금으로 따지자면 가장 바쁘고 제일 잘나갈 시기에 한계에 부딪힌 자신을 내려놓을 줄 알았던 것이다. 유급휴가를 쓰고, 휴대전화의 전원을 끈 채 멀리 보이는 산을 보면서 자신의 나이 듦을 관조할 수 있었던 것이다.

어느덧 우리도 막대와 가시를 양손에 들고 늙음을 쫓고자 했던 우탁의 마음을 알 것도 같은 나이가 되어버렸다. 그렇다면 우리도 우탁처럼 쉬고 싶다고 말할 권리와 용기를 좀 찾아봐야 하지 않을까?

"자유롭게 되라. 자유롭게 되라. …… 나는 드디어 자유를 찾았다."

마틴 루터 킹 목사의 묘비에 적인 그의 연설 중 한 구절이다. 모두의 자유를 위해 자신의 자유를 희생했던 그의 묘비명을 보며 역설적으로 나의 자유를 찾기 위해 이기심을 키워야 함을 배운다면 그것은 아이러니일까? 이 땅에서 내 생명이 끝난 이후에 드디어 자유를 찾았노라고 외치는 것보다 살아 있는 지금 나의 자유를 찾을 권리를, 쉬고 싶다고 말할 권리를 실현해보는 것. 어쩌면 진짜 내 심장의 나이를 가늠하는 것보다 시급한 일이 아닐까.

더 일하고 싶다고
말할 권리

'오십'이 고비이긴 한가 보다. 세상 다 산 것 같이 구는 게 싫어 가급적이면 뒤를 돌아보지 않으려고 노력하는 편인데도, 나이 오십이 넘어서니 나도 모르게 자꾸만 뒤를 돌아보는 자신을 발견하게 된다. 나름대로는 열심히 앞만 보면서 잘 살아왔다고 생각되지만, 문득 돌아본 길 위에는 만족함보다는 후회가 더 많이 떨어져 있는 것도 사실이다. 지금이라도 살아온 인생길에 모르고 떨어뜨린 것은 없는지 살펴보면서 걸으면 좋을 텐데, 현실이 또 그렇지가 못하다. 이제는 직접 힘을 쓰기보다 관리하면서 책임을 지는 중진(重鎭)이 되고 보니 우리도 참 여간 바쁜 것이 아니다.

그런데 틈이 생기고 있다. 바쁜 데 익숙하고, 바쁜 것이 생활이고, 바빠야 편한 우리에게 어느 순간 조금씩 시간이 생기는 것이다. 의도하지 않은 시간 말이다. 회사의 운명이 달린 초급하고 중요한 프로젝트는 더 이상 나의 몫이 아니다. 어느 순간부터 내가 아닌, 우리 팀이 아닌, 다른 팀이 당연한 듯 맡고 있다. 출근해서 일은 하고 있지만 뭔가 탄력이 떨어진 고무줄 같이 갑작스럽게 느슨해진 삶이 피부에 와 닿는다. 더럭 겁이 난다. 중심으로부터 내밀리고 있다는 것을 알게 되는 순간이기 때문이다. 그 느낌은 떠나는 선배들의 뒷모습을 볼 때 더 확연해진다. 우리가 생각했던 시간보다 훨씬 빨리, 더 잔인한 방법으로 회사는 그들에게 떠나달라는 신호를 보낸다. 더러는 스스로 신호를 알아채고 떠나기도 하고, 또 더러는 마지막까지 신호를 못 본 척 무시하다가 후배들에게 눈총을 받으며 떠나가곤 한다.

한 번씩 이런 개운치 않은 이별을 하고 나면 허탈해진다. 언젠간 나에게도 이런 시간이 올 것이기 때문이다. 아직 30대라면 먼 이야기처럼 들리면서도 막연히 불안할 것이고, 40대에 접어들었다면 더는 남 이야기가 아니라는 생각이 자주 들 것이며, 50대라면 나는 어떤 뒷모습을 준비해야 하나 구체적인 생각을 하게 된다.

정년 60세 연장법이 국회를 통과해 2016년부터는 단계적으로 정년을 60세 이상으로 정하도록 규정하고 있다. 따라서 법률적으로는 어떤 법규도 정년의 나이를 강제하고 있지 않다. 하지만 현실이 어디 그렇던가. 우리나라는 아직도 남자 나이 60세가 되면 무슨 시한폭탄이라도 터지는 줄 안다. 어떤 조직이나 예외 없이 60세 이상 남자가 리더 격에 속해 있으면 고루해진다는 이상한 선입견을 가지고 있다. 나이가 들었다는 것은 한 분야에서 일가를 이뤘다는 증거일 수도 있는데, 단순히 생물학적으로 노화가 진행되었다는 해석만 팽배하다.

그러나 이렇게 한참 열변을 토하다 보면 우리는 어느새 기득권을 놓지 않으려는 사람들로 비춰진다. 우리 앞에는 '청년실업'이라는 문제가 놓여 있기 때문이다. 많은 조직에서 나이든 남자들과 더 일하지 않으려는 이유로 높은 연봉과 조직의 경직화를 꼽는다. 쌓아온 노하우로 실력 발휘를 하며 아직 더 오래 일할 수 있는 그들을 마다한다. 청년실업 100만 시대, 나이 든 한 명의 임원을 해고하면 몇 명의 신입사원을 고용할 수 있는지 아느냐고 되물으며 말문을 막는다.

반사작용처럼 우리는 청년실업이라는 말 앞에만 서면 작아진다. 노력 없이 그저 세월에 밀려 이 자리에 앉은 것이 아님에도, 새롭게 일자리를 얻어야 하는 청년들과 우리의 자리가 결코 같을 수 없다는 걸 알면서도 말이다. 심판할 권리가 있는 사람에게는 동시에 피고의 진술에 귀 기울일 의무도 있다고 했지 않은가. 그러니 우리의 말도 들어봐야 한다. 미란다법칙의 묵비권처럼 우리 역시 더 일하고 싶다고 말할 권리 정도는 가지고 있다는 말이다.

그런 말이 목 끝까지 차오를 때면 떠오르는 사람이 있다. 2012년 향년 93세의 나이로 세상을 떠난 탐사보도의 개척자이자 미국 CBS 뉴스의 전설적인 진행자 마이크 월리스(Mike Wallace)다. 방송인 특히 기자라면 인생의 멘토로 이 사람의 이름 한번 가슴에 새기지 않은 이가 없을 것이다. 그가 세상을 떠나고 난 후 제프 페이거 CBS 뉴스 회장과 탐사보도물 〈60분(60 Minutes)〉의 제작 책임자는 마이크 월리스에게 이런 말을 남겼다.

어느 순간 나를 둘러싼 조직의 시계가 빨라지고, 나를 묶었던
시간이 느슨해진다고 느껴진다면 두려워하기보다 나 자신에게
먼저 물어보자. 나는 더 일하고 싶은가? 더 일할 수 있는가?
무엇보다 나는 지금 이 자리에서 더 일하고 싶다고
말할 수 있는 권리를 가지고 있는 사람인가?

"CBS 뉴스의 우리 모두와 특히 〈60분〉의 관계자들은 마이크에게 너무 많은 빚을 졌다. 마이크만이 할 수 있는 진행 스타일이 없었다면 〈60분〉도 없었을 것이다."

마이크 월리스는 죽기 4년 전 그러니까 2008년 1월에 미국 프로야구 투수인 로저 클레멘스와 인터뷰를 할 때까지 〈60분〉을 진행했다. 그러니까 저들의 말은 한때 전성기를 구가하고, CBS 탐사보도를 전 세계적인 수준으로 끌어올려 놓은 후에 마이애미 해변에서 칵테일이나 마시며 요양원에서 늙어가는 선배 즉 올드보이의 죽음을 향한 찬사가 아니었다. 무려 40년 가까운 세월 동안 자리를 지키며 핵심을 파고드는 날카로운 질문과 높은 신뢰도로 사람들에게 진실을 전달하는 역할을 했던 '현역 진행자 마이크 월리스'에게 전하는 말이었다.

반세기가 넘는 언론인 생활 동안 그와 마주앉은 인물은 존 F. 케네디를 비롯해 미국 전직 대통령만 일곱 명이었다. 특히 누구도 감히 물어볼 수 없는 질문을 면전에서 하기로 유명했던 마이크 월리스가 1980년 이란 혁명 직후 만난 호메이니에게 "당신을 미치광이 성직자라고 부르는 사람들이 있는데 어떻게 생각합니까?"라고 던진 질문의 일화는 아직도 사람들의 입에 오르내린다. 어디 이뿐인가. 2000년에 만난 장쩌민 주석에게는 "당신은 독재자 아닙니까?"라고 물었으며, 로스앤젤레스 최대 범죄조직을 이끌던 미키 코헨에게는 "얼마나 많은 사람을 죽였습니까?"라는 질문을 하기도 했다.

말년에 이르러 보청기를 끼고, 심장박동 조절장치에 의존하면서도 전 세계 현장을 누볐던 월리스에게 후배들은 '영원한 리포터'라는 별명을 지어주기도 했다. 파도가 치고, 벼락이 떨어지는 순간에도 두려워하기보다는 진실을 향해 더 크게 눈을 부릅떴던 마이크 윌리스의 인생. 은퇴 발표 직후 가진 인터뷰에서 그는 자신의 인생을 이렇게 표현했다.

"내 인생은 새로운 사실을 파헤쳐가는 엄청난 항해였다."

이런 그를 지탱해준 것이 과연 세월뿐이었을까, 단지 시간뿐이었을까? 열정을 다하는 마이크 윌리스에게 대중은 나이라는 잣대를 들이대지 않았다. 그리고 그런 열정은 모두가 우러러보고 기억하는 마이크 윌리스에게만 있는 것은 아니다.

우리가 젊음을 바쳐 해냈던 크고 작은 성과들은 결코 마이크 윌리스의 인터뷰나 탐사보도보다 작지 않은 것이다. 파업으로 공장 기계가 다 멈췄을 때 직접 지방 공장에 내려가 문전박대 당하고 회사 대신 온갖 욕설을 다 들으면서도 결국 사람들을 설득해 공장을 돌아가게 만들었던 일, 서류는 멀쩡한데 어딘지 뒤가 구린 회사의 실체를 혼자서 파헤쳐 결국 유령회사가 대출 사기를 벌이려 했던 것을 잡아낸 일, 모두가 안 된다는 일의 가능성 하나만 보고 주말까지 반납한 채로 매달려 결국 회사의 가장 큰 캐시 카우로 만들어냈던 일,…… 그 경험을 토대로 제 2, 제 3의 우리가 나올 수 있도록 도와줄 수 있는 능력 역시 간과해서는 안 되는 것이다.

어느 순간 나를 둘러싼 조직의 시계가 빨라지고, 나를 묶었던 시간이 느슨해진다고 느껴진다면 두려워하기보다 나 자신에게 먼저 물어보자. 나는 더 일하고 싶은가? 더 일할 수 있는가? 무엇보다 나는 지금 이 자리에서 더 일하고 싶다고 말할 수 있는 권리를 가지고 있는 사람인가?

답은 자신이 가장 잘 안다. 마이크 월리스는 아니지만, 불소지신(不召之臣)으로 경의를 표하며 모셔와야 할 어진 신하도 못되지만, 최소한 내가 일한 이 자리에서만큼은 아직 더 일할 수 있다고 말할 수 있는 권리가 있다면 주장해보자. 사회적 합의나 제도적 마련 같은 정치인들이나 할 법한 핑계 말고, 내 자신이 잘 말해보고 또 나에게 전하는 말도 잘 들어보자. 아직도 많이 남은 인생의 항해가 후회라는 마이동풍을 타고 섭섭한 곳으로 흘러가기 전에 말이다.

두려움과 외로움의
커밍아웃

'아름답다', '두렵다', '외롭다'.

우리나라 남자들이 잘 쓰지 않는 단어 Top3다.

아름답다는 말은 가장 완벽한 사물을 향한 칭찬인데도, 우리나라 남자들은 특히 이런 칭찬을 입 밖으로 꺼내 말하는 것을 매우 힘들게 여긴다. 그래서 예쁘다, 귀엽다 같은 좀 더 구체적이지만 반향은 작은 표현들로 대체한다. 어떤 사물이 아름답지 않아서가 아니라 완벽하다는 최상급의 표현을 쓰는 것에 인색하기 때문이라고 한다.

나머지 두 개의 표현, '두렵다'와 '외롭다'. 이 두 가지 단어를 자주 쓰지 않는 이유도 어렴풋이 알 것 같다. 그런데 참 이상하다. 우리나라 중년 남자들은 잘 쓰지도 않는다면서 왜 이 두 개의 단어에 이다지도 친숙한 것일까?

남자는 애초부터 그래야 마땅하다는 듯 이 단어들을 '절대로 쓰지 말자, 표현하지 말자'고 스스로에게 하도 되뇌다 보니, 두렵고 외롭다는 표현은 마치 전쟁이 나도 절대로 꺼내 쓸 수 없는 방탄유리 벽 안에 진열된 무기처럼 느껴진다. 꼭 필요할 때 절대 꺼내 쓸 수 없는 무기란 얼마나 허망한가.

그런데 인생은 가혹하게도 신체적으로는 힘을 잃어가고 정신적으로는 의지를 잃어가는 인생의 후반부에 더 많은 두려움과 외로움을 남겨 놓는다. 사람은 자신이 지금 느끼는 감정을 말로 표현함으로써 그 두려움과 외로움의 수치를 낮춰야 하는데, 나이가 들수록 그러지를 못한다.

병으로든 사고로든 하나둘씩 곁을 떠나가는 가족과 친구들로 인한 상실감, 지금 하고 있는 사업의 실패나 은퇴에 대한 두려움, 생물학적으로 나이 들어간다는 것에 대한 외로움. 요철같이 부쩍 자주 찾아오는 이러한 인생의 위기 앞에서 우리는 더욱 더 굳게 입을 다물게 된다. 그러고 보면 남자들은 다양한 형태로 우리를 공격하는 인생이라는 놈과의 심리전에서 대비가 없어도 너무 없다는 생각이 든다.

두렵다고, 외롭다고 인정한다는 것은 단순히 우리의 감정을 밖으로 드러내는 간단한 일일 수도 있다. 그러나 나이든 남자에게 그것은 그리 단순하지만은 않다. 입 밖으로 그 말을 꺼내는 순간 인생에게 백기를 드는 것이라고 생각해왔기에, 가까운 가족에게도, 막역한 친구에게도 두려움과 외로움을 쉽게 털어낼 수 없는 것이다. 나이가 드니 그렇지 않아도 멀어져가는 가족과 친구들에게 내 약한 모습을 드러내 또

"다른 사람을 위해서 할 수 있는 최고의 선은 단순히 당신이 가지고 있는
부를 나누는 것뿐만 아니라 다른 이들에게 당신 스스로를 보여주는 것이다."
그러니 이 순간 나를 답답하게 하는 것에 대해, 슬프게 하는 것에 대해
가까운 이들에게 말하는 것을 주저하지 말기를.

다른 내 모습에 그들이 실망하거나 놀라는 것을 원치 않기 때문이다. 어쩌면 가족과 친구 입장에서는 나의 두려움과 외로움을 받아들일 준비가 되어 있을지도 모르는데, 지레 짐작으로 바리케이드를 치고 스스로 마음의 짐을 키우는 것은 아닌지 돌아볼 필요가 있다.

그런 의미에서 최근 큰 반향을 일으키고 있는 알프레드 아들러의 《미움 받을 용기》는 눈여겨볼 만하다. 아들러의 심리학을 대화체로 정리하고 있는 이 책은, 아들러 심리학을 공부한 철학자와 부정적이고 열등감 많은 청년이 만나 '어떻게 행복한 인생을 살 것인가'라는 질문에 답을 찾아가는 여정을 그리고 있다. 아들러는 이렇게 말한다.

"인간은 변할 수 있고, 누구나 행복해질 수 있다. 단 그러기 위해서는 '용기'가 필요하다."

나이든 남자가 두려워하는 것은 의외로 '남의 이목(耳目)'일 때가 많다. '내가 지금까지 이뤄놓은 것을 남들이 어떻게 볼까, 내 이력에 미세한 균열이 생긴다면 사람들은 그것을 어떻게 해석할까.' 많은 남자들이 남의 눈과 귀에, 타인의 '인정(認定)'에 신경을 곤두세우며 인정받지 못하는 걸 못 견뎌한다. 하지만 남의 이목에 신경 쓰느라 정작 현재 자신의 행복을 놓치고 자기 삶을 갉아먹는 실수를 범한다면, 그건 더 큰 후회를 낳게 될 것이다.

아들러는 자유롭고 행복한 삶을 위해서는 타인에게 인정받으려는 '인정욕구'를 과감히 포기해야 한다고 주장한다. 사회적 존재인 인간의 고민은 전부 인간관계에서 비롯되는 것이니, 행복해지기 위해서는 인간관계로부터 자유로워져야 한다는 것이다. 그러기 위해 필요한 건 오로지 용기라고 말한다. 기꺼이 타인에게 미움 받을 용기, 스스로에게 자유로워질 용기, 평범해질 용기, 행복해질 용기. 그리고 '두려워할 용기'와 '외로워할 용기'.

내가 아무리 애쓰고 잘 동여매더라도 인생은 두려움과 외로움의 공격이 난무하는 전쟁터이다. 적이 침입했다는 것을 인정하지 않는데, 어떤 싸움이 승리로 귀결될 수 있겠는가? 인생을 반 정도 걸어오다 보니, 우리 앞에 닥치는 많은 위기 사이사이로 부는 쓸쓸한 바람 앞에서 조금은 두렵다고, 외롭다고 '말을 하는' 게 필요하다는 걸 절감하게 된다. 그것은 싸움을 하기도 전에 백기를 들고 투항하는 것이 아니라, 조용한 싸움을 예고하며 결전을 다지는 나만의 신호탄이 될 수도 있다는 생각이 든다.

몇 년 전 대한민국 청년들을 위로했던 베스트셀러 《아프니까 청춘이다》는 제목 문장 자체가 참 인상적이었다. 어쩐지 그건 더 이상 청춘일 수 없는 중년 남자들을 위해 필요한 문장이라는 생각이 들었던 것이다. '아프니까 중년 남자다'라고 말이다.

시토카인이라는 호르몬이 있다. 상처가 나면 상처 부위에서 흘러나오는 호르몬인데, 이것이 나오면 동맥이 반응해 확장되고 상처 부위에 피가 흘러가서 백혈구가 몰려든다. 그러면 딱지가 앉고 상처를 덮어서 추가 감염이 생기는 것을 막아준다. 그런데 이 시토카인은 반드시 통증을 동반한다. 말 그대로 아파야 상처를 치료할 수 있는 것이다.

청춘이 성장의 고통으로 아프다면, 중년은 현실의 무게로 아프다.

모든 아픔에는 고통이 따르고, 그 고통이 언제나 입을 꽉 다문 채 안으로만 삼켜야 미덕인 것은 아니다. 아픔도 고통도 속으로만 간직한 채 결정도 속앓이도 혼자 했던, 돌아앉은 아버지의 뒷모습을 우리는 얼마나 답답해했던가. 결국 한 번은 아파야 딛고 일어설 수 있는 것이 인생이라면, 소리 내어 아픔을 말하는 것도 꼭 필요한 과정일 것이다. 두려움과 외로움의 커밍아웃! 지금 우리에게 필요한 것은 바로 그것일지도 모른다.

막상 말은 해놓고도, 가족이나 동료가 그런 나를 바라보는 것이 여전히 두려울 때 나는 류시화 시인의 잠언시집 《지금 알고 있는 걸 그때도 알았더라면》의 이 시를 읽곤 한다.

> 새벽 두 시, 세 시, 또는 네 시가 넘도록
> 잠 못 이루는 이 세상 모든 사람들이
> 그들의 집을 나와 공원으로 간다면,
> 만일 백 명, 천 명, 또는 수만 명의 사람들이
> 하나의 물결처럼 공원에 모여
> 각자에게 서로의 이야기를 들려준다면,
>
> 예를 들어 잠자다가 죽을까 봐
> 잠들지 못하는 노인과
> 아이를 낳지 못하는 여자와
> 따로 연애하는 남편

성적이 떨어질 것을 두려워하는 자식과
생활비가 걱정되는 아버지
사업에 문제가 있는 남자와
사랑에 운이 없는 여자
육체적인 고통에 시달리는 사람과
죄책감에 괴로워하는 사람

만일 그들 모두가 하나의 물결처럼
자신들의 집을 나온다면,
달빛이 그들의 발길을 비추고
그래서 그들이 공원에 모여
각자에게 서로의 이야기를 들려준다면,
그렇게 되면
인류는 더 살기 힘들어질까
세상은 더 아름다운 곳이 될까
사람들은 더 멋진 삶을 살게 될까
아니면 더 외로워질까

난 당신에게 묻고 싶다
만일 그들 모두가 공원으로 와서
각자에게 서로의 이야기를 들려준다면
태양이 다른 날보다 더 찬란해 보일까

또 나는 당신에게 묻고 싶다

그러면 그들이 서로 껴안을까

_로렌스 티아노, 〈잠 못 이루는 사람들〉

　각자가 지닌 수많은 외로움과 불면의 이유들, 그것을 나만 간직하고
있을 때와 누군가에게 말했을 때의 차이를 그려본다. 어떤 쪽이 모두
에게 더 편안할지 쉽게 그려진다. 시인이 꿈꾸는 시 속의 세상에서도
서로가 서로의 두려움과 외로움을 말하며 껴안고 있지 않은가?

　가슴 안에서 쉰내를 풀풀 풍기며 힘들게 하는 것들에 대해 마음 놓
고 이야기하는 자리를 더는 피하지 말아야 한다. 어쩌면 이미 여러 번
친구가, 아내가 우리에게 손을 내밀었을지도 모른다. 무슨 일이 있냐
고, 요즘 왜 도통 기운이 없냐고. 그럴 때마다 괜찮다며 씨익 웃어보였
다면, 이제 그 미소는 결코 진심이 아니었음을 고백할 수 있어야 한다.
그렇게 고백할 수 있는 때가 그리 자주 찾아오지 않는다는 것을 알아
야 한다.

　"다른 사람을 위해서 할 수 있는 최고의 선은 단순히 당신이 가지고
있는 부를 나누는 것뿐만 아니라 다른 이들에게 당신 스스로를 보여주
는 것이다."

　영국의 유명한 정치가이자 문인이었던 벤자민 디즈레일리(Benjamin
Disraeli)의 말이다. 선한 의도였다고 해도 가족이나 친구에게 나의 부
와 영향력만을 나눠주려고 하는 것은 어쩌면 어리석은 일일 수도 있
다. 그들에게 내가 베풀 수 있는 최고의 선은 나를 있는 그대로 보여주

는 것이다. 그것이 두려움이나 외로움일지라도 내가 느끼는 지금의 상황을 그대로 드러내는 것이다.

 그러니 이 순간 나를 답답하게 하는 것에 대해, 슬프게 하는 것에 대해 가까운 저들에게 말하는 것을 주저하지 말기를. 이것이 아직도 반이나 남은 내 생애와 화해하며 살아갈 중요한 방법일 테니 말이다.

여자 친구를
구합니다

남자와 여자 사이에 우정이 존재할 수 있는가? 이 질문은 오래도록 인류의 숙제였다. 존재할 수 있다는 쪽의 근거도 타당하고, 절대로 그럴 수 없다는 쪽의 근거도 나름 일리가 있다. 또 그럴 수도 있고 아닐 수도 있다는 회색분자적인 대답으로 일관하는 사람도 있다.

그런데 오십이 넘은 우리 또래 남자들 사이에서 뭔가 달라지기 시작한다. 한창 젊고 혈기왕성할 때는 안 그러더니 나이가 들수록 남자와 여자 사이에 우정이 존재할 수 있다는 쪽으로 선회하고 있는 것이다. 남자들의 이런 철새 같은 이동을 두고 여자들의 레이더가 가만있을 리 만무다. 여자들은 남자들이 '남녀 사이에 우정이 존재할 수 있다'는 대답 쪽으로 이동하는 것에 대해 크게 두 가지 의심 어린 추론을 제시한다.

첫째, 남자들이 나이가 들수록 여성 호르몬이 많아져서 성적인 일탈을 제외한 밥 먹고 수다 떨고 영화 보는 이른바 여자들이 향유해오던 방식에 맞춰 우정을 나눌 수 있는 상태로 변하고 있기 때문이라는 것이다.

둘째, 남자들이 절대로 남자와 여자 사이에 우정은 존재할 수 없다고 주장하던 시절은 자신의 여자인 아내를 구속하기 위해서였다. 즉 아내의 남자 사람 친구를 경계하기 위해 '남자는 다 늑대'라는 다분히 자기중심적인 해석의 논리를 들이댔던 것이다. 그러나 이제 아내에 대한 구속 욕구가 저하된 요즘에는 자신의 '오피스 와이프'를 명문화하기 위한 방패로 남자와 여자 사이에 우정이 존재할 수 있다는 주장을 펼친다는 것이다.

우리를 매의 눈으로 지켜보는 여자들의 이러한 추론이 과연 통계적으로 얼마나 맞을지는 모르겠으나 확실히 나이가 들면서 이성을 바라보는 남자들의 시각이 변한다는 것은 부정할 수 없다. 그것이 호르몬 때문이건, 나이가 들어 성격이 변해서이건 간에 우리도 영화 보고, 맛있는 음식 먹고, 즐겁게 이야기 나누는 것에 전보다 더 즐거움을 느끼는 것은 사실이다. 그것이 무뚝뚝하고 쉰내 나는 남자친구 녀석이 아닌 이성 친구였으면 하고 바라게 되는 마음 역시 부정할 수 없다. 이쯤 되면 여자들, 아니 더 정확하게 아내들은 이렇게 말한다.

"나랑 하면 되잖아?"

영화 〈관능의 법칙〉에 나오는 주인공 미연의 남편은 이른바 '이야기만' 해주는 카페 마담과 바람이 난다. 미연으로 말하자면, 매일같이 꾸준한 운동으로 몸매를 가꾸고 남편과의 원활한 잠자리를 위해 갖은 방법을 다 동원하며 남편의 기를 살리기 위해 애를 쓰는 아직도 아가씨처럼 예쁜 아내이다. 하지만 그런 그녀의 남편은 욕지도에 간다고 나간 밤에 카페 마담과 다정하게 얘기를 나누는 모습을 연출 중이었다. 그 장면을 목격한 미연은 당장에 달려들어 한바탕 난동을 부린다. "여기가 욕지도야?"라고 외치면서 말이다. 그런데 매일 순둥이처럼 아내가 하자는 대로 하던 남편이 난리를 피우고 밖으로 뛰쳐나가는 아내를 뒤따라가다가 분을 못 참고 길바닥에서 소리를 지르는데, 이때 대사가 압권이다.

"지긋지긋하다. 당신이 얼마나 사람 피곤하게 만드는 줄 아냐? 마음대로 생각해, 어차피 당신은 남의 이야기 듣지도 않잖아."

이야기는 집에 와서 나랑 하면 되지 왜 밖에서 딴 여자랑 하느냐는 질문에 대한 대답이 저 대사 안에 들어 있는 것이다. 아내는 나의 말을 듣지 않는다. 모든 아내가 그렇다고 일반화할 수는 없다. 부부가 서로 대화하지 못하는 것의 귀책사유를 전적으로 아내에게만 돌릴 수도 없다. 다만, 왜 남자들이 어디까지나 우정의 범위에서 속 깊은 이성 친구를 찾을 수밖에 없는지에 대한 진지한 고찰이 한 번 정도는 필요하다는 것이다.

새로 부임한 상사에 대한 허심탄회한 뒷담화, 실적 좀 올렸다고 요즘 슬슬 기어오르는 후배를 향한 꼬인 내 눈초리, 내년 상반기 실적에 대한 압박과 옆 부서 이부장과의 비교. 이 모든 시시콜콜한 남편의 일상을 아내에게 이야기했을 경우를 예상해본다. 언쟁을 벌이지 않고, 하품을 하지 않고, 딴 생각도 하지 않는 상태로 아내와 이 모든 대화를 충분히 마칠 수 있는 40대 이상 남자가 과연 대한민국에 몇 명이나 있을까? 이것은 아내가 직장생활을 해보지 않아서도 아니요, 나보다 간단한 직무를 수행하는 일을 해서도 아니다. 나보다 사회적 지위가 높고, 많은 연봉을 받는 아내라고 할지라도 '아내여서, 아내이기 때문에' 할 수 없는 대화들이 부부 사이에는 점점 더 많이 생기게 마련이다. 아내도 느끼고 있는 부분이 아닐까?

'오피스 스파우즈'는 직장 내에서 이성적으로 사랑하진 않지만 마치 아내와 남편처럼 서로에게 의지하는 직장 동료를 일컫는 신조어이다. 이것은 미국에서 처음 생긴 용어로, '직장에서 자주 접하는 이성 동료이며, 당신과 많은 시간을 함께 보내지만 그 어떤 신체적 접촉은 하지 않는다.'라고 정의되어 있다.

우리나라도 예외는 아니다. 한 취업포털사이트가 직장인 436명을 대상으로 설문조사 한 결과 직장인 21.6%는 오피스 스파우즈가 있다고 대답했다. 남성은 25.1%, 여성은 17.4%로 남성의 비율이 훨씬 높았다. '무엇을 오피스 스파우즈라고 하는가?'라는 질문에는 역시 '가장 많이 대화하는 친한 이성 동료'가 52.8%로 과반 이상을 차지했다. 사무실 안에서만큼은 오피스 스파우즈가 현재 아내보다 더 잘 통하고 소중하다고 생각하는 사람이 그만큼 많다는 것이다. 또한 설문에 임한 사람들의 95.6%가 오피스 스파우즈의 영향을 긍정적이라고 답했다. 압도적인 지지이다.

"어렸을 때는 나이가 들면 더는 연약해지지 않을 거라 생각한다.

하지만 나이가 든다는 것은 연약함을 받아들이는 것이다.

살아 있다는 것은 곧 연약하다는 것이다."

물론 그렇다고 해서 요즘 우리 또래 중장년 남자들에게 역병(疫病)처럼 도는 이른바 오피스 와이프 만들기 붐에 당위성이 부여되는 것은 절대 아니다. 다만 아내는 이해해줄 수도, 이해해줄 여유도 없는 밖에서의 일들과 그에 따른 고충을 속속들이 알고 진심으로 이해하며 말상대를 해줄 '친구'가 필요하다는 것 자체는 인정해 줄 수 있다. 사실 이런 친구가 다름 아닌 아내가 된다면, 그것만큼 좋은 경우가 어디 있겠는가? 그렇게만 된다면 오피스 스파우즈에게 느끼는 감정에 대한 아슬아슬한 퍼센티지를 두려워할 일도 없을 테니 말이다.(예의 설문조사에서, 오피스 스파우즈에 대해 '동료로서의 호감을 가지고 있다'는 40.4%였는데, '가끔 동료 이상의 감정이 생긴다'는 대답이 무려 31.9%로 나와 이를 바짝 추격하고 있다.)

　그렇다고 아내에게 무턱대고 또 하나의 역할을 맡기기엔 현실적으로 무리가 있다. 뭔가 해결책이 필요하다. 게다가 냉정하게도, 예전과는 달리 점점 이야기하고 즐기고 웃으며 좋은 음식을 함께 나누고 싶은 욕구가 커진 남자들이 스스로 건강하게 해결할 방법을 찾을 때에야 의미가 있다. 결국 '아내가 아니면 외로움을 혼자 견디라는 원점인가?' 하고 시시하게 생각할 수도 있다. 하지만 일상의 답답함이나 뭔가 털어놓고 싶은 욕구, 나를 이해하는 범위 내에서 나와 즐거움을 공유할 사람을 찾는 열쇠는 어차피 자기 자신이 가지고 있는 것이다. 설사 다시 원점으로 돌아간다는 비난을 받더라도 말해주고 싶다. 함께할 친구를 찾는 과정을 다시 아내에게서 시작해보라고!

작가이자 평론가였던 매들렌 렝글(Madeleine L'Engle)은 우리가 정말 친구가 필요하다고 느낄 때처럼 마음이 연약해지는 상태에 대해 이렇게 말했다.

"어렸을 때는 나이가 들면 더는 연약해지지 않을 거라 생각한다. 하지만 나이가 든다는 것은 연약함을 받아들이는 것이다. 살아 있다는 것은 곧 연약하다는 것이다."

우리가 속 깊은 이성 친구를 찾는 이유는 책임과 의무로 얽힌 관계가 아닌 타인에게 나의 외로움과 연약함을 편하게 내보이고 싶은 욕구 때문이다. 그러나 매들렌 렝글의 말처럼 살아 있다는 것은 곧 연약하다는 뜻임을 받아들인다면, 당연히 연약한 존재인 우리를 아내에게 보이지 못할 일이 또 무에 있겠는가.

사랑은 자연사하는 것이 아니라 무지와 실수, 배신 때문에 지치고 시들고 퇴색하는 것이다. 내가 나의 이야기를 하지 않는 무지와 실수, 아내에게는 시도조차 하지 않은 채 타인을 찾아 떠난 배신 때문에 우리의 사랑이 퇴색했는지도 모른다. 그 사랑이 시들고 퇴색한 자리에 오피스 스파우즈 같은 친구와 느끼는 행복이 얼마나 편안하게 자리할 수 있을지에 대해서도 생각해볼 일이다.

아내와 회사 이야기를 하면 공감해줄 리 없다고 지레짐작하고, 답답하고 아쉬운 소리를 하는 것이 아내에게 흠 잡히는 일만 될 거라고 생각해 아예 시도조차 해보지 않았다면, 아내를 너무 과소평가하는 것일지도 모른다. 오피스 스파우즈가 된 계기가 '스트레스를 받을 때 함께 있어줘서, 비슷한 시기에 입사해서, 자리가 가까워서'인 걸 보면, 아내가 그 자리를 대체할 수 없다고 단정하기도 어렵다. 회사에 있는 시간이 많다고는 하나 자리가 가까운 정도가 아니라 피부 자체가 맞닿은 아내가 가장 허심탄회하게 이야기를 나눌 수 있는 상대가 되지 못하리란 법도 없지 않은가.

그러니 이제 다시 시작해보는 건 어떨까? 가장으로서, 남편으로서의 위치를 벗어던지고 직장에서 만나는 오피스 스파우즈에게 하듯이 혹은 퇴근길에 자주 들르는 포장마차 아줌마에게 하듯이 두런두런 내 일상을 아내에게 이야기해보는 일 말이다. 최근에 부쩍 달라진 자신의 모습을 보여주고 실컷 수다를 떨어보는 거다. 또 아는가, 50대에 만난 뜻밖의 절친이 아내가 되는 기이한 경험을 할 수 있게 될지…….

내 영혼의
산투리

나는 가끔 두렵다. 이렇게 취미도 없이 밋밋하게 살다가는 세상에서 가장 재미없는 남자라는 말을 듣게 될 것만 같아서이다. 어떤 매력도 느껴지지 않는 사람이 된다는 건 서글픈 일이다. 그런데 특별한 느낌이 없다가도 어떤 사람이 매력적으로 보이며 '아, 저 사람 참 괜찮은 사람이구나.' 하고 다시 보게 되는 계기가 있다.

그런데 매력을 느끼는 지점이 조금 달라졌다. 과거에는 내가 모르고 있는 어떤 사실에 대해 해박한 지식을 갖고 있는 사람이나, 반대 의견을 매우 설득력 있게 피력하는 사람에게 매력을 느꼈다면, 요즘은 괜찮은 취미를 가지고 있고 그것을 잘 향유하는 사람이 매력적으로 보인다. 반대로 제대로 된 취미 하나 없이 새로운 것을 접하기 두려워하는 사람을 보면, 나와 비슷한 처지라 동질감에 편안해질 것 같지만 그렇지 않다. 오히려 '아! 나도 누군가의 눈엔 저렇게 참 매력 없고 재미없는 사람으로 보일 수도 있겠구나.'라는 생각에 화들짝 정신이 든다.

취미(趣味)의 사전적인 의미는 모두 세 가지인데 첫 번째, 전문적으로 하는 것이 아니라 즐기기 위하여 하는 일, 두 번째는 아름다운 대상을 감상하고 이해하는 힘, 그리고 세 번째는 감흥을 느끼어 마음이 당기는 멋이다.

하나도 아닌 셋이나 될 만큼 취미는 그 영역이 넓다. 하지만 아무리 뜯어보고 생각을 해봐도 저 세 가지 경우에 들어맞는 것을 찾기가 어렵다는 남자들이 의외로 많다. 언제부터인가 남자들에게 취미란 즐기기 위한 것, 감상하고 이해하며 마음을 당기는 멋스러운 것이 아니라, 그저 내가 쉬는 또 다른 방법 중의 하나가 돼버렸다. 그래서 "취미가 뭐예요?"라는 질문에 부끄러움도 없이 낮잠 자기, 텔레비전 보기 같은 초등학생도 쓰지 않는 것들을 쓰는 경우도 허다하다.

그런데 취미도 없는 인간이라고 궁지에 몰리다가 가만 생각해보면, 억울한 면이 없지 않다. 사실 그동안 바쁘게 일하고 뛰어다닐 때는 아무도 우리에게 취미가 뭐냐고 묻지 않았다. 그러더니 슬슬 은퇴를 준비할 시점이 다가오자 이런 질문들이 쏟아진다. 일선에서 물러나 갑자기 생긴 시간에 우물쭈물 어쩌지 못하고 있는 틈을 타 이때다 하고 이 질문을 앞세워 협공해오는 것만 같아 마음이 상한다. 소개팅 혹은 맞선 자리에서나 듣고 말 줄 알았던 "취미가 뭐예요?"라는 질문이 유구한 세월을 지나 다시 내 앞에 숙제처럼 등장할지는 정말 몰랐다.

냉정하게 생각해보면, 우리에게 취미를 가질 만한 시간적 정신적 여유가 있었는지에 대한 대답은 반반이다. 시간을 만들려면 만들 수도 있었고, 바빴다고 핑계를 댈라치면 또 그럴 수도 있다. 난데없이 찾아온 이 취미 논쟁의 승자가 누구이건 간에, 문제는 은퇴가 가까운 남자들에게 시간이 갑자기 주어져버렸다는 거다. 무언가를 배우고 익혀 그것이 내 삶을 아름답고 풍요롭게 만들며 멋스럽게 바꿔주기까지는 갈 길이 참 멀고 아득하게만 느껴지는데 말이다.

은퇴 이후의 삶에 대해 조언하고 있는 많은 책들은 하나같이 취미 생활을 강조한다. 특히 일밖에 모르다가 어느 날 갑자기 준비 없이 은퇴한 남편들의 경우, 취미 생활이 부부생활 나아가 가정의 평화를 위해서 매우 중요하다고 강조한다. 그도 그럴 것이 전업주부건 직장인이건 간에 여자들은 이미 자신들 나름대로의 삶의 커뮤니티를 만들어왔기에, 갑자기 남편의 시간이 남아돈다고 해서 그것을 함께 쓰겠다고 손을 내밀지는 않는다. 따라서 남자들은 자신이 집에 있는데도 매일 외출하는 아내에게 서운해해서도 안 되고, 아내의 사생활에 간섭해서도 안 된다. 또 집에 있기보다는 밖에서 사람들과 어울리며 취미 활동을 하는 것이 건강에도 좋다.

'삼식이'라는 말은 이제 신조어도 아니다. 은퇴 이후에 삼시 세끼를 다 집에서 먹는 눈치 없는 남편을 일컬어 삼식이라고 부르는데, 남편도 의도한 것은 아니다. 사실 딱히 갈 곳도 없고 은퇴한 지도 얼마 되지 않아 그동안 밀린 휴식이나 취하려고 집에 있을 수도 있다. 괜히 어디 나가 이래저래 인사 받고 눈치 보는 것이 싫어 조용히 보내고 싶은 마음에 집에 있는 것일 수도 있다. 하지만 이유 불문하고 저 '삼식이'

라는 단어는 남자들에게 가차 없다.

그러다 보니 오기가 발동한다. 자, 그럼 집에는 있는데 밥을 해달라
고 하지 않으면 그건 괜찮은가? 이참에 취미란에 빼놓지 않고 적었던
유도 따위 지워버리고 요리를 적어 넣어서 내 살 길을 찾아야 하나?
그런데 이런 비슷한 생각을 하는 사람들이 많은가 보다. 얼마 전엔 '삼
식이 요리 대회'까지 열렸으니 말이다.

2014년이 벌써 3회째인 이 요리 대회는 그냥 '삼식이 소리 듣기 싫
어 내가 해 먹는다' 정도로 쉽게 볼 요리 경연이 아니었다. 물론 시작
은 그랬을 수 있다. 경연의 테마도 남성들이 집에서 손쉽게 할 수 있는
일품요리이고, 심사 기준도 맛과 영양과 경제성에 중점을 두었다. 하
지만 내놓은 음식들은 어지간한 요리사도 혀를 내두를 만한 솜씨였다.
버섯된장찌개, 맑은 토란탕, 카레라이스, 쇠고기 야채죽과 같은 익숙한
가정식부터 시금치 수제비 매운탕, 닭볶음탕, 밥버거 같은 평소에는
잘 먹을 수 없는 개성 가득한 특별식도 있었다.

셰프 모자를 쓰고 직접 조리기구들을 챙겨와 경연에 임하는 남자들
의 눈에 서린 비장함은 우리 남자들끼리만 느낀 것이었을까? 그 눈 속
에 담긴 오기의 빛은, 아내가 외출하며 밥은 알아서 먹으라고 야속하게
던진 말들이 오늘의 요리왕이 되는 데 초석이 됐음을 느끼기에 충분했
다. 경연에 참가한 한 남자는 '요리가 이렇게 즐거운 것이었는지 삼식
이가 되기 전에는 미처 몰랐다.'는 소감을 말해 큰 공감을 얻기도 했다.

삼식이들이 요리를 만나는 은퇴 이후의 상황을 극한으로 표현한다

면, 무리에서 떨어져 나와 이제는 개인으로 살아야 하는 남자들에게 이 상황은 크레바스 같은 것이다. 한 치 앞도 볼 수 없는 남극의 눈보라 블리자드 아래 놓인 거대한 빙하 사이의 균열, 크레바스. 삼십 년이 넘게 조직 안에서 내가 아닌 직급으로 불려온 나를 뛰어 넘어 다시 나의 이름으로 돌아가야 하는 길, 다시 한 번 도약해서 뛰어넘어야 할 은퇴 후 우리의 크레바스를 가볍게 봐서는 안 된다. 더듬더듬 취미라는 밧줄을 찾아 건너편으로 줄을 던지고, 떠듬떠듬 그 기쁨을 알아가며 블리자드를 헤치고 크레바스 저 너머로 안전하게 착지할 수 있도록 지켜봐줄 일이다.

"스무 살 때였소. 내가 그때 올림포스 산기슭에 있는 우리 마을에서 처음 산투리 소리를 들었지요. 혼을 쭉 빼놓는 것 같습디다. 사흘 동안 밥을 못 먹을 정도였으니까.
아무튼 있는 걸 몽땅 털고 몇 푼 더 보태 산투리를 하나 샀지요. 지금 당신이 보고 있는 바로 이놈입니다. 나는 산투리를 들고 살로니카로 뛰어 터키인 레트셉 에펜디를 찾아갔지요. 그는 아무에게나 산투리를 가르쳐주었지요.
산투리를 다룰 줄 알게 되면서 나는 전혀 딴사람이 되었어요. 기분이 좋지 않을 때나 빈털터리가 될 때 산투리를 칩니다. 그러면 기운이 생기지요. 내가 산투리를 칠 때는 당신이 말을 걸어도 좋습니다만, 내게 들리지는 않아요. 들린다고 해도 대답을 못해요. 해봐야 소용없어요, 안 되니까."

"그 이유가 무엇이지요, 조르바?"

"이런, 모르시는군. 정열이라는 것이지요. 바로 그게 정열이라는 것이지요."

취미가 인생의 즐거움이 되기 위해 필요한 건 열정이다. 그 열정은 그리스인 조르바에게 배울 필요가 있다. 열정을 말할 때 조르바처럼 딱 한 단어로 설명되는 소설 속 인물이 또 있겠는가?

취미를 넘어 영혼까지 매료되며 그 누구의 어떤 소리도 들리지 않는 무아(無我)의 상태에 이르게 하는 것, 그것이 열정의 또 다른 정의라고 조르바는 말하고 있다. 만약 내 영혼의 산투리를 다시 찾게 된다면, 다시는 가슴이 뛰는 일 따위는 없을 거라고 단정했던 말을 취소해야 할지도 모르겠다. 소개팅이나 맞선 자리에 다시 나갈 일은 없어도, 자신 있게 모르는 사람들에게 내 취미를 소개할 수 있는 때가 오지 않겠는가? 삼식이가 된 후에야 만나게 된 내 영혼의 산투리, 어쩌면 그것을 향한 기대로 은퇴라는 크레바스가 두렵지 않을 수도 있지 않을까?

링 위에서 만난
우리형

'왕○○'

어느 날 휴대전화 액정에 이렇게 뜨는데 멍해진다. '누구지? 어디서 많이 본 이름인데……' 한 0.1초 정도나마 혹시 이럴 때가 없었는가? 이 이름의 주인공은 이제 일 년에 두 번 설과 추석 때 외에는 특별히 볼 일도 연락할 일도 없지만, 한때는 한 지붕 밑에서 매일 얼굴을 보던 우리형이었다.

휴대전화에 그저 이름 세 글자로 건조하게 등록된 형제자매들. 과거에는 하도 많이 불러서 이름 끝 자만 따로 떼 외자로 부르거나, 집에서만 부르는 애칭으로, 그도 아니면 이름 대신 '형아', '누나', '아기'로 서로를 불렀던 우리들이었다.

둘러보면 여자 형제들은 나이가 들고, 각자 결혼을 해서도 친구처럼 가깝게 지내곤 한다. 굳이 집안 대소사가 아니더라도 서로의 사소한 일상다반사를 공유하며 단짝으로 지내는 경우도 많다. '가족'이라는 절대로 헤어지지 않을 울타리가 있어, 너무 가깝게 지내는 바람에 생길 수 있는 크고 작은 감정의 골들까지도 끌어안으니 시끌벅적 말들은 많아도 여전히 죽고 못 사는 자매 사이로 지내는 경우가 많다.

　그런데 상대적으로 남자들은 여자들처럼 지내지 못한다. 사춘기에 들어서면서 형과 동생 사이의 터울은 무시할 수 없게 돼버린다. 설사 연년생이라고 해도 사춘기 시절 한 학년 차이는 이미 상대가 되질 못한다. 그러니 서너 살 정도 차이가 나면 형은 동생을 형이 챙겨야 할 어린 아이로 여기게 된다. 그리고 이런 고정관념이 커지면 커졌지 자매처럼 친구 같은 관계가 되기는 어렵다.

　우리 세대가 자랄 때는 부모님보다 형이 더 무섭다는 친구들도 많았다. 부모님은 눈에 보이는 큰 잘못만 알아차리셨지만, 아는 놈이 더 무섭다고 학교에서 칠 수 있는 크고 작은 사고의 범위를 아는 형은 살아 움직이는 레이더망이요, 성능 좋은 CCTV였던 것이다. 공부도 잘하고 모범적인 학교생활을 하는 형은 모범생 형대로, 자신이 모범적으로 지내지 못해 겪은 과오를 동생이 반복하는 것이 싫었던 형은 또 그 형대로 부모님이나 선생님보다 더 엄격한 규율로 동생을 다스렸다. 본격적으로 얼차려를 주기 시작하면 하룻밤을 꼴딱 새는 형의 기합이 무서워 정신을 바짝 차리는 친구도 많았다.

　물론 세상의 모든 형이 이렇게 멋진 것은 아니다. 영화 속에 등장하는 형들처럼 '나같이 하라'거나 '자신의 전철을 밟지 말고 부모님 속

썩이지 말라'고 카리스마 넘치는 대사를 던지는 우수에 젖은 형만 있었던 게 아니다. 오히려 '형만 한 아우 없다'는 옛말은 애초에 저 멀리 던져버렸던 집안의 골칫덩어리 형도 많았다. 하루가 멀다 하고 쌈박질이나 하고, 동네 나쁜 형들과 어울려 다니며 파출소에 어머니 출근 도장이나 찍게 만들던 형. 일찍 사고를 치고 본인도 수습을 못 해 결혼식도 올리지 않은 어린 형수와 조카부터 집에 들어앉혀 놓고 군대에 가버린 형. 나이가 들어서도 쉽게 자리를 잡지 못하고 부모님 속을 끓이던 형. 세월이 지나 그 형들은 이제 동생의 속까지 끓이는 집안의 우환으로 늙어가기도 한다.

남자 형제들은 대개 그렇다. 잘 살고 있으면 잘 사는 대로, 못 살고 있으면 못 사는 대로 남자로서의 자존심이 부딪혀 어느 순간엔가 안부를 묻는 일조차 서먹서먹해진다. 명절날 만나도 안방에서 양반다리를 하고 앉아 각자 자기 발만 문지르다 몇 마디 말만 나누고 헤어지기 일쑤다. 그런데 매번 그렇게 돌아올 때마다 어딘지 마음 끝이 아린 것도 사실이다.

몇 해 전, 떡국상이 나간 빈 방에서 아버지와 형, 나 세 남자가 물끄러미 텔레비전을 보다가 형과 내가 웃음이 터진 적이 있었다. 유명한 예능 프로그램에서 장기 프로젝트로 프로레슬링을 배우는 과정을 담았는데, 몇 달간 꾸준히 프로레슬링을 배운 멤버들은 큰 경기장까지 빌려 관중들을 초대해놓고 꽤 그럴 듯한 퍼포먼스를 보여주었다. 나와 형이 웃음이 터진 것은, 옛날 바로 이 안방에서 이불을 두세 겹 깔아놓고 형이 나에게 시전해 마지않던 레슬링 기술을 그들이 똑같이 보여주었기 때문이었다. 거의 동시에 "아! 저거!" 하던 우리는 실로 오랜만에 눈을 맞추었다.

형과 나는 그 순간, 역도산과 김일이 되어 온갖 말도 안 되는 프로레슬링 기술을 서로에게 선보이다 어머니에게 꾸중을 듣던 시절로 돌아가 있었다. 형이 암바를 잘못 걸어 내 팔이 빠졌을 때 고통스러워 데굴데굴 구르는 나를 보고 어쩔 줄 몰라 울음을 터뜨렸던 어린 형의 얼굴이 생각나기도 했고, 형이 외가댁에 간 사이 형 방에서 형의 물건을 실컷 만지며 좋아하다가도 일순간 '형이 없어서 심심하다'는 당시로서는 알 길이 없었던 형제애의 양가감정을 느꼈던 당혹스러운 순간이 생각나기도 했다.

그러다가 문득, 훌쩍 등산이라도 가고 싶을 때, 밤낚시 가서 소주 한잔하고 싶을 때, 시원하게 때려 부수는 조금은 폭력적인 느와르 영화를 보고 싶을 때, 가기 싫다는 아내와 아이들에게 비굴하게 읍소하기보다 형에게 전화를 걸어도 좋지 않을까 하는 생각이 들었다. 이때로부터 한 달 후엔가 우리 형제는 근 20년 만에 처음으로 함께 영화를 보러 갔다. 형제가 같은 링에서 서로를 향해 주먹다짐을 해야 하는 영화 〈워리어〉였다.

2011년 가을 개봉될 당시 해외 언론에서 유례없이 극찬을 한 데다 대체 어떤 형제 얘기일까 궁금하기도 했던 영화였다.

군인으로 전쟁에서 인질을 구출하고 영웅이 된 동생 토미. 하지만 그는 작전 중에 가장 친한 동료를 잃었다는 죄책감에 시달리게 된다. 어제의 영웅이 오늘의 비겁한 동료가 된 현실에서 괴로워하던 토미는 자신의 명예를 되찾고 안타깝게 죽은 동료와의 의리를 지키기 위해 500만 달러라는 거액의 상금이 걸린 사상 최대 챔피언십 리그에 도전하기로 결심한다.

하지만 이 리그에 목숨을 거는 또 한 남자가 있었으니 그는 바로 토미의 형, 브랜든이었다. 브랜든은 알코올 중독자인 아버지와 어린 토미를 버리고 자신의 미래를 위해 집을 나왔던 비정한 형이었다. 하지만 그렇게도 행복한 가정을 꾸리고 싶었던 브랜든에게 현실은 녹록치 않았다. 딸이 심각한 병이 든 데다, 막대한 돈이 드는 병원비 때문에 간신히 마련한 집마저 잃어버리게 될 상황에 놓이게 되자 리그에 출전한다. 토미에게도, 브랜든에게도 필사적인 승부가 될 수밖에 없는 챔피언십 리그인 것이다.

이 영화의 최대 묘미는 리얼한 격투 장면에 있다. 게빈 오코너 감독은 반드시 이겨야만 하는 두 형제의 마지막 싸움에 리얼한 액션을 계속적으로 주문했고, 실제 경기를 방불케 하는 액션으로 경기 장면에서 한시도 눈을 뗄 수 없게 만들었다. 격투 장면이 하도 많아 배우들의 부상도 대단했다고 한다. 토미 역을 맡은 배우는 인대와 갈비뼈가 부러졌고, 브랜든 역을 맡은 배우도 무릎 인대가 파열되었다고 했다. 그 열기 때문인지 부상투혼을 펼치며 두 형제가 각각 토너먼트를 통해 다른 선수들을 하나씩 제치고 결승으로 올라오는 장면들은 박진감 넘치는 구성에 더해져 실제 경기보다 더 손에 땀을 쥐게 했다.

　그렇게 치열한 접전 끝에 결국 두 형제는 운명처럼 마지막 결승전에서 맞붙게 된다. 서로가 서로의 눈을 바라보며 주먹을 쥐고 가드를 올린 두 형제……. 열광하는 관중들의 환호 속에서 얼굴은 일그러져 있지만 끔찍하게도 닮아 있는 형제의 모습이 어찌나 처연하던지, 감히 내 입장인 토미를 응원할 수도 그렇다고 형인 브랜든을 응원할 수도 없어 아예 자리를 뜨고 싶을 정도였다.

　그들의 모습이 함께 비춰지는 스크린을 바라보며 나는 왠지 뭉클했다. 그들의 모습이 어쩐지 우리와 달라보이지 않았던 것이다. 우리도 인생이라는 링 위에서 참 치열하게 살아왔다는 생각이 들었다. 때로는 이길 때도 있었고, 때로는 녹다운이 되어 경기장 천장에 달린 조명만 바라봐야 할 때도 있었다. 형도 나도 그렇게 이제 인생에서 반 이상의 라운드를 탈진할 정도로 달려왔다는 게 새삼 뭉클하게 다가왔다. 형과의 간극을 줄이는 것도 '형도 나처럼 인생이라는 링 위에서 치고받느라 힘들고 지쳤겠구나.' 하는 짧은 이해면 족한 것이었는데 싶은 허탈한 깨달음이 올라오기도 했다.

　"탭(항복 의사)해, 토미. 괜찮아, 토미."

　형과의 싸움에서 어깨가 부러져 쓰러진 토미에게 눈물과 피와 땀으로 범벅이 된 브랜든이 다가가 이렇게 말한다. 이 장면에서 눈물을 흘리지 않은 형제가 있었을까. 져도 진 것이 아니라는 걸 형이 알고 있으니 이제 그만 고통을 참고 항복하라는 형의 울부짖음이 어찌나 절절하게 가슴에 와 꽂히던지…….

나를 알아줄 사람, 먼 길을 돌아 여기에서 다시 만났지만 그래도 내 자신의 모습을 가장 잘 알아줄 사람, 싱겁게도 그건 우리형이었는지도 모르겠다는 생각이 든다. 자매들처럼 자주 만나 수다를 떨고, 남편 흉에 시댁 흉까지 다방면으로 '모두까기'를 할 오지랖은 없어도, 이렇게 가끔 만나서 아무런 말없이 영화 한 편 보고 헤어져도 참 좋겠다는 생각도 들었다.

아, 그러려면 먼저 휴대전화 속에 살고 있는 '왕○○'라는 건조하기 짝이 없는 형의 이름 석 자부터 다른 것으로 바꿔야겠다. 둘도 없는 형제였고, 절대로 나뉘지 않을 아군에다, 더 나아가 끈끈했던 가족으로 돌아가는 길은 형에게서 걸려온 전화를 보고 물끄러미 바라보지 않을 수 있는 작은 것에서부터 시작될 터이다.

나와의 추억에
가격을 매겨다오

　행복한 순간은 언제나 비현실적으로 짧다. 분명 어떤 시작점부터 특정한 어느 때까지 지속되었을 텐데도, 회상 속에는 언제나 마치 늦가을 오후 호수에 비친 햇살처럼 순간으로만 각인되어 있다. 아쉽다. 행복했던 기억이 소중한 만큼 내 기억의 공간을 할애할 충분한 용의가 있고, 통째로는 아니더라도 몇몇 장면만은 온전히 재생하고 싶은데, 그 순간들은 언제나 토막 난 필름처럼 짧고, 우리는 자주 그 기억들을 잊어버리니 말이다.

　2015년 1월에 대한민국을 떠들썩하게 했던 사건이 있었다. 화물트럭 운전 일을 하는 한 예비 아빠가 일과를 마치고 임신 7개월째인 아내를 위해 크림빵을 사가지고 귀가하다 뺑소니 차량에 치여 숨을 거둔 사건이었다. 이 사건은 일명 '크림빵 뺑소니'로 불리며 국민적인 관심을 모았다. 여느 뺑소니 사고와는 다른 가슴 아픈 사연이 많은 사람들을 안타깝게 했고, 네티즌들이 함께 범인을 찾아나섰다.

피해자인 '크림빵 아빠'는 사범대학을 우수한 성적으로 졸업한 성실한 청년이었다. 그러나 어려운 가정 형편으로 인해 선생님의 꿈을 포기하고 화물트럭 운전이라는 생업에 뛰어들었고, 하루 종일 운전대를 잡고 일을 하면서도 아내와 곧 태어날 아이를 위해 현실을 견뎠다. 사고를 당하던 그날도 그는 아내에게 줄 크림빵을 사들고 집으로 향했다. 좋아하는 생크림 케이크 대신 크림빵밖에 못 사줘 미안하다고, 태어날 우리 아이에게는 더욱 잘해주자고, 그렇게 통화를 하며 마음을 나누던 예비 아빠는 그 시간 이후 아내도 아직 태어나지 않은 아이도 영영 볼 수 없게 되었다.

크림빵 아빠의 안타까운 뺑소니 사고 소식이 전해지자 각종 온라인 커뮤니티에서는 범인을 잡기 위한 누리꾼 수사대의 광범위한 수사 활동이 펼쳐졌다. 한 중고자동차 거래사이트의 이용자가 사고 현장 인근에서 사고가 난 시간에 운행한 사람들의 블랙박스를 확인해달라고 호소했고, 이어지는 누리꾼들의 제보에 경찰이 수사망을 좁혀가던 중 결국 피의자는 자수를 하게 된다.

그렇게 범인은 잡혔고, 준엄한 법의 심판을 받게 되었다. 하지만 어딘지 헛헛한 마음을 씻을 수 없다. 이미 세상을 떠난 크림빵 아빠는, 앞으로 태어날 아이와 함께 가졌을 추억을, 세월이 지나 순간으로 기억될지언정 눈도 못 뜰 만큼 빛나는 추억을, 영영 갖지 못할 것이기 때문이다. 이 사건이 해결국면으로 접어들던 때 한 라디오에서 크림빵 뺑소니 사건의 가족과 인터뷰를 끝내면서 루더 밴드로스(Luther Vandross)의 〈Dance with my father〉라는 곡을 틀어주었다. 이 노래는 아이 때 지닌 아빠와의 추억이 담긴 노래여서 더 절절하게 다가왔다.

Back when I was a child

Before life removed all the innocence

My father would lift me high

And dance with my mother and me

And then Spin me around til' I fell asleep

Then up the stairs he would carry me

And I know for sure I was loved

옛날 내가 어렸을 때, 순수함을 잃어버리기 이전에

아빠는 나를 높이 들어 올려주었고 나와 엄마와 함께 춤을 추곤

하셨죠. 그리고 나서 내가 잠들기까지 날 안고 흔들어주셨어요.

그리고 아빠는 나를 방으로 데려가 누이셨어요.

난 사랑받고 있음을 알았죠.

If I could get another chance

Another one, another dance with him.

I'd play a song that would never never end.

How I'd love love love...

To dance with my father again.

행복한 순간은 언제나 비현실적으로 짧다.

분명 어떤 시작점부터 특정한 어느 때까지 지속되었을 텐데도,

회상 속에는 언제나 마치 늦가을 오후 호수에 비친 햇살처럼

순간으로만 각인되어 있다. 행복했던 기억이 소중한 만큼

내 기억의 공간을 할애할 충분한 용의가 있고,

통째로는 아니더라도 몇몇 장면만은 온전히 재생하고 싶은데,

그 순간들은 언제나 토막 난 필름처럼 짧고,

우리는 자주 그 기억들을 잊어버린다.

만약 내게 또 한 번 기회가 온다면 아빠와 함께 춤을 추고 싶어요
나는 절대로 끝나지 않을 노래를 부를 거예요
아빠와 다시 한 번 춤을 춘다면, 얼마나 좋을까.

노래가 흘러나오는 동안 내 눈물도 같이 흘렀다. 노래 가사처럼 우는 아이를 달래고 재운 뒤, 아이의 이불 밑에 1달러를 놓아두며 아빠는 언제나 네 편이라는 것을 알려줄 수 있는 일, 그 작은 일상이 우리에게 얼마나 고마운 일이던가. 나는 아이와 내가 가질 단둘만의 추억이 있다는 사실이 너무 고마워서 주책없이 눈물을 흘렀다.

폭풍 감동으로 뺨을 적신 뒤 그 흔적이 채 마르기 전에 한껏 감상에 젖어 소파에 앉아 있는 딸에게 다정하게 물었다.

"지난번에 아빠랑 수목원 갔을 때 봤던 별, 기억나? 진짜 예뻤지?"

그런데 말이다. 뜨악해도 이렇게 뜨악한 일이 벌어질 수는 없는 거다. 돌아오는 대답은 이랬다.

"몰라, 기억 안 나. 오늘 저녁에 피자 먹어도 돼?"

서운하기 그지없는 무관심에 동문서답도 이런 동문서답이 없다. 아이가 기억하는 나와의 추억의 값어치는 이다지도 허름한 것이란 말인가? 아이여서, 기억의 총량이 아직은 나만큼 크지 않아서, 아이가 줄 세우는 좋은 기억의 순위가 어른인 나와 충분히 다를 수 있을 거라고 그렇게 위로할 수도 있다. 그렇지만 여전히 서글픈 마음 한 구석에서 슬몃 두려움이 일었다.

아이에게 나는 아침에 나갔다 늦게 들어와 얼굴 보기도 힘든 그저

무심한 아빠였던 걸까. 주말이면 의무감으로 여행을 계획하고 내가 좋았다는 이유만으로 아이에게 억지 추억을 강요하는 못난 아빠는 아니었을까. 나와 아이가 공유하는 추억의 값어치가 날이 갈수록 점점 더 차이가 커지는 건 아닐까. 그러면 그때는 어쩌지…….

자못 심각하게 이런 고민을 털어놓았을 때 누군가 씁쓸한 농담을 했던 게 기억난다. '아이에게 더 오래, 아름답게 기억되고 싶은가? 그렇다면 최대한 많은 재산을 남겨주어라. 아이는 현금을 쓰고, 부동산을 팔고, 또 그 돈을 쓰는 동안 아버지를 기억할 것이다!'라고 말이다. 자식이 아버지에게 기대하는 위대한 유산의 절대적인 가치가 물질적인 쪽으로만 흐르는 요즘 세태를 비아냥거리는 말이지만, 그저 웃어넘길 수만은 없었다. 그것이 부정할 수 없는 현실이기도 하니 말이다.

캥거루족을 아는가? 어미의 배 주머니에서 자라는 캥거루처럼 성인이 된 이후에도 경제적으로나 정신적으로 제때 독립하지 못하고 부모에게 의존하는 젊은 세대를 칭하는 것이다. 키워주고 길러주고 성인이 된 이후까지 건사해준 부모와 그동안 부모가 지극정성으로 만들어준 유년 시절의 추억에 값어치를 매기기는커녕 기본적인 독립도 못해 부모 노후의 마지노선인 연금에까지 손을 대는 못난 자녀들이 늘어가는 요즘이 아니던가. 그렇다. 마냥 감상적으로 아이와 내가 가진 추억의 값어치가 같을 것이라고 믿어버리기엔 현실은 다분히 가혹하다.

하지만 그런 두려움이 엄습해올 때 아이와 함께 미국의 소설가 로버트 뉴튼 펙의 《돼지가 한 마리도 죽지 않던 날》을 읽어본다면 그 안에서 오롯한 희망을 만나게 될지도 모른다.

버몬트 지방에 사는 주인공 로버트는 매일 매일 돼지를 잡는 도살업자의 아들이다. 로버트의 아버지는 평생을 우직하게 남의 땅에서 농사를 짓고, 돼지를 잡으며 살아가는 노동의 삶 그 자체인 사람이었다. 글은 모르지만 청교도의 절제된 삶을 살았던 아버지는 현실은 괴로워도 천국의 행복을 아이에게 말없이 보여주는 교과서 같은 사람이었다.

돼지 도살업자 아들의 가장 친한 친구가 새끼 돼지라는 역설적인 설정이 보여주는 삶의 아이러니는 아버지의 성실한 삶을 관조하는 로버트의 시선 속에서 결코 희화되지 않는다. 로버트의 눈에 비친 아버지는 생의 근면함 속에서 자신을 드러내는 큰사람이었고, 넓은 도시에 대해 잘 아는 테너 아저씨나 자기 감정에 취해 부인을 버리고 바람이 난 힐먼 아저씨보다도 위대한 사람이었다.

그런 로버트와 아버지 사이에도 갈등이 생긴다. 로버트는 유일한 친구인 새끼 돼지 핑키를 잡아먹지 않고 암돼지로 기르겠다며 온갖 정성을 기울인다. 덕분에 핑키는 몸집이 너무 커졌고 가난한 로버트네 집에서는 그런 핑키를 감당할 수 없었다. 결국 아버지는 본연의 직업의식을 발휘해 핑키를 잡았고, 로버트는 그런 아버지가 처음으로 미워졌다. 갈등이 시작되자 로버트에게도 아버지는 글도 모르는 무식한 돼지 도살업자가 되었던 것이다.

그러나 아버지는 로버트의 마음을 움직인다. 그럴 듯한 말이나 물질적인 회유가 아니라 어른으로서 또 남자로서 살아가는 평범한 방법들을 알려주며, 핑키가 사라진 곳에 아버지와의 추억을 채워주었던 것이다. 돼지와 젖소는 함께 키우면 안 된다는 것, 닭을 지키는 개는 먼저 족제비랑 싸움을 시켜봐야 한다는 것처럼 가축을 기르고 농사를 짓는 법을 가르쳐주며 로버트가 아이가 아닌 어른으로 자라는 순간을 함께 했다.

비록 까막눈에 땅 한 뙈기 없는 가난한 돼지 도살업자였지만, 아버지에게는 지혜가 있었다. 그랬기 때문에 로버트는 나중에 커서 아버지처럼 되고 싶다고 생각했고, 또 언젠가 세월이 많이 지나면 아버지보다 훨씬 더 좋은 남자가 되고 싶다는 어렴풋한 목표도 세웠다. 그 목표를 확인하는 날은 생각보다 일찍 왔다. 아직 어린 로버트와 엄마를 두고 아버지가 세상을 떠난 것이다. 그러나 로버트는 아버지에게서 배웠던 그대로 차분하게 또 어른스럽게 모든 일을 처리한다.

마지막으로 클레이 샌더 사장님이 아빠랑 일하던 동료들과 함께 찾아왔다. 그날 하루만큼은 모두들 일손을 놓았다. 돼지가 한 마리도 죽지 않는 날이었다.

저 단 두 문장으로 아버지의 죽음을 서술하는 아들의 마음이 읽혀져 오래도록 책장을 덮지 못했던 기억이 난다. 가슴에 남은 긴 여운이 생각의 꼬리를 문다.

내가 아이에게 물려줄 것은, 아이가 기억하고 값어치를 매겨주어야 할 나에 대한 추억은 바로 이런 것이어야 하지 않겠는가. 우리는 부자가 아니라고 하는 로버트에게 "아니야, 우린 부자야. 우리에겐 서로 아껴주는 가족이 있고, 농사지을 땅이 있어. 그리고 언젠가는 이 땅이 완전히 우리 것이 될 거야."라고 말해주던 아버지의 힘 있는 목소리야말로 우리가 아이들에게 물려줘야 할 위대한 유산 아닌가.

아이가 위대한 유산의 가치를 가슴으로 느낄 수 있으려면 로버트의 아빠처럼 우리도 몸으로, 행동으로 보여줘야 한다는 반성도 해본다. 가장 사랑하는 무언가를 빼앗으면서까지 아버지가 로버트에게 알려줬던 '포기'의 가치, 잊지 않고 그 빈자리를 채워주었던 아버지와 함께 배운 삶의 지혜, 그 모든 것이 아빠의 움직임, 거기서 시작되었으니 말이다. 그리고 나서 아이에게 당당히 이 한마디를 하고 싶다.

"아이야, 내가 남긴 재산이 아니라 나와의 추억에 가격을 매겨다오!"

우리 시골 가서
살까?

아내 몰래 시골에 땅을 보러 간 친구 S가 모골이 송연해진 이야기라며 꺼낸 말이 참 곱씹을수록 웃기다. 시골 출신인 자신과는 달리 일생을 도시에서만 살아온 아내에게 대뜸 귀농하자고 하면 그 자리에서 칠색 팔색을 할까 싶더란다. 그래서 아내에게는 말을 하지 않고 한번 내려가서 땅값이나 주변 분위기만 보고 올라온 날이었다. 아내와 함께 저녁 뉴스를 보는데 하필이면 그날 사건사고 뉴스에 이런 사건이 올라왔다.

경북 문경에 갓 귀촌한 40대 부부가 숨진 채 발견돼 경찰이 수사에 착수했다는 소식이었다. 경기도에 살다가 숨지기 전 여름 귀촌을 해 2층짜리 주택을 짓기 시작한 부부는 완공된 집에 들어간 지 이틀 만에 싸늘한 주검으로 발견되었다. 남편은 작은 방에 엎드려 있고, 아내는 입에 거품을 문 채 거실에 누워 있었다.

남 얘기만이 아닌 것 같아 놀란 마음에 갑자기 허리를 곧추세우고 뉴스를 뚫어져라 바라보던 S는 결국 아내의 레이더망에 걸렸다. 결국 오늘 어디 갔다 왔는지 말하라는 심문에 넘어갔고, 급기야는 그냥 땅 값만 알아보러 간 것이었다고 이실직고 하는 상황에 이르렀다. 그 이후부터는 집에서 귀농의 ㄱ자도 꺼낼 수 없음은 물론, 그냥 흥얼거리는 노래로라도 애창곡이었던 〈흙에 살리라〉는 부를 수 없었다는 슬픈 전설 같은 이야기였다.

한바탕 웃다 보니 차츰 얼굴이 심각해지는 녀석들이 몇 있다. 구체적이지는 않아도 은퇴하고 아이들이 자라서 독립을 하면 도시가 아닌 시골에서 여생을 보냈으면 좋겠다고 막연히 생각했던 놈들이 꽤나 많았던 모양이다. 이야기를 꺼낸 S에게 〈흙에 살리라〉가 금지곡이 된 사연은 참으로 안타까운 일이나, 뉴스에 등장한 것처럼 나쁜 귀농 사례만 있는 것은 아니다. 주변에 귀농해서 죽지 않고(?) 잘 사는, 심지어 제2의 인생을 시작한 지인들도 종종 있기 때문이다.

그러나 우리 중 누구도 우리가 알고 있는 긍정적인 사례를 들어 아내를 설득할 만한 용기를 낼 사람은 없어 보였다. 농촌으로 가건, 어촌으로 가건 뭐니 뭐니 해도 아내와 가족을 설득하는 것이 관건이었다. 그도 그럴 것이 이 나이에 무슨 부귀영화를 누리자고, 주말부부도 아니고 기러기부부도 아닌 '따로국밥 귀농가족'을 만들 수는 없는 노릇이니 말이다.

귀농·귀촌을 하려는 연령대를 보면 50대가 가장 많아서 전체의

30%가 넘는다고 한다. 여전히 부모님이 시골에 사시거나, 1960년대 부모님 손을 잡고 도시로 왔던 베이비부머 세대들이 장년이 되어 다시 농촌으로 돌아가고 있는 것이다. 50대가 귀농·귀촌에 적극적으로 관심을 보이는 구체적인 이유를 살펴봤더니, 명예퇴직 같은 이유로 직업을 전환해야 하는 형편인데다가 비싼 도시 물가를 버텨내기가 쉽지 않은 이유가 컸다. 서울에서 평균적인 부부의 한 달 생활비가 250만 원 정도 든다면 농촌에서는 경조사비를 제외하고는 50만 원이면 충분히 지낼 수 있다. 또 텃밭에서 직접 작물을 재배하면 어지간한 것들은 자급자족할 수 있다는 것도 장점이다.

하지만 이 정도로 아내를 설득할 수 있을 것이라고 생각했다면 오산이다. 아내에게는 단칼에 우리의 풀을 죽일 수 있는 문장이 준비되어 있기 때문이다.

"당신이 시골 가서 뭘 할 수 있는데?"

인정하기는 싫지만 가만히 우리 자신을 돌아보면, 농부의 아들이긴 했으나 농부는 아니었고, 농부 아들의 친구인 적은 있었어도 농부인 적은 없었다. 그렇다면 이쯤에서 남자들도 스스로에게 냉정한 질문을 던져볼 필요가 있다. '나는 과연 왜 시골에 내려가서 살고 싶은 것일까?', '내가 시골에 내려가서 뭘 할 수 있을 것인가?'

전문가들의 조언에 따르면, 귀농을 많이 결심하는 50대 이상의 장노년층이 어린 시절 농촌 일손을 돕던 경험으로 농사에 달려드는 것이 독이 된다고 한다. 삽을 들고 소를 끌며 농사를 짓던 과거와 달리 여느 선진국 못지않게 기계화되고 대량화된 농촌의 과학농법을 도시에서

온 사람들이 오히려 더 이해하지 못한다는 것이다.

또 하나 큰 벽이 있다. 오랜 서울살이에 지쳐 담벼락 없는 농촌의 정 깊은 삶을 꿈꾸며 내려갔다가는 큰코다친다는 것이다. 성격이 소탈하 니 금방 적응될 거라고들 생각하지만 현실은 또 다르다. 아내와 아이 들은 차치하고 내 문제가 될 공산이 크다. 아파트처럼 익명성이 보장 된 공간에서 20년이 넘게 살아온 나 같은 사람이 식전 댓바람부터 남 의 집에 불쑥불쑥 들어와 이것저것 간섭하는 시골 분위기에 쉽게 적응 할 수 있을까? 겉은 사람 좋은 농부의 아들이면서 속은 서울깍쟁이인 내가 먼저 다가가 손을 잡기는커녕 크고 작은 일상이 공개되고 공유되 는 환경에 질색할지도 모를 일이다. 정말 조용히 안빈낙도(安貧樂道)하 고 싶다면 오히려 시골보다 아파트가 더 나을 수도 있다. 농촌에 산다 는 것은 부족하고 불편한 삶을 기꺼이 받아들이는 것이기도 하다. 귀 농·귀촌을 고려하면서 우리는 이것을 너무 쉽게 간과하고 있는지도 모른다.

그래도 아직은 용감한 남편들이 많은지 귀농을 결심한 사람들 중 57%는 나 홀로 귀농을 감행한다고 한다. 이른바 전원생활에 대한 동경 으로 귀농에 필이 꽂히면 바로 행동에 옮기는 남자들이 여전히 많다는 것이다. 하지만 전문가들이 가장 경계하는 점이 바로 이것이다. 50대라 면 자녀 교육도 얼추 끝나 자녀에 대한 부담은 적지만, 아내는 이제야 좀 걱정 없이 편안히 지낼 수 있는 시기가 왔는데 시골로 내려가자는 소리가 귀에 들어올 리 만무하지 않겠는가? 앞서 말한 S처럼 애창곡을 금지곡으로 만들지나 않으면 다행이다. 아무리 천사 같은 아내라고 해도 이혼을 불사하고서라도 시골에는 내려가지 않겠다고 버티면 일은 정말 커진다.

언젠가 방송에서 인터뷰 할 일이 있어 전문가에게 자세히 물어봤더니 귀농·귀촌도 성공하려면 공부가 필수라는 이야기를 했다. 내가 가려는 곳의 지형, 날씨, 특용작물, 지역 주민들의 특성 이 모든 것을 고려한 공부 없이는 인생 2모작은 절대로 성공할 수 없다는 것이다.

요즘은 굳이 내려가지 않고도 온라인에서 귀농·귀촌에 대한 공부를 할 수 있는 곳이 많다. 농업진흥청 귀농귀촌종합센터로 문의하면 농식품부, 농협 등 8개 기관에서 나와 기술지도, 농업자금 대출 등 귀농·귀촌과 관련된 것을 종합적으로 일괄 상담해주기까지 한다. 또 나보다 먼저 귀농한 선배 귀농인들의 도움을 받을 수 있는 커뮤니티도 활성화되어 있다. 요즘은 정부에서도 귀농·귀촌을 권장하는 터라 귀농 교육을 100시간 이상 받으면 귀농 창업자금도 지원받을 수 있다.

이렇게 1, 2년 정도 사전 정보를 충분히 모으고, 그 동안 아내와 가족에게 충분히 동의를 얻는 과정을 거치고 난 다음에야 비로소 귀농을 구체화해야 한다. 그럼에도 불구하고 아직도 농업을 그냥 주먹구구로 가서 하면 되는 간단한 일로 알고 있는 경우가 많다. 귀농·귀촌진흥원 자료에 따르면 귀농·귀촌자 가운데 귀농 교육을 받은 사람은 불과 17%에 불과하고 83%는 아예 교육을 받은 적이 없다고 답했다. 대부분이 사전에 아무런 준비 없이 무대책 귀농을 하고 있는 것이다.

농부의 아들로 일찍 고향에 내려간 친구는 이런 조언을 했다. 교육을 다 받으면 굳이 시골 땅이 아니더라도 근교에 텃밭이라도 한번 일구며 경험을 쌓아보라고 말이다. 내 손으로 고랑을 만들고 씨를 뿌리고 거기에서 거둬들이는 소출의 기쁨을 가족과 나누는 과정이 지금 내가 살고 있는 도시의 삶보다 월등히 좋아야 생의 마지막 이사를 준비할 수 있는 것 아니겠는가? 요식행위같이 보이지만 적성검사는 꼭 해보라는 말도 잊지 않았다. 그림 같은 전원생활은 그림일 뿐이다. 온갖 편의시설이 다 갖춰져 있는 도시를 떠난 시골에서의 삶은 이민과 거의 맞먹는 수준이기 때문에 내가 과연 그러한 스트레스를 견딜 수 있을지에 대한 적성검사는 필수라는 것이다.

　'단순 작업을 묵묵하고 꾸준하게 할 수 있다', '다른 사람들과 어울리거나 사귀는 데 힘들지 않다', '사무실 작업보다 야외에서 몸을 움직이며 일하는 것이 좋다', '혼자보다 여럿이 일하는 것에 더 보람과 흥미를 느낀다' 등 30개 문항에 대해 '매우 긍정'부터 '매우 부정'까지 다섯 개 척도로 답을 하면, 귀농에 대한 적성과 귀농에 대한 의욕 및 동기, 사전 준비를 얼마나 잘했는지에 대해 두루 적합도를 평가한다고 한다. 점검 결과 120~150점을 받으면 귀농에 대한 적응력이나 의욕, 준비 정도가 상당히 높은 것이며 75~119점은 귀농에 대한 기본적인 이해도나 적응 준비는 돼 있다고 판단한다. 30~74점을 받은 사람이 준비를 더 많이 해야 함은 말할 필요도 없다.

　무턱대고 귀농 이야기를 꺼내는 일은 이제 그만두어야 할 때이다.

만만한 일도 아니고 삶이란 게 쉽사리 뒤집을 수 있는 것도 아니니 진지하게 체계적으로 준비를 해야 한다. 하지만 무작정 땅부터 알아보고 철없이 굴더라도, 오십이 넘은 남자들이 시골로 내려가고 싶어 하는 마음을 무조건적인 도피라고 몰아붙일 일은 아니다. 아직은 힘이 남아 있는데 몸담았던 조직 밖으로 밀려났을 때, 세상에 주눅들기보다는 새로운 곳에서 다시 시작하겠다고 분연히 떨치고 일어서는 게 다행이지 않은가.

조금은 특별한 제 2의 인생을 준비하는 그대를 응원한다. 새로 내려갈 농촌을 공부하고 지역 어르신들께 눈도장을 찍으려고 막걸리 주량만 솔솔 늘어난대도, 그런 그대의 건강한 안간힘을 또 그 속에 숨은 묘한 떨림과 설렘을 응원한다.

일기 쓰는 남자

'외상은 어림없지'

만약 어떤 술집의 이름을 짓는다면 이보다 더 좋은 이름이 있을까? 아프리카 콩고의 한 도시에 '외상은 어림없지'라는 술집이 있다. 24시간 문을 닫지 않는 이 술집의 최고 단골손님은 '깨진 술잔'이고, 사장은 '고집쟁이 달팽이'에, '인쇄공', '팸퍼스 기저귀' 같은 단골손님이 있다. 아프리카 출신 소설가 알랭 마방쿠의 소설《아프리카 술집, 외상은 어림없지》에 등장하는 인물들이다.

'외상은 어림없지'에 죽치고 앉아 허송세월 중인 '깨진 술잔'은 어느 날, 막역한 친구이기도 한 '고집쟁이 달팽이'에게서 노트 한 권을 건네받는다. 이 술집의 역사를, 그의 삶을 기록해달라는 부탁과 함께. 그런 노트가 있다는 사실을 알게 되자 술꾼들은 서로 자신의 기막히고 희한한 인생 이야기들을 적어 달라고 몰려든다.

열심히 떠들고 소란을 일으키며 싸움을 하는 단지 그 방식으로 살아 있다는 것을 외치는 술집의 사람들. 그런 그들이 실존하고 있다는 걸 기록해줄 사람은 바로 노트를 가진 '깨진 술잔'뿐이었다.

이 책을 읽다 보면 이런 노트 한 권쯤은 가지고 있어야겠다는 생각이 든다. 그래서 새삼 일기 쓰는 습관을 지니고 있는 게 다행스럽게 여겨지기도 한다. 일기를 쓰는 것은 한 번 지나가면 다시 돌아올 수 없는 시간에 대한 복기(復棋)요, 다시 저지르지 않았으면 하는 일에 대한 다짐이요, 내일은 이뤄지기를 바라는 소망이 모이는 집을 짓는 일이다.
그렇다고 일기가 모두 자기중심적이라는 것은 아니다. '깨진 술잔'이 쓰는 노트처럼 타인의 희노애락에 귀 기울이며 내 마음에 적을 수 있다면 나를 채운 기쁨과 슬픔이 하나의 노트에 채워질 것이고, 어쩌면 그렇게 채워진 삶은 지금보다 우리를 좀 덜 외롭게 만들지도 모를 일이다.

가톨릭 사제를 친구로 둔 K가 친구의 독특한 습관에 대해 얘기한 적이 있다. 그 신부(神父) 친구는 오십이 되는 친구들에게 생일 선물로 여지없이 일기장을 주었다. '쉰 살이나 먹었는데 매일 매일 기록할 만한 일들이 무에 그리 일어나겠냐!'고 핀잔을 주면서도 친구들은 이내, 일 년만 써보라는, 하나님이랑 가깝게 지내는 친구 말 들어 나쁠 것 없다는 협박 아닌 협박에 넘어갔다.
K도 그중 하나였다. 그렇게 시작해 일 년 남짓 일기를 써보고 나니

인생은 구멍이 굵게 짜여진 '체' 같다는 생각이 든다.

스스로 살피며 구멍을 촘촘하게 조이지 않으면

돌멩이나 검불 같이 불필요한 것들이 체 아래로 쑥 빠져나온다.

이제는 나에게 남은 감정과 상대방에게 남은 감정,

과정을 거치고 결과를 맞이하면서 변해버렸거나

아예 다른 것이 된 사건들에 대해서도

다시 한 번 곱씹어볼 나이가 충분히 되었다.

그렇기에 마땅히 일기를 써야 할 시점이 된 것이다.

비로소 신부 친구의 뜻을 헤아리게 되더라고 했다. 처음에는 자신의 역사를 스스로 기록한다는 것에 의미가 있는 건 줄 알았단다. 하지만 일기를 적기 전에 매일 경구(警句)처럼 읽게 되는 글에 비밀이 있다는 걸 나중에 알게 되었다. 신부 친구가 일기장을 선물할 때 맨 앞장에 적어 놓은 톨스토이의 글 때문에 잠시나마 짧은 성찰의 시간을 갖는 것이 가장 좋았다는 것이다. 그 글은 톨스토이의 《살아갈 날들을 위한 공부》 중에서 '세상에서 가장 강한 존재'라는 부분이었다.

영혼은 유리병과 같다. 우리의 육체 안에는 투명한 유리병과 빛나는 불꽃이 모두 들어 있다. 우리는 매일같이 새로운 것을 찾아냈다. 우리는 많은 것을 알고 있고, 매 순간 많은 일을 하고 있지만 가장 중요한 것은 빠뜨렸다. 우리는 쓸모없는 것은 너무도 많이 알고 있지만 정작 가장 중요한 우리 자신은 알지 못한다. 우리 안에 사는 영혼을 기억할 수만 있다면 우리의 삶은 완전히 달라질 것이다.
철은 돌보다 강하고 돌은 나무보다 강하며 나무는 물보다 강하며 물은 공기보다 강하다. 그러나 보이거나 들리지 않지만 다른 무엇보다 더 강한 것이 존재한다.
과거에도 있었고 지금도 있으며 영원히 사라지지 않고 남을 그것은 바로 모든 사람 안에 살아 있는 영혼이다. 우리는 산맥과 태양, 우주의 별들에 감탄한다. 하지만 우리 영혼과 비교한다면 모두 하잘것없다. 영혼은 세상에서 가장 강한 존재이다.

농담처럼 하나님과 친하게 지낸다고 얘기하는 사제는 또래 친구인 우리보다 자기 자신의 영혼을 살펴볼 기회가 많았을 것이다. 그래서 상대적으로 그런 시간이 턱없이 부족한 우리가 스스로의 영혼을 잃어 가는 것을 지켜보며 안타까웠던 모양이다.

살다 보니 인생은 구멍이 굵게 짜여진 '체' 같다는 생각이 든다. 스스로 살피며 구멍을 촘촘하게 조이지 않으면 돌멩이나 검불 같이 불필요한 것들이 체 아래로 쑥 빠져나온다. 이제는 나에게 남은 감정과 상대방에게 남은 감정, 과정을 거치고 결과를 맞이하면서 변해버렸거나 아예 다른 것이 된 사건들에 대해서도 다시 한 번 곱씹어볼 나이가 충분히 되었다. 그렇기에 마땅히 일기를 써야 할 시점이 된 것이다.

톨스토이 역시 평생 스무 권이 넘는 일기를 썼다. 그는 생의 마지막 순간에도 성찰을 멈추지 않고 "새 일기, 나 혼자만을 위한 진짜 일기를 쓰기 시작한다."라는 글로 문을 여는 《비밀일기》를 쓰기도 했다. 톨스토이가 사망하기 직전 약 3개월간 써왔던 비밀일기에는 러시아 대문호의 화려한 서사가 담겨 있을 것 같지만, 의외로 그렇지 않다. 그 속에는 아내 소피아에 대한 애증과 경멸, 늙고 아픈 몸을 이끌면서까지 집을 나와야 했던 이유와 과정, 그리고 역장 관사에서 사망하기 직전까지 고뇌했던 진리탐구에 대한 이야기 등이 시시콜콜 담겨 있다. 톨스토이가 이 글을 '진짜' 비밀일기라고 지칭한 이유도 여기에 있다. 러시아의 대문호가 아닌 인간 톨스토이의 숨김없는 내면고백과 삶의 고뇌가 처절할 정도로 그대로 드러나 있기 때문이다. 대문호도 어딘가 자신의 감정의 찌꺼기를 털어 놓을 곳이 필요했던 것이다.

일기는 단순한 글쓰기로서가 아닌 어떤 치유의 목적으로도 그 역할을 다할 수 있다. 그러니까 내가 가장 나다운 것이 정상이라면 나를 그 상태로 유지하게 만들어주는 가이드라인 같은 것이 될 수 있는 것이다.

한 심리학 책에서 우리가 후회하는 말과 행동을 분석한 결과를 보니, 사람들은 자신이 정말 못된 말과 행동을 했을 때보다는 '나답지 않은' 행동과 말을 했을 때 더 많이 후회하게 된다고 한다. 다른 사람처럼 보이고 싶은 마음에, 잘 하지 않던 말이나 행동을 해보지만, 결국 그것은 나다운 것이 아니기 때문에 생경함만을 남긴 채 후회하게 만든다는 것이다. 유리병처럼 투명한 곳에 담겨 있는 자신을 보는 것에는 시간을 들이지 않고, 외부의 다른 것에만 집중한 결과 우리는 또 다시 후회의 잔을 들고 하늘을 바라보게 된다는 말이다.

많은 사람들이 일기 쓰기를 권유받으면 하는 말이 있다. '나는 글재주가 없어서…….' 특히 글쓰기 자체를 고역으로 아는 내 또래 남자들은 유독 이런 반응이 많다. 이 세상에 남에게 보여주려고 쓰는 일기도 있던가? 대문장가가 아닌 다음에야 그 일기가 후대에 길이길이 읽힐 일도 없으려니와 아이들에게나 아내에게 바치는 헌시나 편지 형태의 글이 아니라면 그 역시도 공유해서 읽을 일이 무에 있겠는가? 그저 단순하고 편안하게 나의 오늘을 기록하는, 일기 자체로의 역할만 담백하게 수행하면 그 뿐이다.

그래도 이왕이면 내가 생각하는 것, 내가 돌아보는 나의 삶을 좀 멋지게 남기고 싶다면, 리얼리즘의 대가인 안톤 체호프가 남긴 글을 잘 쓰는 방법에 대한 직설적인 조언을 들어볼 일이다.

> 게으름을 극복하기 위해서는 글을 써야 한다는 부담감 없이 여행하라! 아무도 공부하지 않은 것을 공부하라! 뜻하지 않은 일을 겪을까 걱정하지 마라! 너무 많은 계획을 세우지 마라! 헛소문과 낙서에 호기심을 가져라! 공동묘지에 가라! 혼자 산책하라! 여행이야기를 쓸 때는 추억에 몸을 맡겨라!

어떤가? 이 정도면 충분히 시험해볼 수 있는 글쓰기의 과정 아닌가? 마치 내일 지구가 멸망할 것처럼 부지런을 떨며 글을 쓰지 않아도 좋다는, 누구도 공부하지 않지만 나는 궁금한 것들을 관찰하라는 말. 일기를 쓰는 동안 뜻밖에 어떤 일들을 겪게 될까 두려워하지 말고, 남들은 가볍게 지나치는 스캔들에게 귀를 기울이며, 산책 같은 혼자 있는 시간을 즐기라는 안톤 체호프의 말은 결코 어려운 것이 아닌 듯싶다. 다시 말해 일기를 통해 나를 만나는 것, 글쓰기를 통해 나와 대화를 나누는 것이 그다지 어렵고 복잡한 것이 아니라는 말이다. 이제 마음 놓고 일기장을 사러 가는 40~50대 남자들이 늘어나지 않을까?

갈수록 점점 더 손아귀 힘이 빠지고, 내가 움켜쥘 수 있는 것들의 숫자가 줄어든다고 느껴지는가. 하루하루는 당장 치열하게 살지만, 체온이 식고 나면 언제 그랬냐는 듯이 사라지는 열 감기의 기억처럼 우리 인생도 그렇게 사라질 것만 같은가. 내가 살아온 궤적을 돌아볼 수 있는 기록이 하나도 없어 허무해진다면, 쑥스러운 열정 하나 가슴에 품고 일기장을 사러 가자. 일생 재미없고, 건조하고, 대단치 않은 삶을 살아온 것 같은 내 자신도 일기라는 기록으로 돌아보면 아직 '열두 척의 배'가 남은 인생일지도 모른다. 일기장 위에서 그것을 확인하며 슬몃 웃음 한 조각 베어 물게 될지도 모를 일이다.

보일러공이 된
은행장

불문율은 웬만해선 깨지 않는다. 불문율이 된 데는 다 그만한 이유가 있기 때문이다. 술맛 떨어지고 밥맛 떨어지기 때문에 친구들 모임에서 하지 말아야 할 불문율로 통하는 이야기가 있다. 바로 은퇴와 노후 이야기이다. 아직 시간이 좀 남았다고 생각해서인지, 어차피 고민해도 답도 없는 것을 오랜만에 즐겁자고 모인 자리에서 굳이 하기 싫어서인지, 은퇴나 노후에 대한 이야기는 늘 그 주제에 가깝게 가다가도 화들짝 다른 주제로 넘어가거나 겉돌고 만다.

오십이 넘은 우리 세대에게 은퇴는 아버지 세대의 그것과는 많이 다르다. 수명은 갈수록 길어지는데 은퇴는 점점 더 빨라지는 세상에 살다 보니, 노후에 어떻게 잘 먹고 잘 쉬고 잘 즐길지를 고민하고 있을 수만은 없게 되어버린 것이다. 조금은 절박한 표정으로, 어떻게 하면 제 2의 직업을 찾아서 더 일할 수 있을지에 대한 현실적인 고민을 하는 것이 요즘 우리 세대의 모습이다.

그런데 얼마 전에 정말 흥미로운 기사를 하나 봤다. 제목인즉슨 '보일러공이 된 은행장'. 은행장이 취미로 보일러를 고치나? 호기심에 읽어 내려간 기사에서 나는 오랜만에 굵은 기둥이 쿵 내려앉는 듯한 깨달음과 어떤 책에서도 말해주지 않는 교훈을 얻었다. 이야기는 이랬다.

불과 5년 전까지만 해도 1억 원이 넘는 연봉을 받으며 국내 굴지의 은행에 다니던 이만호 씨는 지금 현재 자신이 몸담았던 은행의 본점 기계실에서 보일러 기사로 일하고 있다. 1980년 대 초 은행에 입사한 그는 말단 사원에서 시작해 은행장까지 오른 입지전적인 인물이었다. '대출의 달인'이라는 별명을 얻을 정도로 화려한 실적을 쌓아온 그는 특히 두 개의 은행이 합병되는 과정에서 큰 역할을 해냈다. 관련 규정과 상품이 뒤섞이면서 고객은 물론 직원들의 혼란이 크던 시기, 전국 지점에서 올라오는 대출 관련 문의를 전담하는 역할을 수행해 2002년 직원들이 뽑은 최우수 직원에 이름을 올리기도 했다. 그 후 전국 최하위권의 실적을 가진 취약 지점을 6개월 안에 본궤도로 올려놓은 성과를 인정받아 그는 서울로 복귀해 당당히 지점장까지 꿰찼다. 그러나 그렇게 다시 올라온 뒤 채 일 년도 지나지 않아 그는 명예퇴직 대상이라는 느닷없는 통보를 받게 된다. 가족도 내팽개치고, 젊음과 열정을 바쳐 일한 회사가 보내온 이별통보치고는 너무도 예의 없고 예고 없는 것이었다.

여기까지는 우리가 주변에서 흔히 볼 수 있는 상황이다. 마치 회사가 내 인생의 전부이고 나의 분신인 양 나의 시간과 열정을 다 불살랐지만 결국에는 애인에게 배신당한 남자처럼 망연자실할 수밖에 없는 남자들의 모습, 지금껏 많이 봐오지 않았던가. 그런데 이만호 씨의 결말은 이와 달랐다.

어린 시절부터 몸을 움직이고, 새로운 것을 배우는 것에 익숙했던 그는 기술을 배워보겠다는 생각을 한다. 30년이 넘게 일을 해왔다지만, 막상 하루아침에 책상이 빠지고 나면 그것 외에는 아무 것도 할 줄 아는 게 없는 개인일 뿐이다. 물론 그에게는 얼마간의 저축도 있고, 연금도 있어 사는 데 불편한 것은 없었다. 하지만 자신보다 먼저 명예퇴직을 한 선배나 동료처럼 평생을 등산이나 낚시만 하며 보내고 싶지는 않았다. 그러기엔 아직 젊었고, 스스로 돈을 벌어서 집으로 가져온다는 것의 기쁨과 뿌듯함을 잃고 싶지도 않았다.

하지만 오십이 넘은 나이에 기술을 배운다는 것이 어디 쉬웠겠는가? 보일러 기술을 배우겠다고 결심한 뒤에 용접을 배우다 손발을 다치고 기구에 발등을 찍히는 건 일상이 되어버렸고, 기름 묻은 얼굴로 같이 공부하는 젊은 학생들에게 웃음거리가 되는 일도 한두 번이 아니었다. '내가 지금 여기서 이게 뭐하는 짓인가' 하는 생각은 또 얼마나 많이 들었을까. 그래도 그는 포기하지 않았다. 오히려 보일러뿐만 아니라 에어컨 기술을 다루는 자격증도 따고, 시험이 1년에 한 번밖에 없어 젊은 사람들도 쉽게 따지 못한다는 에너지관리산업기사 자격증까지 취득하게 된다.

이만호 씨가 남들보다 우직하고 끈기가 있는 성격이어서 이것이 가능했다고 생각하지는 않는다. 어떤 위인전의 이야기처럼 무조건 따라 배워야 한다고 계몽할 생각도 없다. 단지 다시 일하고 싶은 열정에 대한 솔직한 우리의 응답에 대해 생각해보게 되었다. 누구나 노력만 하면 이만호 씨처럼 자격증을 따는 것은 그리 어려운 일이 아닐 수 있다. 하지만 그 자격증을 가지고 자신이 지점장으로 있던 회사에 기름때 묻은 작업복을 입고 지하 기계실로 출근할 용기가 있는지, 그걸 묻고 싶은 것이다.

은퇴 후에 자영업에 손댔다가 낭패를 본 사람들이 내 주변에도 제법 많다. 그들의 업종을 보면 대부분 그럴싸한 프랜차이즈 음식점이나 커피숍, 제과점 같은 것들이다. 퇴직 후에 누가 무엇을 하는지 물어보면 그래도 대답하기 창피하지 않은 것들로 제2의 인생을 시작하고 싶었던 그들의 마음을 모르는 바도 아니다. 아마 나 역시도 지금 갑자기 하고 있는 일을 모두 놓고 새로운 일로 내 가족의 생계를 꾸려나가야 한다면 그들이 실패를 겪었던 아이템들밖에는 생각하지 못할 테니 말이다.

그러나 그것이 우리와 이만호 씨의 차이이다. 우리는 수십 년 동안 앉아 있었던 책상을 박차고 일어나지 못했고, 이만호 씨는 그렇게 했다. 용접불꽃에 손을 데이고, 기구에 발등을 찍히고, 얼굴에 기름을 묻혔다.

용기에 대해 생각할 때가 온 것이라는 생각이 든다. 해보지 않은 것, 그렇지만 어쩌면 내가 해낼 수도 있을 무언가에 도전해보는 것. 그것이 단순히 육체적인 노동이 되어야 한다는 것은 아니다. 블루칼라는 화이트칼라로, 화이트칼라는 블루칼라로 이동의 방향은 아무래도 좋다. 다만, 더 일할 이유와 열정과 여건이 허락된다면 나를 가두는 편견이나 괜한 자격지심 같은 것은 버릴 필요가 있다는 것이다.

어렵게 자격증을 땄고 힘든 일을 하고 있지만 매달 백만 원이 조금 넘는 월급을 받는다는 이만호 씨는 불만이 없다고 했다. 배부른 소리로 들릴지도 모르지만 그에게 일은 단순히 돈을 벌기 위한 수단만은 아니었기 때문이다.

"개인연금으로 매달 220만 원씩 받고 있고, 몇 년 뒤부터는 국민연금도 나옵니다. 집도 있고, 자식 둘은 다 번듯한 직장에 다니지요. 부동산과 예금 등도 꽤 됩니다. 그래서 월급의 절반인 60만 원은 적금에 넣고 나머지는 기부합니다."

90세까지 산다고 해도 30년을 더 살아야 하는데 마냥 놀 수는 없고, 놀기도 싫어서 일한다는 그의 저 말이 나는 하나도 고깝게 들리지 않았다. '노동의 신성함을 알아서 참 좋으시겠습니다. 아니 다시 알게 되셔서 참 부럽습니다.' 이 마음이 먼저 들었다.

주변의 많은 친구들이 그런 말을 한다.

"지금은 회사 안이 전쟁터 같지? 나오면 화장터야!"

버틸 수 있을 때까지 최대한 버텨야 퇴직 후에 그동안 못 쳤던 골프도 치고, 아내와 아이들에게 보상까지는 아니더라도 면피를 할 수 있는 여행도 가고 그럴 수 있다고 말이다.

그런데 이런 생각이 든다. 버티는 삶, 그것은 이미 너무 오래 하지 않았나? 자존심 무너져도 버티고, 아파도 버티고, 열정이 없어도 버티느라 어쩌면 우리는 다시 시작해서 잘할 수도 있는 인생 2막을 애써 외면하려는 것은 아닐까.

아르마딜로(Armadillo)라는 동물을 아는가? 스페인어로 '갑옷을 걸친 작은 동물'이라는 뜻을 지닌 이 동물에게는 별명이 있다. '텍사스 고속 충돌'이라는 생뚱맞고 특이한 별명인데, 별명이 그 동물의 기질 때문에 발생하는 상황을 묘사해준다. 사막이 많은 텍사스 주에서 차가 달려오면 깜짝 놀란 아르마딜로가 순식간에 공중으로 1~2미터나 높이 점프를 한다. 이를 보고, 바닥에 웅크리고 있다가 로드 킬을 당하느니 한판 붙자는 모습이라고 해석한 재미있는 별명이다.

사람들은 자꾸 우리 나이가 되면 인생과 화해를 하라는 식으로 말하곤 한다. 여유도 좀 갖고, 옛날 성질도 죽이고, 좋게좋게 지내라는 것인데, 어쩐지 그 말이 삐딱하게 들린다. 갑자기 차가 나타나면 웅크린 채 죽음을 맞기보다 점프라도 해서 한번 들이받아 보는 아르마딜로의 의외의 본능을 알았기 때문일까?

사람들이 우리에게 바라는 '좋게좋게'가 때론 우리가 점프할 수 있는 마지막 기회를 누르는 최면의 주문 같은 것은 아닌지, 이 시점에서 정신을 바짝 차리고 다시 생각해봐야 할 것이다. 몸은 아직도 청춘이고 싶은데 어딘지 모르게 원 밖으로 밀려나고 있다고 느낄 때, 우리가 30년 넘게 써먹은 필살기를 아무리 써봐도 다시 원 안으로 들어갈 수 없을 것 같을 때, 그럴 때는 모양 좀 빠지고 힘이 좀 들더라도 새로운 기술을 연마하는 것이 지혜로운 게 아닐까. 누가 나를 어떻게 생각하든, 사람들이 나를 부르는 직함이 어떻게 달라지든 중요한 것은 그게 아니다. '아직은 청춘인 내가 나에게 맞는 잘 늙는 방법을 어떻게 찾고, 또 어떻게 내 것으로 만들 것인가'이다.

가끔은 익명성에 대한 동경이 생길 때가 있다. 오래도록 불린 익숙한 이름 말고, 전혀 다르게 불리고 싶은 엉뚱하지만 본능적일 수도 있는 욕망이다. 그건 어쩌면 새로운 인생, 새로운 삶에 대한 동경의 다른 이름일지도 모른다. 나이 많은 소년으로서 그 호기심을 내가 다시 살게 될 새로운 인생에 적용해보는 용기. 우리가 함께 모였을 때 입에 올려야 할 시급한 화두는 바로 이 용기가 아닐까.

그 남자의
버킷 리스트

오지만 다니는 여행가가 하루는 불교국가 스리랑카의 가장 신성한 사원에 들렀다. 그곳은 부처님의 실제 치아 사리가 모셔진 곳이어서 사리를 알현하러 온 사람들이 모두 맨발로 선 채 법당 밖까지 길게 줄을 이으며 기다리고 있었다. 그저 좀 쉬었다 가려고 난간에 걸터앉았던 여행자는 그 잠깐 동안 수백 명의 눈빛이 그를 스쳐가는 걸 느꼈다. 뭐라 설명하기 어려운 뜨거움이 그를 통과해 지나갔다. 무언가를 간절히 원하는 경건한 눈빛으로 두 손을 가슴에 모아 합장하고 몸을 땅에 눕힌 채 신과의 면담을 요청하는 그들의 모습을 바라보다가 자기도 모르게 소원을 빌고 있는 자신을 발견했던 것이다.

온몸이 흙투성이가 되고, 이마에 굳은살이 박일 때까지 절을 하며 몇천 킬로미터를 신에게 오체투지한 사람들. 그들의 그 절절한 갈망과 간절한 염원 앞에서 터질듯한 감동과 경건함을 느낀 작가는 말한다. 우리 삶에도 분명 절실한 열망이 있을 것인데, 살아내는 일에만 몰두하느라 정작 삶 속에서 그 절절한 갈망을 잊고 사는 것 아니냐고. 그 말이 참 오랫동안 가슴을 울렸다.

요즘은 평범한 삶 속에서도 이런 갈망을 잊지 말자는 의미로 버킷 리스트(bucket list)를 만드는 것이 유행이다. 버킷 리스트는 죽기 전에 꼭 해보고 싶은 일과 보고 싶은 것들을 적은 목록을 말한다. 그런데 사실 버킷 리스트의 속뜻은 조금 섬뜩하다. '죽다'라는 뜻으로 쓰이는 속어인 '킥 더 버킷(kick the bucket)'에서 시작된 말이기 때문이다. 중세 시대에는 교수형을 집행하거나 스스로 목숨을 끊을 때 목에 올가미를 두른 후 뒤집어 놓은 양동이 즉 버킷(bucket)에 올라간 다음 스스로 양동이를 힘껏 걷어참으로써 목을 맸다. 그때부터 '킥 더 버킷'이라는 말을 널리 쓰게 되었다. 물론 요즘 우리가 쓰는 버킷 리스트가 암시하는 죽음은 사형이나 자살 같은 극단적인 형태의 죽음을 염두한 것이 아니라 '인생에서 이것만은 꼭 하고 죽어야지!' 다짐하는 정도로 순화된 것이다.

버킷 리스트라는 말이 일반화되어 쓰이게 된 데는 2007년 미국에서 제작된 영화 〈버킷 리스트〉의 영향이 크다. 잭 니콜슨과 모건 프리먼이 주연을 맡아 열연한 롭 라이너 감독의 작품이다. 죽음을 앞둔 두 주인공이 운명처럼 한 병실을 쓰게 되면서 자신들에게 남은 시간 동안 하고 싶은 일의 리스트를 만든다. 그리고는 죽음만을 기다리는 병실을 떠나 리스트 속에 적어논 일들을 하나씩 실행하기로 한다.

홀로 태어나서 홀로 살아가며 홀로 죽게 되는 것이 결국 인생이지만,

함께 살아가고 함께 즐거워하는 무언가를 하는 것이 우리가 혼자가 아니라고

느끼게 해주는 것이라면, 바로 내가 그것을 하면 될 일이다.

그런데 여기서 한 가지 짚고 넘어갈 게 있다. 이 영화뿐만아니라 버킷 리스트를 주제로 한 영화의 주인공은 유난히 남자가 많다. 그것도 중년 남자 말이다. 규칙적인 삶을 살다가 어느 날 갑자기 불치병에 걸린 사실을 알게 된 대머리 중년부터, 매일 사고만 치고 모두에게 골칫거리인 철없는 아빠까지 캐릭터들도 참 다양하다.

그런데 이 주인공들이 죄다 어딘가 모르게 우리의 모습과 조금씩 닮아 있다는 것을 부정하기가 어렵다. 다른 건 몰라도, 인생이 이렇게 끝날 줄을 몰랐다는 표정으로 죽음이라는 단어를 멍하니 바라보던 주인공들의 눈빛 말이다. 그건 매일 지하철이나 버스 그도 아니면 좁아터진 자가용 안에서 영원히 살 것처럼 굴고 있는 우리의 흐리멍덩한 눈빛과 너무도 많이 닮아 있다.

도스토옙스키는 인간 존재의 수수께끼는 단순히 살아 있다는 것에 있는 것이 아니라 무엇을 위해 사느냐에 있다고 말했다. 전적으로 동감한다. 어쩌면 우리는 간절히 원하는 무언가를 위해 살아왔는지도 모른다. 생이 언제 끝날지도 모르는데, 정작 내가 무엇을 원하는지조차도 스스로에게 묻지 못하고 끝난다면 이것만큼 허무한 인생이 어디 있겠는가? 우리가 원하는 것들은 대단한 것일 필요도 없고, 실상 대단한 것들도 아니다. 김원의 에세이에 나오는 이 대목처럼 말이다.

새벽에 눈을 떴는데, 문득 그런 생각이 들었습니다. 모든 여건과
시간과 경제적인 문제가 충족되어 어떤 일 한 가지를 내가 원하

는 대로 할 수 있게 된다면, 어떤 일을 하면 좋을까, 하는 생각. 저는 머리맡에 있는 종이에 그 일들을 적기 시작했습니다. 1년 간의 세계일주 여행. 무인도에 가서 한 달 동안 살아보기. 히말라야 트레킹, 산티아고 순례길 완주……. 적다 보니 여행과 관련된 내용들이 대부분이더군요.

그래서 다른 것들에 대해서도 좀 생각해 보기로 했습니다.

내 작업실을 차리고 그림만 그리며 살아가는 삶을 택하기. 승용차를 이용하지 않고, 어디든 자전거만 타고 다니기……. 그런데 그런 생각들을 하다가 스스로 깜짝 놀라게 되었습니다. 무슨 일이 됐든, 실제로 내가 마음만 먹으면 못할 일이 없다는 생각에 이르게 된 것이지요. 주어진 여건과 시간과 경제적인 여유를 문제 삼고 있지만, 곰곰이 생각해보면 '절대로 할 수 없는' 일들이 아닌 것이었습니다. 다만 어떤 이유에서든, 그 '하고 싶은 일들'을 미뤄오고 있는 것이라는 결론에 이르게 되더군요. 왜, 미루고 있는 걸까요?

그렇다. 우리는 실제로 우리가 마음만 먹으면 지금 당장이라도 할 수 있는 일들을 미뤄오고 있다. 왜 미루고 있었던 걸까? 여건이 좀 좋아질 때까지 기다리느라고? 시간이 좀 더 여유로워질 때까지 기다리느라고? 그렇게 미루고 미루다가 결국에는 버나드 쇼의 묘비명처럼 '우물쭈물하다 내 이럴 줄 알았지!' 하고 되뇌게 될지도 모를 일이다.

버킷 리스트는 한 번 적으면 무를 수도 없는 묘비명 같은 것도 아니다. 꼭 지켜야 하는 생활계획표나 오늘의 다짐도 아니다. 그저 내가 당장 내일이라도 죽게 되면 이것을 하지 못해 정말 아쉬울 것 같은 일들을 편안하게 나열하면 되는 것이다. 나를 재촉할 일도 없고, 혹시나 다 이루지 못하고 죽을까 두려워할 필요도 없다. 작정하고 나열한 버킷 리스트 속에 '지금이라도 내가 마음만 먹으면 할 수 있는 일들이 이렇게나 많았나?'하고 놀라고 허탈해할 수는 있을지언정 말이다.

그렇다면 버킷 리스트를 어떻게 적어 내려가면 좋을까? 갑자기 로또에 당첨된 사람이 억만금을 가지고 어쩔 줄 모르는 것처럼 버킷 리스트를 적는 것은 생각보다 쉽지 않다. 나는 그래도 여러 번 버킷 리스트를 적어보았으니 나의 버킷 리스트를 살짝 공개할 수도 있겠지만, 버킷 리스트만큼 남의 것이 의미 없는 게 또 있겠는가? 다만 버킷 리스트를 몇 번 적다 보니 염두에 두면 도움이 될 몇 가지 원칙을 알게 되었다.

첫째, 예전에 즐겨했는데 언젠가부터 하지 않게 된 것들을 적는다. 한때는 나를 심취하게 했던 것, 심지어는 밥도 거르고 몰두하게 만들었던 무언가가 있었을 것이다. 과거 내 인생 한 부분을 차지했던 것인데, 살다 보니 자연스럽게 멀어진 것이 있다면 그것들을 다시 해 보기로 하고 버킷 리스트에 넣는다. 그게 일단은 비교적 안전하게 버킷 리스트를 시작하는 방법이다.

둘째, 태어나 한 번도 해본 적 없는 것들이지만 한 번쯤은 꼭 해보고 싶다고 생각했던 것들을 적는다. 스카이다이빙이나 패러글라이딩 같은 레포츠도 좋고, 나만의 일기를 소책자로 출판하는 경험도 좋다. 우리나라 지도를 펼쳐 놓고 눈을 감은 뒤 한 곳을 찍어 그 밤 당장 떠나는 즉흥 여행도 환영이다.

마지막 셋째, 내가 함으로써 남도 즐거운 무언가를 적는다. 미국의 유명한 영화감독 오손 웰스는 이런 말을 했다. "우리는 홀로 태어나서 홀로 살아가며 홀로 죽는다. 오직 사랑과 우정만이 우리가 혼자가 아니라는 환상을 불러올 수 있다." 우리가 버킷 리스트의 마지막 원칙으로 '내가 함으로써 남도 즐거운 무언가'를 적어야 하는 이유도 바로 그런 것이 아닐까? 홀로 태어나서 홀로 살아가며 홀로 죽게 되는 것이 결국 인생이지만, 함께 살아가고 함께 즐거워하는 무언가를 하는 것이 우리가 혼자가 아니라고 느끼게 해주는 것이라면, 바로 내가 그것을 하면 될 일이다.

버킷 리스트를 적고 난 뒤 과연 얼마나 이뤘는가를 따져 보면 조금 우울해질 수도 있다. 하지만 버킷 리스트는 어느 시점까지 얼마나 달성했는지를 측정하는 성과표가 아니다. 우리가 버킷 리스트를 쓰는 이유는 마음속에 간직한 기원의 존재 이유와 같은 것 아니겠는가? 기도하고 바라고 원하는 것이 언젠가 꼭 이뤄지게 해달라고 영혼으로 절대자에게 외치는 소리!

앞서 말한 오지 여행가에게는 소박한 기원의 기술이 하나 있다. 자주 되뇌고, 암송하고, 잊지 않는 것이다. 그가 아는 유일한 기원의 기술은 참 단순한 것이었다. 그는 기원을 자주 되뇌고, 암송하고, 잊지 않으면 기원 또한 나를 잊지 않고 기억할 것이라고 했다. 그러면 기원을 이룰 기회가 나를 스쳐가지 않을 거라고.

버킷 리스트를 다 적은 우리가 할 일도 바로 기원하는 일일지도 모른다. 자주 되뇌고, 암송하고, 잊지 않는 일 말이다. 거기에 오지 여행가의 말 하나를 덧붙인다.

"그대 속에 품고 있는 소중한 기원을, 내가 존경하겠습니다."

이 세상을 나와 비슷한 무게로 살고 있는 가족, 친구, 동료. 그들의 마음속에도 살아 숨 쉬고 있을 그 기원을 존경하는 것. 그 자세를 갖을 수 있고 유지할 수 있다면, 설사 버킷 리스트 속에 길게 나열된 많은 것들을 다 이루지 못하고 간다 해도 우리는 이미 충분히 행복해질지도 모를 일 아니겠는가.

지금은 탱자가
회수를 건너야 할 때

굴화위지(橘化爲枳)라는 고사성어가 있다. 귤이 회수(淮水)를 건너면 탱자가 된다는 뜻인데, 춘추시대 제(齊)나라의 재상 안영의 기지에서 나온 말이다. 그런데 나는 이 고사성어를 대할 때마다 당시 자신의 나라보다 강대국인 초(楚)나라의 영왕 앞에서도 기가 죽지 않았던 안영의 뛰어난 기개와 학식보다 다른 데 더 관심이 갔다. 어딘지도 정확하게 모르고 어느 정도의 깊이로 흐르는 강인지도 잘 알 수 없는 회수(淮水)가 늘 머릿속에 맴돌았던 것이다. 그저 건너기만 해도 귤을 탱자로 변화시켜버리는 강이라니!

나이 오십을 넘어 생각해보니 그 회수는 어쩌면 세월 같은 것일지도 모른다. 우리는 귤에서 출발해 회수라는 세월을 타고 인생이라는 배를 노 저어 강의 저쪽으로 건너가 탱자가 되었다. 귤은 어느새 빛이 노랗게 밝아지고, 껍질은 단단해져서 외부로부터 상처는 덜 받을 수 있게 되었지만, 특유의 달달하고 흥건하던 즙은 없어져 버렸다. 공처럼 둥글고 단단하게 살아남는 방법만으로 똘똘 뭉친 탱자가 된 것이다.

문득 강 이쪽에서 바라보니 나름대로는 참 잘 건너왔다고 생각된다. 하지만 내가 더 이상 귤이 아니고 탱자라는 사실이 어색하기 그지없다. 때로는 그 사실이 나 자신을 힘들게 하는 때도 찾아온다. 그렇게 탱자가 된 자신을 망연자실 바라보는 우리에게 인생은 다시 한 번 화들짝 놀랄 기회를 준다. 그건 바로 우리가 '다시 한 번' 회수를 건너야 한다는 사실이다.

인생은 회수를 두 번 건너는 것이라고 나는 생각한다. 귤에서 탱자로, 다시 탱자에서 귤로! 회수를 한 번 건너왔던 내 또래의 중장년층 남자들에겐 바로 지금이 탱자에서 귤로 넘어가기 위해 다시 회수 앞에 서야 할 때이다. 또 한 번 노를 저어 강의 저쪽으로 가야 한다는 것에 피로감이 몰려올 수도 있다. 하지만 남자로서 다시 한 번 기회를 얻는다는 생각이 먼저 든다. 어쩌면 우리가 사는 매일 매일이, 어제와 오늘이, 이 모든 시간이 지루한 반복이 아니라 다시 인생의 회수를 건너 달콤한 귤이 되는 과정일 수도 있다는 것이다.

반환점을 돌아 탱자로서 인생의 회수를 다시 건너가는 당신에게 더욱 진한 향기가 나길 바란다. 우리는 다시 새로운 귤이 될 수 있고, 다시 한 번 달달하고 홍건해질 수 있게 되었다. 이 책이 회수를 건너는 그 시간에 작은 힘이 될 수 있기를 바란다.

다시 회수를 앞에 두고 선
왕상한

◆

어쩌면 우리가 사는 매일 매일이, 어제와 오늘이, 이 모든 시간이

지루한 반복이 아니라 다시 인생의 회수를 건너

달콤한 귤이 되는 과정일 수도 있다.

반환점을 돌아 탱자로서 인생의 회수를 다시 건너가는 당신에게

더욱 진한 향기가 나길 바란다.

* 이 책에 실린 사진의 출처는 다음과 같습니다.

p.7, p.12, p.27, p.42, p.49, p.67, p.112, p.147, p.158, p.172, p.231, p.237, p.246, p.268, p.283, p.298 ©David Niblack, Imagebase.net
p.105, p.207, p.219 ©박미진
p.78, p.126, p.182 ©Du Truong, flickr.com

한 평의 남자

1판 1쇄 발행 2015년 5월 22일
1판 3쇄 발행 2015년 7월 1일

지은이 · 왕상한
펴낸이 · 주연선

책임편집 · 이진희
편집 · 심하은 백다흠 강건모 이경란 오가진 윤이든 강승현
디자인 · 이승욱 김서영 권예진
마케팅 · 장병수 김한밀 정재은 김진영
관리 · 김두만 구진아 유효정

(주)은행나무
121-839 서울특별시 마포구 양화로11길 54
전화 · 02)3143-0651~3 | 팩스 · 02)3143-0654
신고번호 · 제 1997-000168호(1997. 12. 12)
www.ehbook.co.kr
ehbook@ehbook.co.kr

ISBN 978-89-5660-871-6 03810